À CHACUN SON RÊVE

Paul Ivoire, 49 ans, vit dans un petit village de Bourgogne avec sa femme et ses quatre enfants. De formation scientifique, il a été ingénieur agronome puis ingénieur territorial avant de devenir père au foyer. Il se consacre désormais à l'écriture, la musique et la réalisation de spectacles pour enfants. *À chacun son rêve* est son premier roman pour adultes.

PAUL IVOIRE

À chacun son rêve

ÉDITIONS ANNE CARRIÈRE

Cet ouvrage est paru dans une première édition publiée
par Librinova en avril 2016 sous le titre :
La Guerre des millions

ISBN : 978-2-253-07079-5 – 1re publication LGF

À Marion,
sans qui rien n'aurait été possible.

1

J'ai encore du mal à réaliser. Ma vie n'a pas fondamentalement changé depuis hier, même si je n'ai pas fermé l'œil de la nuit. J'habite toujours à Paris, je suis toujours célibataire – ma femme m'a quitté l'année dernière –, et je vais retourner au travail sans rien dire à personne. C'est en tout cas le scénario qui s'est dessiné cette nuit dans ma tête entre deux crises de rires ou de pleurs, je ne me rappelle plus très bien à cause du champagne. Il faut dire que je ne m'y étais pas préparé. En quelques minutes, je suis devenu honteusement riche. Riche, car j'ai gagné le jackpot de l'Euromillions. Et honteusement, parce que ce n'est pas moi qui ai validé la grille victorieuse.

J'ai voulu faire plaisir à un SDF. Et depuis, je culpabilise.

Je me souviens de la scène avec précision. J'étais en déplacement à Blois – je suis commercial dans une entreprise agroalimentaire –, et je déjeunais tranquillement dans un petit restaurant des bords de Loire lorsqu'il est entré dans la salle. Il y avait ses habitudes, apparemment, car tout le monde l'a salué en l'appelant Roxa, un nom un peu bizarre, je vous l'accorde.

Il s'est approché de moi parce qu'il ne me connaissait pas. Il ne ressemblait pas vraiment aux clochards que je croisais habituellement à Paris. Il n'était pas très bien rasé, certes, il sentait un peu l'alcool, il avait les ongles noirs, les cheveux mal coiffés et les joues creuses, mais il avait un certain talent pour collecter de l'argent.

— Pour cinq euros, je te fais gagner des millions.

Des rires ont fusé dans la salle, preuve qu'il n'avait pas dû avoir beaucoup de succès jusque-là. Je suis un commercial, j'ai joué le jeu. Je lui ai tendu un billet de vingt euros.

— Tiens, explique-moi le principe.

Ses yeux ont commencé à briller.

— Je vends des grilles d'Euromillions à cinq euros pièce et je les remplis à ta place. Tu as déjà joué ?

— Non.

— Voilà un bulletin. Au-dessus, ce sont les grilles des numéros et, en dessous, les grilles des étoiles. Une combinaison simple, c'est cinq numéros et deux étoiles. Pour vingt euros, je remplis quatre couples de grilles. Tu ne vas pas le regretter. Mes chiffres vont te porter bonheur.

Sur le moment, j'ai souri bêtement. On ne vit pas dans un monde de contes de fées. J'ignorais qu'une combinaison simple coûte en réalité deux euros cinquante. La seule chose qui comptait était le bonheur du SDF. Tout en cochant des cases sur le bulletin de jeu avec un stylo noir, il s'est mis à raconter :

— Je n'ai pas toujours été ce que je suis. J'ai vécu des

périodes heureuses dans un petit village de Bourgogne, quand j'avais quinze ans. Villard. Il y avait une fille, là-bas, Marie. C'était la fille du maire, personne n'avait le droit d'y toucher. Et surtout pas moi. Je vivais dans une famille d'accueil, j'avais des origines portugaises, tu vois le tableau ? Je la voyais en cachette. Ça a duré trois ans… Salaud de Modeste !

Je n'ai pas cherché à en savoir plus et je le regrette maintenant. À l'évocation de Modeste, Roxa s'est soudain fermé comme une huître. Il a fini de mettre des croix sur son bulletin à la manière d'un agent administratif, puis il s'est dirigé vers le comptoir. À cette occasion, j'ai remarqué qu'il boitait. Le patron, un petit homme jovial d'une cinquantaine d'années, lui a lancé :

— Alors, Roxa, les affaires reprennent ?

Le SDF a acquiescé d'un geste. Le patron a souri et m'a adressé un clin d'œil. Manifestement, il était content pour le vagabond. Peut être s'amusait-il également du spectacle. Un sans-domicile-fixe crasseux qui donne des cours d'Euromillions à un commercial au costume impeccable, ce n'est pas courant.

J'ai vu Roxa enregistrer le bulletin dans le terminal informatique du point de vente, et je me suis demandé ce qui avait pu pousser cet homme à se retrouver à la rue. Lorsqu'il est revenu vers moi avec le reçu imprimé par le terminal, j'ai hésité à lui parler de son ancien métier, de son histoire personnelle, mais je n'ai pas osé. Je me suis contenté de lui donner mon nom, Sylvain Balmont. Il m'a alors remis son papier comme un vrai professionnel :

— Voilà ton reçu de jeu. Tout est marqué dessus. Le tirage, c'est demain. C'est avec ça que tu pourras récupérer tes millions.

— Ce ne sont pas mes millions.

— Ni les miens. Si tu gagnes, tu ne viendras pas me les rendre.

— Et pourquoi pas ?

Le SDF se mit à rire jaune :

— Regarde-toi, tu es jeune, sportif, séduisant. Moi, je suis vieux, malade, et j'ai perdu l'amour de ma vie quand j'avais quinze ans. Ce n'est pas avec de l'argent qu'on referme ce type de blessure. Tu es marié ?

— Je l'étais. Une procédure de divorce est en cours.

— C'est triste.

— C'est la vie.

— Saloperie de vie ! Moi, j'aurais tout donné pour Marie !

Je suis resté muet, un peu ébranlé et surpris par la lucidité de cet homme. Il a tourné les talons et est sorti du bar en emportant sa détresse avec lui. Je l'ai perdu de vue dans la rue.

La suite, vous la connaissez. Par curiosité, je me suis installé devant ma télévision le lendemain soir à Paris, tout seul, comme d'habitude. Vous décrire mon état pendant et après le tirage n'a pas grand intérêt, si ce n'est que je suis passé par les sept couleurs de l'arc-en-ciel.

4, 11, 20, 30, 32 et deux étoiles, 6 et 9. Sept nombres insignifiants pour un seul gagnant de rang 1 au tirage de l'Euromillions.

Moi.

Grâce à un SDF qui s'appelle Roxa.

Je n'ai pas l'intention de le laisser tomber. Je vais d'abord lui offrir de quoi se soigner. Puis j'envisagerai l'achat d'une voiture et d'une maison. Je sais que je ne suis pas obligé, mais c'est une manière de soulager ma conscience. De toute façon, personne ne veut de moi en ce moment. Ma femme m'a quitté car elle ne supportait plus de me voir sur les routes. Mes parents auraient bien voulu avoir des petits-enfants, mais il faudra qu'ils attendent encore un peu. Ils ne me pardonnent pas le départ de Céline, d'autant que je suis leur fils unique. Et que j'approche de la quarantaine.

Cent soixante-quatorze millions neuf cent mille cinq cent cinquante-sept euros. La somme ne tient pas sur un chèque, j'ai vérifié. De bon matin, j'ai appelé le restaurant des bords de Loire pour demander des nouvelles de mon SDF. Le patron a fait le rapprochement :

— C'est vous qui avez gagné le jackpot ? Alors ce n'était pas une blague. La dernière grille aura été la bonne.

— La dernière ?

— Roxa est mort dans la rue cette nuit. Si vous comptiez vous déplacer pour le remercier, vous pouvez rester chez vous.

J'ai raccroché dans un état second. La vie venait de jouer un dernier tour à mon SDF, le plus terrible. C'était vraiment injuste.

C'est dans ma salle de bains que j'ai pris une décision, face à la glace, une brosse à dents dans la bouche.

Même si je ne pouvais plus aider Roxa physiquement, je devais au moins lui rendre hommage. Il m'avait transmis ses numéros porte-bonheur, neuf en tout, toujours les mêmes, mais combinés différemment selon les quatre grilles : 4, 6, 7, 9, 11, 15, 20, 30 et 32. Je possédais également quelques indices : Bourgogne, Villard, Marie, Modeste. Je devais commencer par retrouver son vrai nom.

Cette décision m'a permis de moins culpabiliser mais, si j'avais su ce qui m'attendait, je serais resté tranquillement chez moi au lieu de me lancer dans l'aventure.

2

J'ai pris une journée de congé pour assister à l'enterrement. Je lui dois bien ça, à Roxa. C'est la mairie de Blois qui m'a transmis les informations. Le décès ayant été constaté sur la commune, la mairie a été obligée de procéder à une inhumation par défaut car elle ne connaissait pas les dernières volontés du défunt.

J'en ai profité pour commander des fleurs, beaucoup de fleurs. Et puis j'ai acheté un rosier tige en pot, le plus cher de la jardinerie. J'ai choisi une variété très décorative de roses rouges, qui fleurissent en continu de juin à novembre. Elles ont un bel aspect en boule, au sommet d'un porte-greffe conduit en tige rigide. C'est mon père qui m'en a donné l'idée, indirectement : il avait procédé de la même façon pour mon grand-père.

Mes parents seraient certainement très fiers de mon geste, mais ils n'en sauront rien car nos relations sont tendues en ce moment. Ils pensent que c'est ma faute si Céline est partie, et ils espèrent sans doute que je vais faire un effort pour la reconquérir. Ils ne sont pas au courant pour la procédure de divorce. C'est moi qui ai pris l'initiative il y a quinze jours. Quand quelqu'un vous quitte sans raison valable, vous n'avez pas forcément envie de lui pardonner. Céline a bien compris mes raisons et nous avons engagé une procédure par consentement mutuel. Je vais d'ailleurs rappeler notre avocat pour savoir où en est notre dossier, car ma situation personnelle a un peu changé dans l'intervalle, si vous voyez ce que je veux dire.

Posté à l'entrée du cimetière de la ville, j'attends l'arrivée du cercueil. Nous sommes le 23 juin et le temps est à la pluie. Autant être malheureux jusqu'au bout. Je me suis habillé tout en noir et j'ai gardé mes lunettes de soleil pour éviter qu'on me reconnaisse. Je dois vaguement ressembler à un mafioso mais ce n'est pas très grave. On ne devrait pas être très nombreux à assister à l'inhumation.

Un homme s'approche de l'entrée. Je l'identifie assez rapidement : c'est le patron du tabac-restaurant dans lequel a été validé le bulletin gagnant. Il me jette un regard de biais et me reconnaît à son tour :

— Alors comme ça, vous êtes venu.

— Je voulais voir la tête des fleuristes.

— Vous n'étiez pas obligé de venir, je vous aurais tout raconté.

Mon interlocuteur a tenu à s'habiller correctement lui aussi, mais rien ne lui va. Il est complètement étriqué dans son costume de mariage, ses chaussures ont été cirées à la va-vite et son nœud de cravate lui serre le cou. Cela n'affecte pas sa physionomie globale : il a l'air sympathique et il n'y peut rien. Nous échangeons une poignée de main.

— Je l'aimais bien, Roxa, me confie-t-il, il faisait partie du paysage. Il aimait rire quand il était en forme. Ces derniers temps, sa santé s'était dégradée. Il était parfois agité de tremblements et il ne contrôlait plus tous ses gestes.

— L'alcool ?

— Je ne crois pas. Ça ressemblait plus à des problèmes nerveux. Sans indiscrétion, vous avez déjà touché votre argent ?

Malgré moi, je me racle la gorge. Je me sens mal à l'aise. J'aurais pourtant dû me préparer à cette question. Le patron comprend mon hésitation. Il enchaîne :

— À votre place, je n'aurais pas laissé traîner mon reçu dans un placard. Je serais allé tout de suite dans un point de vente de la Française des Jeux pour récupérer mon chèque !

J'esquisse un sourire maladroit.

— C'est ce que vous avez fait ? Félicitations ! Vous avez eu raison. On doit se sentir un peu bizarre, non ?

— Très.

J'essaie de rester neutre mais c'est difficile.

— Pour l'instant, je ne me rends pas vraiment compte de ce qui m'arrive. Vous êtes le premier à qui je parle de ma fortune. Et certainement le dernier. Je suis très embarrassé. D'habitude, ce sont plutôt les riches qui donnent aux pauvres.

Le patron se met à sourire :

— Je vais peut-être vous surprendre, mais Roxa ne jouait jamais pour lui. Il aurait pu tenter sa chance, pourtant, avec l'argent qu'il gagnait. Il était généreux à sa manière, un peu comme vous avec les fleurs. Il a même joué pour moi une fois, parce que je lui avais offert un repas.

— Et vous avez gagné ?

— Rien du tout. Vous êtes le seul à avoir profité de ses numéros porte-bonheur, c'est invraisemblable. Le hasard est mal fait.

— Vous n'êtes pas trop jaloux ?

— Un peu. Mais j'ai bien réfléchi. Si j'avais été à votre place, la nouvelle se serait forcément ébruitée à un moment ou à un autre et j'aurais été obligé de quitter mon quartier. Or j'y tiens, à mon quartier. Je ne gagne pas beaucoup d'argent mais je ne suis pas malheureux. J'aime discuter avec les clients et j'ai des habitués qui me font confiance. C'est un peu simple comme vie, mais ça me convient.

— Vous n'avez jamais rêvé de partir en vacances ?

— Les vacances, c'est différent.

— Alors réfléchissez encore un peu, j'ai les moyens d'exaucer vos souhaits.

Mon interlocuteur sourit. Des idées de destinations balnéaires doivent se télescoper dans sa tête.

L'arrivée des pompes funèbres l'empêche de me répondre. Nous pénétrons dans l'enceinte murée du cimetière et nous nous dirigeons vers le terrain commun, là où sont enterrés les personnes démunies, les SDF, ou bien les gens dont personne ne réclame le corps. D'innombrables pierres tombales sont alignées sur le trajet, le long de grandes allées rectilignes parfois entrecoupées de haies basses. C'est propre et c'est calme, rien d'étonnant.

Quatre employés des pompes funèbres s'emparent du cercueil. Je remarque sur le bois du couvercle une plaque de métal gravée au nom de Xavier Rosa. C'est donc le véritable nom du SDF. Le patron me glisse en aparté :

— Les policiers ont retrouvé sur lui une ancienne carte d'identité et deux photographies. Je vous les montrerai, si vous voulez.

Après un instant de recueillement, le cercueil descend en terre. Une dalle de béton sera ajustée plus tard par-dessus la tombe. Au même moment, trois voitures font leur entrée dans le cimetière.

— Voilà vos fleurs, s'amuse le patron en m'adressant un clin d'œil. Roxa aurait apprécié.

Le déchargement des bouquets, gerbes et couronnes fait plaisir à voir. Un ballet ininterrompu de compositions florales défile sous nos yeux. Je les ai achetées en différents endroits de la ville pour ne pas léser les autres clients. On distingue à peine la tête des trois fleuristes qui déchargent leur cargaison sans se poser de questions. Les agents des pompes funèbres, en revanche, sont perplexes. C'est un enterrement de notable, la foule en moins. Je surprends des bribes de conversation :

— C'est le SDF de l'Euromillions. Tous les journaux en parlent.

— Au moins, le gagnant n'est pas un ingrat.

— Il est complètement cinglé, tu veux dire ! Il pourrait au moins s'offrir une voiture neuve ! Le SDF est mort, c'est du gaspillage !

Le patron me renseigne à propos des journaux :

— J'ai eu la visite de journalistes hier. L'adresse du point de vente a été rendue publique. Je n'ai pas donné votre nom mais j'ai expliqué le contexte. L'histoire a fait le tour de la ville. J'ai découpé tous les articles, je vous en ferai des photocopies. Vous passerez les prendre tout à l'heure.

Je prie pour que l'histoire ne gagne pas la France. Heureusement, aucun journaliste n'est présent dans le cimetière. Il aurait forcément fini par m'interroger.

Un quatrième véhicule fait son entrée pour apporter le rosier tige. Avec son tuteur en châtaignier, il mesure un mètre soixante. Et le grand bac rond dans lequel il pousse pèse son poids. Les employés des pompes funèbres viennent au secours des fleuristes en pestant :

— Ce truc est trois fois plus lourd que le cercueil !

Ils ne sont pas trop de quatre pour porter le rosier. À force de manipulations ponctuées de grognements, ils parviennent à le glisser au milieu des fleurs. Xavier Rosa a sa minute de gloire à titre posthume.

— Cette fois, il ne bougera plus ! conclut un fleuriste en se tenant les reins. C'est un chariot élévateur qu'il aurait fallu pour le déplacer !

Il est midi. Les ouvriers, en sueur, nous saluent. Ils doivent se demander pourquoi on reste là.

La tombe est littéralement ensevelie sous les

bouquets et ses voisines avec. Une demi-douzaine de défunts inconnus sont à la fête. Je me tourne vers le patron, qui contemple la montagne de fleurs d'un air ravi.

— C'est la première fois que je vois ça.

— Oui, ça valait la peine. Vous avez réfléchi à ma proposition de vacances ?

— Ça me gêne.

— Alors, je vous propose un marché. Je vous verse tous les mois une somme conséquente pour vous occuper du rosier. Je vous fournirai également de quoi payer une concession pour Xavier Rosa, ce qui permettra de lui offrir une tombe digne de ce nom avec une belle pierre tombale. Vous dégagez la marge que vous voulez et vous vous offrez une croisière.

Le patron me dévisage avec un air ahuri :

— Pourquoi faites-vous ça ?

— Je n'ai plus d'attaches. Je suis fils unique, je n'ai pas d'enfants, ma femme m'a quitté et comme elle s'entend très bien avec mes parents, ce sont les dernières personnes à qui je parlerai de ma fortune.

— Vous êtes encore marié ?

— Sous le régime de la séparation de biens, heureusement. Mon ex-femme a créé une entreprise de cosmétiques et nous avons changé de régime matrimonial à cette occasion. Avec le recul, c'est le plus beau cadeau qu'elle m'ait fait.

— Vous n'avez pas de passion particulière ?

— Pas vraiment. Je suis apprécié dans mon travail et je n'ai jamais imaginé faire autre chose. Je joue au badminton pour me distraire. Je pourrais racheter le club, mais je n'en vois pas l'intérêt. Ma vie est désespérément monotone. Xavier Rosa ne vous aurait pas parlé d'un de ses rêves, par hasard ?

— Il parlait sans cesse d'une certaine Marie. J'imagine que c'est elle sur la photo.

Le patron sort deux photographies en noir et blanc de son portefeuille. Une jeune fille d'environ quinze ans apparaît sur la première. Elle paraît perdue dans un bois et l'on distingue une petite cabane derrière elle. Son sourire est éclatant. Elle porte une chemise à carreaux et un jean. C'est une fille de la campagne, bien en chair et pleine de vie. Ses cheveux bruns mi-longs sont plutôt mal coiffés, comme si elle venait de se rouler sur le tapis de mousse qui l'entoure. Elle tient un panneau de limitation de vitesse à trente kilomètres/heure. C'est curieux mais c'est sans doute ce qui la fait rire. La seconde photographie représente un petit village à flanc de colline.

— C'est certainement Villard, m'explique le patron, le village dont Roxa parlait très souvent. Ce sont les policiers qui me les ont données. Je vous les laisse, vous les avez méritées.

Je remercie poliment mon interlocuteur avant de poursuivre :

— Cette jeune fille, vous savez ce qu'elle est devenue ?

Le patron esquisse une grimace :

— Je pense qu'elle est morte. J'ignore le pourquoi du comment, mais dans ses moments de détresse Roxa criait que ce n'était pas sa faute. Je n'ai jamais cherché à en savoir plus.

— Eh bien, je vais commencer par là.

Le patron m'interroge du regard. Il n'est pas certain d'avoir bien compris. Je lui expose mon plan :

— Je vais embaucher un détective pour retrouver ce village et en apprendre un peu plus sur l'histoire de cette jeune fille. S'il avait eu de l'argent, Roxa aurait tout donné pour elle. Je vais le faire à sa place. Cela soulagera un peu ma conscience.

Mon interlocuteur me regarde de façon étrange. Je ne dois pas être très normal. Je lui serre la main pour prendre congé et j'ajoute :

— À chacun son rêve. Je n'ai pas trouvé le mien, alors j'emprunte celui de Roxa. Au moins, il ne sera pas mort pour rien.

3

Cela fait un mois que je suis riche. Personne ne s'en est aperçu. J'ai conservé mon travail de commercial et je me déplace toujours en province, comme si de rien n'était. Si le patron du bar ne m'avait pas donné ses coupures de journaux pour me rappeler que je suis célèbre dans sa ville, j'aurais du mal à y croire moi-même.

Le vrai changement, en réalité, c'est le volume de mon épargne. Mon conseiller financier m'a fait ouvrir un nombre invraisemblable de comptes et a placé de l'argent un peu partout. Je crois que je serais incapable d'en faire la liste car j'ai passé deux jours dans son bureau à signer des papiers sans m'arrêter. J'en ai eu mal à la tête. Pour le conseiller, c'était l'inverse : il était tellement excité qu'il ne regardait plus l'heure.

J'étais d'autant plus mal à l'aise que je ne suis pas habitué à faire fructifier de l'argent. Avec Céline, nous vivions au jour le jour sans trop nous préoccuper de l'avenir. Il nous était arrivé de nous offrir un week-end à Barcelone, mais nous ne faisions pas d'excès non plus car je n'aime pas dépenser sans raison. L'image du milliardaire qui organise des soirées de débauche ne me convient pas. J'aime l'argent utile, quitte à le donner à des gens qui en ont besoin. Deux ans plus tôt, j'avais d'ailleurs déjà offert un billet de cinquante euros à un SDF qui faisait la manche de façon originale : il secouait des pièces dans une poêle à frire comme s'il cuisait des crêpes. Céline me l'avait plus ou moins reproché, sans doute parce qu'elle avait vu ses parents économiser pour lui payer ses études. De mon côté, je n'ai jamais manqué de rien. Mes parents ont toujours été là quand il le fallait. Ce sont eux qui ont financé l'achat de notre appartement grâce à un apport conséquent. Je reste persuadé qu'ils épargnent sur leur retraite pour financer la mienne. C'est l'avantage d'être fils unique.

Je me suis quand même fait plaisir. J'ai acheté une paire de baskets neuve pour faire mon footing dans le jardin des Tuileries. Et j'ai fait changer la serrure de mon appartement. Cela m'évitera de supporter les visites impromptues de Céline, qui se croit encore chez elle alors qu'elle m'a lâchement laissé tomber pour se consacrer à son entreprise. J'ai cru comprendre qu'elle s'était aménagé un studio au-dessus de son magasin et qu'elle avait quelques difficultés financières, mais je ne me sens plus du tout concerné. J'ai d'ailleurs arrêté de faire les comptes, c'est assez agréable.

L'été bat son plein à Paris. Les couloirs du métro sont vides et les touristes japonais se prennent en photo un peu partout devant les monuments célèbres. J'ai ouvert les fenêtres de mon appartement et je prends l'air sur ma terrasse. J'attends le détective privé que j'ai embauché pour enquêter sur Xavier Rosa. Il doit me remettre son rapport aujourd'hui. J'ai préparé un litre de café pour l'occasion car il a piqué ma curiosité au téléphone : « Monsieur Balmont, vous ne savez pas dans quoi vous vous embarquez. » Je cherchais à pimenter ma vie. Au moins, je ne serai pas déçu.

M. Tournel est ponctuel. Je l'entends monter l'escalier. Les marches craquent à chaque pas, malgré la moquette qui les recouvre. J'ouvre la porte dès qu'il appuie sur la sonnette ; il sursaute.

— Monsieur Balmont, j'ai passé l'âge des surprises. Vos escaliers sont interminables.

— Vous auriez pu prendre l'ascenseur.

— Je déteste ces cages métalliques. Je suis resté coincé une fois dedans pendant trois heures avec une vieille dame qui faisait une crise d'asthme. Croyez-moi, c'était abominable.

— Je comprends mieux, entrez.

M. Tournel ressemble à M. Tout-le-Monde, c'est pour cette raison que je l'ai choisi. Tout est moyen chez lui : la taille, la corpulence, les mains, les pieds et même les expressions du visage. Il paraît tellement blasé dans son costume gris qu'on a tout de suite envie de l'oublier. Je le fais asseoir au salon et il se jette sur le café, comme pour se donner du courage.

— Monsieur Balmont, autant vous prévenir immédiatement, vous avez mis les pieds dans un nid de guêpes.

— Racontez-moi tout.

— J'ai d'abord enquêté sur le passé du SDF. Ça n'a

pas été facile mais en voici les grandes lignes. Après des études en lycée professionnel, il a obtenu un diplôme dans la métallurgie. Il travaillait dans une entreprise qui fabriquait des manèges et des jeux de fête foraine. Suite à un licenciement économique, il s'est retrouvé au chômage. La spirale descendante s'est alors mise en place et l'a conduit à la rue.

— Un classique.

— Malheureusement, oui. Grâce à la photographie que vous m'avez fournie, j'ai ensuite retrouvé le village où il a passé trois années de sa vie, dans une famille d'accueil. Vous trouverez toutes les coordonnées de ces personnes dans mon dossier.

— Comment s'appelle ce village ?

— Villard-sur-Armançon. Il est perdu en Bourgogne, dans l'Auxois plus précisément. Il se trouve au cœur d'un triangle qui relie Montbard, Semur-en-Auxois et Venarey-Les Laumes. Vous arrivez à situer ?

— Non.

— Ce n'est pas grave. C'est un secteur dans lequel on retrouve également des curiosités célèbres : les anis de Flavigny-sur-Ozerain, la statue de Vercingétorix à Alise-Sainte-Reine, l'abbaye de Fontenay…

— Excusez-moi, mais je ne vois pas le rapport avec votre enquête.

— J'y viens. La jeune fille de la photographie se prénomme Marie Vichot, ou plutôt se prénommait car elle est morte à quinze ans dans des circonstances assez troubles.

— À quinze ans, dites-vous ? C'est l'âge qu'elle semble avoir sur la photo.

— Oui, il est fort possible que cette photographie ait été prise peu avant sa mort. Elle est issue d'une famille d'agriculteurs. Ses deux frères, son père et sa mère sont toujours en vie. Modeste, le père, est l'ancien maire du village.

— Quel nom avez-vous dit ?

— Modeste Vichot. Il a dirigé la mairie pendant trente ans.

Je fais le rapprochement avec le prénom cité par Roxa dans le café-restaurant. Il n'avait pas l'air de porter le personnage dans son cœur.

— Ils sont tous maires de père en fils dans cette famille, si vous me permettez l'expression. Le maire actuel s'appelle Louis Vichot, c'est le fils aîné de Modeste, et il n'est pas commode.

— Vous l'avez rencontré ?

— Par hasard. Il se trouvait à la mairie lorsque je consultais les documents relatifs à l'état civil. Je lui ai caché le véritable objet de ma visite en me présentant comme un passionné de généalogie. Il m'a regardé comme si j'étais un extraterrestre et il a quitté la pièce en grommelant. Apparemment, son tracteur était en panne.

— Cela n'en fait pas un mauvais bougre.

— Attendez la suite. La famille Vichot est très implantée dans le village. Ils sont cinq au conseil municipal, si l'on compte les cousins. Et ils se battent depuis toujours avec une autre famille, les Germain, ne me demandez pas pourquoi.

— Je ne vois pas le rapport avec mon SDF. Marie serait morte de quoi ?

— Aucune idée. Xavier Rosa paraît cependant impliqué dans l'affaire.

Je repose brusquement ma tasse de café sur la table basse.

— Impliqué ?

— On peut tout imaginer, de l'accident au meurtre passionnel. Le sujet est complètement tabou dans le village. Personne n'a voulu me renseigner. Vous m'aviez demandé de ne pas trop remuer le passé, je n'ai pas insisté.

— Vous avez bien fait.

— Mais je me suis quand même rendu à la gendarmerie.

Le détective reprend une tasse de café. Je reste suspendu à ses lèvres.

— J'ai appris que Marie n'était pas morte à Villard mais à l'hôpital de Dijon, après un coma prolongé, semble-t-il. Xavier Rosa n'a pas de casier judiciaire. S'il est impliqué dans cette histoire, il n'est pas responsable du décès.

— Pourquoi lui aurait-on fait porter le chapeau, alors ?

— Pour cacher un secret beaucoup plus lourd, j'imagine. Un orphelin d'origine portugaise qui séduit la fille du maire, cela ne fait pas bel effet dans l'arbre généalogique.

— Vous insinuez que la famille Vichot aurait joué un rôle dans cette affaire ?

— C'est une hypothèse.

— C'est horrible.

— Je ne vous le fais pas dire. Mais il y a prescription car les faits remontent à plus de trente ans. C'est tout ce que je peux vous dire. Je ne sais pas si je vous ai été utile.

— Si. Je déteste l'injustice. Ce Xavier Rosa n'aurait jamais fait le moindre mal à celle qu'il aimait. Salir sa mémoire est ignoble. Je vais m'employer à la réhabiliter.

— Bon courage. C'est un village de fous. Les gendarmes m'ont raconté des anecdotes entre Vichot et Germain qui pourraient remplir des pages de faits divers. Ils ont la carabine un peu sensible, apparemment.

— Ça ne me fait pas peur.

— Dans ce cas, je vous signale que l'ancienne école est à vendre. Ce sera plus pratique si vous souhaitez mener vos investigations de l'intérieur. Le problème, c'est qu'elle est hors de prix.

— Ce n'est pas un problème.

Le détective vide promptement sa tasse.

— Tant mieux pour vous. Le bâtiment est sympathique mais délabré. Si j'avais de l'argent à placer, ce n'est pas là que je l'investirais.

— Vous feriez quoi, sans indiscrétion ?

— Si je gagnais au loto ?

— Par exemple.

— Je prendrais une retraite immédiate et définitive en Espagne. Mes parents louaient une maison près d'Alicante quand j'étais petit. C'est là que je retournerais, sans hésitation.

Les yeux du détective se sont mis à briller. Il ajoute :

— Tout le monde rêve de voyages, vous ne croyez pas ?

— Euh… certainement.

M. Tournel s'est levé. Je lui tends l'enveloppe que j'ai préparée à son intention.

— Tenez, voici un aller simple pour deux personnes en Espagne.

— Merci. Je vous enverrai la facture.

Je raccompagne le détective sur le seuil. Les souvenirs de mes vacances avec mes cousins à Erquy, en Bretagne, défilent dans ma tête. Je me revois chercher des coquillages pendant des journées entières sur la plage, au gré des marées. L'idée de prendre des vacances perpétuelles à Alicante semble très séduisante, mais quel serait l'intérêt d'y aller tout seul ? Les émotions, ça se partage, a priori.

Mon regard accroche le dossier que M. Tournel a laissé sur la table du salon. Un voyage à Villard-sur-Armançon… voilà ce qui m'attend. C'est moins romantique que l'Espagne comme destination. Et d'après ce que m'a raconté le détective, c'est même le pays des ennuis. Les gens ont peut-être raison en définitive : je ne suis pas très normal.

4

Villard-sur-Armançon. Deux cent cinquante habitants. Autant d'animaux.

Une superficie de sept cents hectares, dont quatre cents de forêts, cent de prés et deux cents de grandes cultures. Deux familles de paysans se partagent les terres agricoles : les Vichot et les Germain. Ils se font régulièrement des procès pour conserver intactes les limites de leurs propriétés. Ici, la terre est sacrée. Perdre un mètre carré revient à se faire arracher une main.

Depuis quelques jours, une rumeur alimente toutes les conversations à Villard. L'ancienne école aurait trouvé un acquéreur. Cela fait deux ans que le bâtiment est à vendre, suite à la création d'un pôle scolaire dans une commune voisine. Il s'agit d'une ancienne cure datant de 1828, avec un jardin potager et un parc de deux hectares adossé à l'habitation. Des générations d'élèves ont franchi les grilles de la demeure historique et certains ne se privent pas de commenter la nouvelle :

— Six cent mille euros pour cette ruine, c'est complètement aberrant !

— Six cent mille ? Tu en es sûr ?

— Certain. Ma mère est au conseil municipal.

Morgan et Adrien sont en classe de seconde. Les coudes appuyés sur le rebord de la fontaine qui trône sur la place centrale du village, ils discutent. Cette place, c'est le cœur névralgique de Villard. On l'appelle indifféremment la place de l'église, la place de la mairie ou la place du tilleul. Un grand arbre majestueux, au feuillage automnal, pousse effectivement à proximité de la fontaine. Il fait encore bon dehors en ce début octobre. Les retardataires en profitent pour ranger leur bois. Ils savent que, dans quelques jours, les cheminées reprendront du service.

Morgan et Adrien sont cousins. Ils font partie du clan Germain. Ils sont physiquement plus fins que leurs homologues Vichot, qu'ils n'apprécient pas du tout. L'animosité entre les deux familles a toujours existé et, comme les enfants reproduisent le comportement de leurs parents, ça ne s'arrête jamais. La guerre a cependant atteint son paroxysme avec la mort de Marie Vichot et le conflit dure toujours, surtout entre les plus jeunes, qui ne savent même plus pourquoi ils se battent.

Dans le clan Germain, Adrien est le plus virulent. Avec son crâne rasé sur les côtés et ses sourcils froncés, il se donne un air de dur à cuire en permanence. Il possède une cicatrice sur le bras gauche, qu'il exhibe comme une blessure de guerre. Il est en effet le seul à avoir osé affronter Hugo Vichot en duel, le plus dangereux de ses ennemis. Et même s'il a terminé le combat dans un fil de fer barbelé, il se targue d'avoir fait pleurer son adversaire grâce à un violent coup de poing dans l'œil.

Morgan est plus conciliant. Il a une voix posée et une nonchalance naturelle. Il a profité de son arrivée au lycée pour se laisser pousser les cheveux. Il détonne un peu dans la famille avec ses théories pacifistes et sa passion pour les animaux, mais comme il est plutôt bon compagnon, Adrien se garde de le critiquer. Il se défoule plutôt sur l'école :

— À part l'escalier intérieur en pierre, tout est fichu. Mon père m'a dit que les fenêtres étaient pourries, que le chauffage était pourri, que le toit était pourri…

— Que tout était pourri, quoi, résume Morgan. De toute façon, pour toi, ce n'est pas une bonne nouvelle.

— Comment ça ?

— Tu ne pourras plus emmener les filles dans le parc.

— Merde ! Tu as carrément raison !

— D'après Alexandra, le nouveau propriétaire a signé la semaine dernière chez le notaire. Il va bientôt arriver.

Adrien marque une pause. Il paraît surpris :

— Tu discutes avec la fille du maire, toi ? Remarque, elle est plutôt bien fichue. Tu as vu ses seins ?

— Ce n'est pas la première chose que je regarde chez une fille.

— Alors tu as un vrai problème. Il va falloir que je te donne des cours. Si elle te plaît, propose-lui un petit rendez-vous dans la grange.

— Je ne suis pas amoureux d'elle. Je discute avec elle, c'est tout.

Adrien se prend la tête entre les mains :

— Mais il n'y a pas besoin d'être amoureux pour avoir envie d'une fille ! Je peux te faire une démonstration avec elle, si tu veux.

— Tu sortirais avec une Vichot ?

— Pourquoi pas ? Ce n'est pas parce que mes parents sont en procès avec les siens que je n'ai pas le droit de l'approcher. Tu veux que je te dise ? Je suis sûr que Louis Vichot préférerait la voir mariée avec un Germain plutôt qu'avec un étranger !

— Un étranger ?

— Quelqu'un qui n'est pas d'ici, si tu préfères.

— Je me méfie de ta définition. Mon père a des origines polonaises, je te rappelle.

— Ton père, c'est différent, il s'est marié avec une fille Germain. Il a été intégré dans la famille.

— Je ne vois pas ce qui le différencie des habitants originaires de Montbard ou de Semur.

Adrien a un geste d'agacement :

— Tu m'énerves avec tes raisonnements à la noix. Alexandra est une Vichot, d'accord, mais c'est une fille et elle a des formes qui plaisent aux garçons. On ne peut pas aller contre la nature. Et puis des mariages entre Vichot et Germain, on en a déjà vu !

— Oui, en 1900 ! Avant, les jeunes travaillaient dans les champs et sortaient rarement du village. Aujourd'hui plus personne n'a envie d'être agriculteur. Tu te vois reprendre la ferme de ton père ?

Adrien Germain fait une moue assez explicite. Il préfère largement épater les filles à moto plutôt que d'aller traire les vaches. Il revient au sujet qui le préoccupe :

— Ce n'est pas un crétin d'étranger qui m'empêchera d'aller draguer dans le parc. Qu'est-ce qu'elle a dit d'autre, Alexandra ?

— Qu'il s'agissait d'un Parisien.

— Un Parisien ? Mais qu'est-ce qu'il viendrait faire dans ce trou ?

— Mystère. Tiens, voilà Mathieu.

Adrien décolle ses coudes de la fontaine, se redresse subitement et enfourche sa moto.

— Salut, moi, je me casse. Je ne fraie pas avec les étrangers.

Son cousin ne le retient pas. Il a l'habitude. Une pétarade assourdissante accompagne l'arrivée de Mathieu. Le jeune homme n'appartient à aucun clan. Il est originaire de Montbard, ce qui lui a valu d'être catalogué comme l'« étranger de service ». Circonstance aggravante, sa famille a construit sa maison sur un terrain Vichot, dans le bas du village. Morgan suppose que des différends amoureux ont également opposé ses deux camarades. Adrien est manifestement jaloux d'un physique qu'il n'aura jamais. Car Mathieu est séduisant. Sous le tee-shirt à l'effigie de Stromae, on devine des épaules et un dos de nageur.

— Ton cousin a un problème, confie le nouvel arrivant à Morgan.

— Je sais.

— Heureusement que vous n'êtes pas tous comme lui dans la famille. On s'entendait pourtant bien en primaire.

— Les vieux démons ont la vie dure. C'est comme l'acné, ça ressort à l'adolescence.

— Tu m'étonnes. Tu crois que j'ai une chance avec Alexandra ?

Morgan lance un regard de biais à son camarade de classe.

— Alexandra ? Décidément, c'est sa journée. Le problème, ce n'est pas Alexandra, c'est plutôt son père.

— À ce point ?

— À ce point. S'il te prend à flirter avec elle, tu risques de passer sous sa moissonneuse-batteuse.

Mathieu ramasse des feuilles mortes et les écrase dans sa main.

— Alors, je vais finir broyé.

— Pardon ?

— Je te le dis parce que j'ai besoin d'en parler à quelqu'un. Et aussi parce que tu sais garder un secret. Cela fait un mois que je sors avec elle. On se voit en cachette près de l'ancienne décharge.

5

— Peu importe ce qu'a dit le notaire ! C'est un Parisien ! Il s'appelle Sylvain Balmont ! Il est toujours marié avec une certaine Céline mais ne vit plus avec elle ! Il a trente-huit ans ! Il est commercial dans une entreprise agroalimentaire et il a payé six cent mille euros pour un bâtiment qui en vaut à peine trois cent mille ! Et tout ça grâce à moi ! Qu'est-ce que vous voulez savoir de plus ?

Devant les membres de son conseil municipal, Louis Vichot, cinquante-deux ans, vient de hurler en tapant du poing sur la table. Ses colères sont fréquentes, surtout à minuit en fin de réunion. C'est le seul moment où on distingue sa bouche à travers sa moustache et sa barbe. Il ressemble à un bûcheron compact qui fend du bois avec une hache. Sa tenue est assortie à son caractère ; il a enfilé une veste en daim pour faire bonne figure, mais il a conservé ses chaussures de sécurité, deux énormes godillots en cuir renforcés par une coque métallique.

— Il est marié ? remarque un cousin éloigné du maire. Cela signifie que sa femme peut revendiquer la moitié de l'école ?

— Non, car ils ont fait un contrat de mariage qui lui permet d'acquérir la propriété tout seul. J'ai également cru comprendre qu'une procédure de divorce était en cours.

— Par consentement mutuel ?

— Comment voulez vous que je le sache ? Le notaire a beau être un ami, il n'est pas censé me faire un rapport sur la vie privée du Parisien !

— Excusez-moi mais on s'en fiche un peu...

La mère d'Adrien vient de se racler la gorge. C'est la seule femme du conseil. Née à Villard, elle a épousé un fils Germain il y a une vingtaine d'années et s'est présentée aux élections municipales pour faire entendre la voix de l'« opposition ». À quarante-cinq ans, elle est devenue le porte-parole du groupe Germain, en quelque sorte. Elle a su rapidement imposer son caractère bien trempé, et Louis Vichot sait qu'il est préférable de l'écouter sans l'interrompre. Malgré une voix légèrement éraillée à cause de la cigarette, elle ne s'est jamais laissé impressionner par cette assemblée masculine. Elle s'habille toujours correctement mais elle ne prend pas la peine de se maquiller, cela ferait trop dépareillé.

— D'après ce qu'on m'a rapporté, le Parisien aurait justifié son achat en mentionnant le nom d'un ancien jeune du village, un jeune qui a mystérieusement disparu de la circulation et qui aurait aujourd'hui une cinquantaine d'années.

— Ça ne vous regarde pas ! martèle Louis Vichot. Il s'agissait d'une conversation privée ! Le notaire n'est pas censé répéter ce nom à tout le monde ! Et moi non plus !

— Je ne comprends pas, insiste la mère d'Adrien. Il n'est pas interdit de savoir qui c'est ! Surtout qu'on a déjà des soupçons et qu'on aura tôt fait de l'apprendre !

— C'est le nom du diable.

Le doyen de l'assemblée, Modeste Vichot, soixante-dix-sept ans, ancien maire et père de Louis Vichot, vient de jeter un froid dans la petite salle du conseil qui manquait déjà de chaleur. À l'exception d'un portrait du président de la République, la décoration est sommaire : la peinture des murs s'écaille, les portes des armoires grises métalliques ne ferment plus et les dossiers s'empilent autour de l'ordinateur de la secrétaire de mairie. Louis Vichot se tait. Son père est le seul à pouvoir contester son autorité. Surtout lorsqu'il évoque le diable.

Dans la tête des conseillers, les vieilles histoires du village remontent à la surface comme une fermentation qui aurait tourné au vinaigre. L'une d'elles, en particulier, occupe tous les esprits : l'affaire Rosa, du nom de cet adolescent qui avait osé défier l'autorité de Modeste en séduisant ouvertement sa fille et qui avait pris la fuite après le décès de cette dernière. Elle s'appelait Marie. Elle venait d'avoir quinze ans. Et personne n'avait jamais su de quoi elle était morte. Dans certaines familles, la loi du silence est inscrite dans le génome.

Louis Vichot n'est pas à l'aise. Il attend que son père

reprenne la parole mais celui-ci se tait. Marie était sa sœur cadette. Il avait dix-huit ans à l'époque des faits. Il connaissait bien Xavier Rosa pour s'être battu avec lui à plusieurs reprises. Le gamin se défendait correctement pour son âge. Il encaissait les coups sans broncher et les combats cessaient d'eux-mêmes, sans vainqueur ni vaincu. Xavier Rosa était pire qu'un étranger. Il avait été placé en famille d'accueil chez des voisins, car ses parents ne pouvaient pas s'occuper de lui. D'après la rumeur, il devait s'agir d'immigrés espagnols ou portugais.

Dans la mémoire collective, l'orphelin est responsable de la mort de Marie. Il est donc devenu un pestiféré. Et voilà ce qui trouble la famille Vichot aujourd'hui. C'est bien le nom de Xavier Rosa qu'a évoqué le Parisien devant le notaire.

Le silence est pesant. Le plus jeune conseiller le rompt. Il se sent moins concerné que les autres.

— Le Parisien connaît Xavier Rosa ?

Louis Vichot regarde son père. Ce dernier incline légèrement la tête. Autorisation implicite.

— En effet, lâche enfin le maire. Nous ignorons s'il s'agit d'un ami ou d'un parent. Il a refusé d'en dire plus. La discussion est close. J'ai sommeil.

Les membres du conseil ne discutent pas. Ils se lèvent et laissent le maire avec son père. Modeste Vichot n'est pas un champion de la communication. Pourtant, cette fois, il retient son fils.

— Si ce Parisien est un imbécile, il va fouiner. Et s'il fouine, il va ruiner toute notre réputation.

Louis Vichot n'est pas très futé mais il n'est pas dupe. Son père ne lui a pas tout dit à propos de la mort de sa sœur. Ce serait le bon moment pour l'interroger. Le problème est qu'il n'a jamais osé lui poser aucune question.

— Je vais le faire surveiller.

— C'est ça. Et s'il nous casse les couilles, on lui montrera qui est le plus fort.

Le père a quitté la salle de la mairie. Louis Vichot observe ses conseillers qui s'étripent devant la fontaine à propos de l'affaire Rosa. En vendant l'école pour six cent mille euros, il a réalisé une excellente opération financière. Mais ce n'était peut-être pas le meilleur calcul.

6

Avec de l'argent, on fait n'importe quoi.

L'ancienne école que je viens d'acquérir n'est pas vraiment une affaire, mais elle correspond à la maison que j'aurais pu acheter pour mon SDF. Le cadre est sympathique, je ne suis pas très loin de Montbard et je peux donc rentrer quand bon me semble à Paris en prenant le TGV.

Nous sommes fin octobre, j'ai réservé un hôtel à Montbard pour plusieurs jours et j'en profite pour visiter Villard. Ma situation personnelle n'a toujours pas évolué. J'ai préféré conserver mon travail afin de ne pas éveiller l'attention de mon entourage. J'ai également eu le temps de mémoriser le dossier du détective. La généalogie de la famille Vichot n'a plus de secrets pour moi.

Je décide de parcourir le village à pied. L'école est située sur les hauteurs, on ne peut pas la manquer. Pour rejoindre l'Armançon, la rivière qui coule au fond de la vallée, je n'ai qu'à descendre la rue principale.

L'air est frais malgré le soleil. Les couleurs d'automne sont magnifiques et d'autant plus marquées que les forêts sont nombreuses. J'ai revêtu un anorak léger par-dessus mon costume. Je n'arrive pas à m'habiller autrement. Pas facile de changer ses habitudes.

Je traverse d'abord le cœur du village ancien. Les maisons sont en pierre et les cours de ferme impressionnantes. Les habitations de la famille Germain sont les plus proches de chez moi, au-dessus de la place centrale qui regroupe la mairie, l'église, une fontaine et un tilleul. La ferme des Vichot est située plus bas, au 7, rue de Semur. Père et fils habitent au même endroit, cela fait deux maires pour le prix d'un. Il me semble apercevoir une jeune fille dans la cour. De loin, elle ressemble étonnamment à Marie. C'est sans doute Alexandra, la fille de Louis Vichot. Il ne doit pas être facile d'être une fille dans ce milieu, fille unique qui plus est. Le pire, c'est qu'Alexandra n'a même pas de cousines. Louis Vichot doit être jaloux de son frère, Auguste, qui, lui, a deux fils, Hugo et Léo.

Je poursuis ma promenade jusqu'à un embranchement de deux rues menant toutes deux à la rivière. Je choisis la voie de gauche qui conduit à un lotissement de six maisons neuves, dont l'une dépasse en taille toutes les autres. On dirait vaguement un château avec une tourelle latérale. Située à la pointe du pâté de maisons, l'habitation fait face à la nature. Son propriétaire s'est réservé la meilleure vue.

Les gens me dévisagent curieusement dans la rue. J'ai droit à des regards appuyés, des regards en biais, des regards soupçonneux et, pour finir, un seul habitant m'adresse la parole. Il s'agit d'un certain Sébastien

Verdier, professeur de physique-chimie au collège de Semur-en-Auxois, qui étale du compost dans le petit carré de jardin devant sa maison dont l'ossature est en bois. Il n'apparaît dans aucune de mes fiches. Il se présente chaleureusement et veut me serrer la main. Je lui fais comprendre que je préfère éviter de me salir. Il s'excuse :

— Pardonnez-moi, je n'ai pas l'habitude des costumes, surtout le week-end.

— Il n'y a pas de mal.

Sébastien Verdier est très à l'aise. Je dirais qu'il vient d'avoir trente-cinq ans. Il n'a pas encore de cheveux blancs, ce qui me fait un point commun avec lui. Il ne s'est manifestement pas rasé ce matin et ça n'a pas l'air de le gêner. Moi, c'est l'inverse, je ne supporte pas qu'on me voie avec une barbe, même très courte. Il est légèrement plus grand que moi et ne doit pas faire beaucoup de sport, car il paraît plutôt gringalet dans son tee-shirt à manches longues. Il a les mains fines et, au vu des ampoules qui naissent au creux de sa paume, il s'agit d'un intellectuel qui se livre à des travaux du dimanche à la campagne. Je me présente à mon tour :

— Sylvain Balmont, je viens d'acheter l'école.

Le visage de Sébastien Verdier s'éclaire. Je m'attendais à faire fuir tout le monde, ça me rassure. Mon interlocuteur n'est pas un admirateur de Louis Vichot, la conversation le confirme.

— J'imagine que vous avez rencontré le maire, me dit-il. C'est un bandit ! Le prix qu'il a fixé pour l'école est exorbitant. Le conseil municipal est un ramassis d'incapables ! Ils trafiquent le Plan local d'urbanisme à leur sauce afin de classer un maximum de leurs terres en zones constructibles. Si j'ai un conseil à vous donner, c'est de ne jamais affronter Louis Vichot sur ce terrain-là. Sur aucun autre sujet, d'ailleurs.

Je comprends que Sébastien Verdier sera mon allié si les événements tournent au vinaigre. Ça me le rend sympathique. J'en apprends beaucoup sur les ambitions électorales du bonhomme : il projette de se présenter aux prochaines élections municipales afin de mettre un terme au règne de Louis Vichot et de sa famille de profiteurs – ce sont ses termes. Je l'écoute poliment. Il me pose des questions sur mon métier mais parle surtout du sien, ainsi que de sa passion pour l'aviation :

— Je fais de l'ULM à Semur-en-Auxois. Si vous voulez, je vous emmènerai faire un tour un de ces jours.

— Je n'aime pas trop voler.

— C'est regrettable. Vu du ciel, le village est magnifique. L'Armançon serpente entre les pâturages, les maisons sont nichées à flanc de colline et, en cette saison, c'est tout simplement magique ! Je vais vous donner mes coordonnées si jamais vous changez d'avis. Je suis sur liste rouge, vous ne me trouverez pas dans l'annuaire.

Je me retrouve avec un papier sur lequel est inscrit le numéro de téléphone de mon interlocuteur. Je lui demande à qui est l'habitation du bout de l'impasse.

— Le château ? dit-il, sarcastique. C'est celui d'Auguste Vichot, le frère du maire. Il lui ressemble, physiquement. C'est le même avec une moustache, sans la barbe. Il est aussi élu au conseil municipal mais il siège une fois sur dix, c'est inadmissible. Ses deux fils sont des vauriens. J'en ai d'ailleurs un dans ma classe cette année, Léo, le plus jeune. Il ne travaille pas parce qu'il sait qu'il va reprendre la ferme. Je les ai tous vus défiler dans ma classe, les gamins du village. Le plus agréable, c'était Morgan. Lui, au moins, il ne passait pas son temps à se battre dans la cour avec les fils Vichot.

J'avoue que je m'y perds un peu dans les prénoms. Sébastien Verdier me rassure :

— Il existe un moyen assez simple pour s'y retrouver. Morgan et Adrien sont cousins germains, c'est une blague qui circule régulièrement au collège. Et puis Hugo et Léo sont des Vichot, ça rime.

— C'est plus simple, en effet, je m'en souviendrai. D'où vient cette haine entre Vichot et Germain ?

— Je n'en sais rien et je m'en fiche. Leurs relations n'ont jamais été au beau fixe, mais il y a eu un drame dans la famille du maire, et ça a fichu la pagaille.

J'en conclus que la disparition de Marie a laissé des traces. Sébastien Verdier n'en a pas encore fini avec Auguste. Il lui en veut, apparemment.

— Il s'est choisi le meilleur terrain du lotissement. C'était facile pour lui puisque ce terrain lui appartenait. Sa femme l'a poussé à construire une maison neuve. Elle fait des ménages et ne supportait plus les vieilles pierres. Ils ont même une piscine, de l'autre côté. Ça a fait grincer des dents au conseil car on a souvent des restrictions d'eau par ici. Tout le terrain du lotissement appartenait à Modeste Vichot, à l'origine. En le classant constructible, il s'est fait des couilles en or, si vous me passez l'expression.

Nous sommes repartis dans les querelles municipales. J'abrège la conversation et prends congé de mon interlocuteur, qui me remercie de l'avoir écouté. C'est bien normal après tout.

La remontée vers l'école est plus longue que prévu. La pente de certaines rues est vraiment abrupte. Je repasse devant la propriété des Vichot puis devant celle des Germain et arrive, légèrement essoufflé, près de ma voiture que j'ai laissée devant le portail de l'école. Ma visite a été instructive. Il ne me reste plus qu'à rentrer directement à l'hôtel et à revenir demain.

Le lendemain, je gare de nouveau ma BMW noire devant l'école. Le portail est légèrement en retrait de la route principale, ce qui permet à trois voitures au moins de stationner. J'ai rendez-vous avec un architecte. À l'origine, je pensais restaurer la maison pour les héritiers de Rosa. Le détective n'en ayant pas trouvé, je la léguerai peut-être à la famille Bertelier, qui a accueilli le jeune homme pendant trois ans. D'après l'enquête, la mère vit toujours à Villard. Elle habite au 32, rue du Lavoir, au bord de l'Armançon, à l'exact opposé du lotissement que j'ai visité hier.

L'architecte est ponctuel. Il a le même âge que moi et

il est surtout très bien habillé – je me sens moins seul. Si on se promenait dans les rues, on passerait pour deux témoins de Jéhovah.

La propriété, rectangulaire, est ceinte par des murs de pierre hauts de deux mètres. Au premier plan, une allée de gravier traverse un ancien potager en friche. Elle s'élargit ensuite et fait le tour de la bâtisse. Un parc arboré s'adosse à l'école. Il assure une liaison continue avec une forêt communale, d'une centaine d'hectares, qui domine la vallée de l'Armançon.

Deux maisons neuves font face à la mienne. Mes autres voisins sont des champs cultivés, à l'exception d'un pré qui jouxte le flanc gauche de la propriété lorsqu'on l'observe depuis la rue.

Je pousse les grilles en fer forgé qui s'ouvrent en grinçant. L'architecte observe les façades au crépi blanc et les volets qui s'écaillent. Je le laisse compter les fenêtres et prendre des notes sur un carnet.

— Huit ouvertures au rez-de-chaussée, huit à l'étage et autant de l'autre côté, j'imagine.

— En effet, le bâtiment est parfaitement symétrique.

— Ce qui nous donne trente-deux fenêtres. Vous avez une grande famille ?

— Je suis tout seul.

L'architecte se gratte la tête. Il se demande manifestement ce que je vais pouvoir faire de tout cet espace. Je lui réponds indirectement :

— Je voulais acheter une maison à Villard et c'était la seule disponible.

— Vous l'avez achetée combien, sans indiscrétion ?

— Six cent mille euros.

Il émet un sifflement :

— Eh bien, celui qui vous l'a vendue est un bel escroc. Même le toit est à refaire.

— C'est le maire. Le bâtiment appartenait à la commune.

— Ah…

— Il s'agit d'une ancienne école. Sachant qu'un pôle scolaire allait se construire ailleurs, la mairie n'a pas jugé bon de l'entretenir.

— Je vois.

Nous sommes arrivés devant l'entrée. Il faut monter les trois marches d'un perron en pierre pour accéder à une lourde porte en bois. La serrure fonctionne avec une clé ordinaire. Alors que nous nous apprêtons à entrer, un bus scolaire passe au ralenti devant les grilles de la propriété. Les élèves s'agglutinent aux vitres afin de nous apercevoir.

— On dirait que vous êtes très attendu, me glisse l'architecte avec un petit sourire.

— C'est normal, tous ces collégiens sont allés à l'école ici. Je vous en prie.

L'odeur humide des vieilles pierres nous prend à la gorge. J'ouvre les volets du rez-de-chaussée afin de faire entrer la lumière et d'aérer les pièces. Les volumes sont importants. J'ai l'impression de me retrouver dans une colonie de vacances. L'ancienne salle de classe comporte encore deux tableaux noirs. Elle occupe la moitié du rez-de-chaussée. Une cuisine, une salle de bains et un salon complètent le premier niveau. À l'étage se trouvent une seconde salle d'eau et six chambres. L'architecte me donne son avis. Il est payé pour ça.

— La meilleure formule, c'est un gîte d'étape. La région s'y prête. En aménageant les chambres et les combles, vous pourrez facilement accueillir quatre familles en même temps. Vous pouvez également utiliser la grange et en faire des boxes pour des chevaux, par exemple.

— Très bien. Je signe.

— Vous signez ?

— Je vous donne mon accord. Vous avez carte blanche.

— Mais... je n'ai encore rien chiffré.

— Peu importe. Envoyez-moi vos suggestions, je ne regarderai pas à la dépense. Et pour les travaux, choisissez de préférence les entreprises les plus chères, leurs carnets de commandes doivent être moins chargés.

L'architecte me regarde avec des yeux ronds.

— Eh bien... tous les clients ne sont pas comme vous. En ce moment, c'est plutôt la crise.

— Ça vous pose un problème ?

— Ah non, pas du tout, au contraire ! Je m'occupe de vous en priorité.

Machinalement, l'architecte balaie du regard la salle de classe dans laquelle nous sommes redescendus. Puis il remonte à l'étage. Le budget n'ayant plus de limites, il a de nouvelles idées. Il sort un mètre et commence à mesurer les fenêtres d'une chambre qui donne sur le parc. Les deux bras écartés dans la largeur, il s'immobilise soudain :

— Monsieur Balmont, vous avez de la visite.

— Pardon ?

— Venez voir par vous-même. Un gamin est en train d'escalader le mur d'enceinte.

7

— Adrien, descends ! Tu vas te faire repérer !

Morgan a du mal à raisonner son cousin. D'autant que celui-ci a aperçu un élément insolite dans le paysage.

— Si je te dis que je viens de voir Alexandra, tu me crois ?

— Dans le parc ?

— Bien sûr que non ! Elle marche de l'autre côté du pré, sur le chemin qui mène à l'ancienne décharge.

Morgan se mord les lèvres. La fille du maire a rendez-vous avec Mathieu, c'est évident. Contre son gré, le jeune homme décide d'accompagner son cousin.

— Adrien, saute dans le parc, j'arrive !

— Je croyais que tu ne voulais pas venir.

— Je ne suis pas une mauviette !

Morgan escalade le mur de pierre à son tour. Il rejoint Adrien derrière le tronc d'un arbre centenaire.

— Quel est le plan ?

— On s'approche du hêtre qui se trouve en face de l'école. Tu me fais la courte échelle, je grimpe dedans et je te décris ce qui se passe à l'intérieur.

Morgan pousse un long soupir :

— Franchement, je ne vois pas l'intérêt.

— Parle pour toi ! J'ai entendu Léo Vichot dans le bus. Quand il a vu la grille de l'école ouverte, il a eu la même idée que moi.

Tout en avançant à couvert dans le parc, Morgan se sent ridicule. En CM2, l'institutrice leur avait fait lire *La Guerre des boutons,* de Louis Pergaud. Cela n'avait servi de leçon ni aux Vichot ni aux Germain. À la fin de l'année, ils se traitaient mutuellement de Velrans.

Le parc est loin d'être entretenu. La forêt a repris ses droits et les buissons de cornouillers ainsi que les vieux arbres morts déracinés par le vent ralentissent leur progression. Adrien s'arrête de temps à autre pour écouter d'éventuels bruits suspects. Le martèlement caractéristique d'un pic contre un arbre retient l'attention de Morgan, qui le repère sur un grand charme.

— C'est un pic épeiche ! Je le reconnais à ses taches rouges !

— Ce n'est pas le moment d'observer la nature ! l'interpelle son cousin. On y est presque !

Le hêtre dans lequel les enfants grimpaient en cachette pendant les récréations se trouve effectivement à quelques mètres d'eux. Son port est majestueux. Rien ne pousse sous ses branches tortueuses. Une étendue de mauvaises herbes forme une bande de cinquante mètres de large entre l'arbre et le bâtiment.

Morgan fait la courte échelle à Adrien jusqu'à la branche la plus accessible. Le jeune homme disparaît dans le feuillage automnal et se cale sur une fourche, à quatre mètres du sol.

— Je vois un type dans la salle de classe. Il prend des mesures !

— Et les autres ?

— Quels autres ? Ils sont censés être plusieurs ?

— Il y avait deux voitures garées dans la rue.

En silence, Adrien scrute l'ensemble de la bâtisse. Morgan patiente. Il a un mauvais pressentiment. Un craquement dans son dos le fait sursauter. Il se retourne et reste en arrêt : Hugo et Léo Vichot, ses deux pires ennemis, le toisent d'un air méchant. Ils ont respectivement dix-sept et quinze ans. Hugo est en apprentissage et Léo redouble sa quatrième.

— Morgan le cure-dents, lance Hugo. Qu'est-ce que tu fiches ici ?

Le cure-dents est une allusion à la morphologie de l'adolescent. Morgan a grandi plus vite qu'il n'a épaissi et il a gardé une silhouette filiforme. Ce n'est pas un dieu de l'Olympe, et il ne fait pas peur à Hugo, qui le domine de la tête et des épaules. La génétique est mal faite : les Vichot sont beaucoup plus costauds que les Germain. Si Léo avait été tout seul, la situation aurait été différente. L'adolescent est toujours resté dans l'ombre de son frère aîné, qu'il suit partout comme un petit chien. Il n'en reste pas moins intimidant physiquement mais il est plus réservé. Son visage arrondi, couvert d'acné, n'en fait pas un modèle de séduction. Morgan ne cherche pas la bagarre.

— Je voulais voir à quoi ressemblait le Parisien.

— Tu es tout seul ?

— Non, il n'est pas tout seul, bande de larves !

Adrien aime la provocation. Et, à quatre mètres du sol, il ne craint pas de mettre son cousin en fâcheuse posture. La réaction d'Hugo est immédiate et prévisible : il assène un violent crochet dans le ventre de Morgan avant d'apostropher le singe.

— Tiens donc, le cousin Germain est dans l'arbre. Viens défendre ton pote si t'es un homme !

Les coups de pied pleuvent. Perché sur sa branche, Adrien s'époumone :

— Bande de lâches ! À deux contre un, c'est pas du jeu !

— Qu'est-ce que tu attends pour descendre, espèce de fiotte ? Tu préfères qu'on vienne te chercher ?

Prostré au pied du hêtre, Morgan gémit. Adrien hésite à se porter à son secours ; il sait qu'il n'aura pas le dessus. Hugo est effectivement un géant d'un mètre quatre-vingt-huit qui charrie des brouettes de béton toute la semaine. Impuissant, le jeune homme se contente d'insulter les agresseurs :

— Salopards ! Vous allez le payer !

Un cri de Léo met soudain fin à la bastonnade :

— Hugo, le proprio !

Avec effroi, les deux garçons constatent que le Parisien est en train de traverser la pelouse en courant. Ils s'enfuient sans plus attendre.

— Chacun pour soi ! hurle Hugo. Et bouche cousue !

Perché sur sa branche, Adrien reste immobile. Il ne

sait pas s'il doit se dénoncer ou non. Le Parisien ne semble pas soupçonner sa présence. Il s'est précipité sur Morgan, qu'il tente de remettre debout. Son cousin parvient à articuler quelques mots, ça prouve au moins qu'il n'est pas mort. Le propriétaire des lieux semble démuni dans son costume du dimanche. Morgan s'appuie sur son épaule pour se diriger vers l'école en claudiquant. Adrien commence à avoir froid mais il n'ose toujours pas esquisser un mouvement. Quand son cousin disparaît enfin à l'angle du bâtiment, il se laisse glisser à terre et s'enfuit au pas de course vers le mur d'enceinte. Le pré qui jouxte la propriété est désert ; ses deux ennemis ne l'attendent pas.

Ouf, je m'en sors bien, soupire l'adolescent. *Saletés de Vichot ! Ils n'ont pas fini de déguster !*

8

Le jeune homme que je viens de ramener dans la salle de classe n'est pas au mieux de sa forme. Il a le visage tuméfié et se plaint de douleurs aux côtes et au ventre. Je lui ai proposé de téléphoner à ses parents mais il a refusé. Je le laisse récupérer et prends congé de l'architecte qui a terminé ses mesures.

— Bonne chance avec votre pensionnaire, me confie-t-il sur le perron. Je vous envoie mes propositions dès que possible.

— Merci.

Je retourne à l'intérieur du bâtiment et me retrouve nez à nez avec le jeune, qui a décidé de rentrer chez lui à pied.

— Ce n'est pas raisonnable, je vais te raccompagner en voiture.

— Non.

Devant mon air surpris, il se justifie :

— Personne ne doit savoir ce qui s'est passé, pas même mes parents. Ils vont se douter qu'il s'agit d'un nouveau règlement de comptes entre Germain et Vichot, mais je ne suis pas un cafeteur. Cela ne ferait qu'envenimer la situation.

Je ne comprends rien. Je force mon interlocuteur à retourner dans la salle de classe afin de l'interroger. Après tout, il n'avait pas à s'introduire chez moi.

— Comment t'appelles-tu ?

— Morgan.

— Enchanté, moi, c'est Sylvain, Sylvain Balmont. Qui t'a frappé ?

— Je ne vous le dirai pas.

— Tu es du côté Germain ou du côté Vichot ?

— Germain.

— Donc tu as été frappé par deux Vichot.

Mon interlocuteur ne s'attendait pas à cette déduction. Il hésite à poursuivre :

— Vous avez tout vu ?

— En partie. J'ai aperçu plusieurs personnes qui escaladaient le mur d'enceinte. Je les ai perdues de vue dans le parc mais je suis resté à la fenêtre. Vos cris m'ont alerté. Le temps que je me précipite en bas, les Vichot t'avaient déjà roué de coups.

Morgan se sent obligé de dire merci. Je prends son attitude pour une marque de confiance.

— Tu sais ce qu'on va faire ? Je vais te dire pourquoi j'ai acheté cette maison, et toi, tu vas me raconter en détail toutes les vieilles histoires du village. C'est d'accord ?

— Tout dépend de ce que vous voulez savoir.

— C'est très simple. J'ai acheté cette maison car je suis un ami de Xavier Rosa.

Je détecte un tressaillement chez Morgan. Rien à voir avec ses douleurs costales.

— Tu as déjà entendu ce nom, on dirait.
— Oui. C'est un nom qui porte malheur.
— Pourquoi ?
— Parce qu'il est lié à la mort de Marie Vichot.
— La sœur du maire ?
— Oui.
— Que sais-tu à ce sujet ?
— Pas grand-chose. Ce sont des rumeurs.
— Quel genre de rumeurs ?
— Marie aurait été retrouvée dans le coma en pleine forêt par un habitant du village.
— Tu connais cet habitant ?
— Oui, c'est le vieux Gordon. Il n'est pas très aimé à cause de cette histoire. Modeste lui aurait apparemment versé de l'argent, c'est louche.
— Modeste Vichot, l'ancien maire ?
— C'est ça. Il a eu trois enfants, Louis, le maire actuel, Marie, qui n'est plus là, et Auguste, le père de ceux qui m'ont cassé la figure.

Tout cela, je le sais déjà mais ce n'est pas plus mal de me le rappeler.

— Tu ne les aimes pas ces deux-là, visiblement.
— Je les déteste, vous voulez dire. Surtout Hugo. C'est le plus méchant. Quand j'étais petit, il torturait des crapauds sous mon nez, exprès pour me faire enrager. Maintenant, il chasse des blaireaux et il s'en vante, c'est ignoble. Nos bagarres ne datent pas d'hier. Elles existaient déjà du temps de mes parents.
— C'est un peu ridicule, tu ne trouves pas ?
— Je suis d'accord avec vous. Il serait préférable de faire la paix, mais ce n'est pas gagné.

— Pourquoi Modeste aurait-il versé de l'argent à ce M. Gordon ?

— Aucune idée. Tout le monde évite le sujet dans le village. Qu'est-il devenu, Xavier Rosa ?

— Il est mort.

— Oh, pardon.

Je retiens un sourire. Malgré ses blessures, ce jeune conserve une spontanéité qui me plaît.

— Il est mort à Blois il y a quelques mois. Je suis venu m'installer ici pour le remercier.

— Le remercier ? Il vous a rendu des services ?

— On peut dire ça. Il a beaucoup souffert de la mort de Marie, en tout cas. Et il n'avait pas l'air d'apprécier Modeste.

— Personne n'aime les Vichot, ici. Et je ne dis pas ça parce que j'appartiens au clan Germain. Même les nouveaux habitants les détestent.

Je ne contredis pas mon interlocuteur. Lors de la signature de la vente, Louis Vichot ne m'a pas fait bonne impression. Surtout lorsque j'ai évoqué le nom du SDF. Au vu des explications de Morgan, je comprends mieux pourquoi.

— Tu savais que Xavier Rosa avait été hébergé dans une famille à Villard ?

— Les Bertelier ?

— C'est ça.

— Le père est mort il y a une dizaine d'années maintenant. Et la mère a la maladie d'Alzheimer. Vous aurez du mal à l'interroger.

— Ils ont eu des enfants ?

— Trois. L'un d'eux vit encore à Villard.

— Son nom ?

— Pierre Bertelier. Il habite rue du Lavoir.

— Comme sa mère ?

— Oui. Elle lui a légué une maison.

— Parfait, je te remercie. Je vais te raccompagner, maintenant.

— Je ne préfère pas. Les frères Vichot doivent surveiller l'entrée pour savoir ce que je deviens.

— Ils te font peur ?

— Oui. Mais ils n'oseront pas me frapper une deuxième fois devant chez vous.

Je laisse Morgan repartir tout en jetant un coup d'œil par la fenêtre. Le jeune homme ne s'est pas trompé : Hugo, le plus grand des Vichot, l'attend effectivement de pied ferme devant la grille. L'entretien dure une poignée de secondes. Morgan a certainement promis de se taire afin qu'on le laisse tranquille.

Il est presque 19 heures. Je consulte les pages blanches sur mon mobile et repère le numéro de Pierre Bertelier. Il est temps d'en apprendre un peu plus sur mon SDF.

9

— Morgan, qu'est-ce qui t'est arrivé ?

La mère du jeune homme est affolée. Son fils n'a pas pour habitude de se battre.

— Ce n'est rien. Je suis tombé d'un arbre.

Lucie Germain n'est pas dupe. Elle devine ce qui s'est passé.

— C'est encore un coup des Vichot, évidemment. Quand cesseront ces querelles ridicules ?

La mère de Morgan quitte la cuisine pour la salle de bains. Elle revient avec une trousse de pharmacie.

— Maman, pourquoi les Vichot nous en veulent-ils toujours autant ?

Lucie Germain lève les yeux au ciel. Toutes ces histoires la dépassent.

— Pour moi, ça date du remembrement. Modeste Vichot reste persuadé que ton grand-père a récupéré les meilleures terres de la commune, et ton grand-père pensait exactement le contraire lorsqu'il était encore de ce monde. C'est toujours le même refrain. Au lieu de se contenter de ce qu'ils ont, les gens sont jaloux de leur voisin. Heureusement que ton père n'est pas du village.

On m'a assez reproché d'avoir épousé un Karowski, mais ça m'a permis de prendre mes distances. Pour en revenir à ta question, je pense que la mort de Marie Vichot a vraiment aggravé la brouille.

— Que s'est-il passé exactement ?

— C'est de l'histoire ancienne. Inutile de remuer le passé.

— Justement. J'aimerais être au courant avant tout le monde.

— Comment ça ?

— Celui qui a acheté l'école…

— Eh bien ?

— C'est un ami de Xavier Rosa.

Lucie Germain reste en arrêt. Ses sourcils parfaitement épilés sont brusquement remontés de cinq centimètres. Son visage d'ordinaire sans rides se barre d'un pli vertical entre les yeux. Elle passe trois doigts dans sa chevelure brune avant de murmurer :

— Ce n'est pas bon, ça. Et d'abord, comment es-tu au courant ?

— J'ai discuté avec le Parisien devant l'école. Il est assez sympathique.

— Tu as discuté avec lui dans cet état ?

— Euh.

— Vous êtes allés l'espionner dans le parc, Adrien et toi, et les Vichot ont eu la même idée !

Morgan admire le pouvoir de déduction de sa mère. De toute façon, il ne sert à rien de lui mentir, elle finit toujours par tout deviner.

— Je ne voulais pas y aller.

— Mais Adrien t'a forcé. Je le reconnais bien là !

— Même pas.

Lucie Germain renonce à entrer dans les détails. Elle revient à Xavier Rosa.

— Qu'est-ce que tu veux savoir ?

— Le vieux Gordon, il a vraiment été payé par Modeste ?

Morgan se demande s'il n'est pas entré un peu brutalement dans le vif du sujet. Sa mère lui a effectivement tourné le dos. Elle se met à éplucher des pommes de terre à toute vitesse sur son plan de travail carrelé de blanc.

— Tant que le vieux Gordon ne sera pas au cimetière, les Vichot ne dormiront pas tranquilles.

— Pour quelle raison ?

— C'est lui qui a découvert la relation entre Marie et Xavier.

— Et alors ?

— On suppose que Modeste Vichot l'a payé pour qu'il les espionne. Le lieu où Marie a été retrouvée dans le coma a une importance.

— Quel lieu ?

— Je n'en sais rien. S'il n'avait pas été soudoyé, justement, on le saurait.

— Tu veux dire que Marie aurait fait une tentative de suicide dans ce lieu ?

La maman de Morgan revient s'asseoir près de son fils, son économe dans une main.

— Ça, ce sont encore des rumeurs. Certains ont supposé que Marie n'aurait pas supporté la pression de Modeste, qui voulait évidemment l'empêcher de revoir son amoureux. Elle aurait absorbé une grande quantité de médicaments pour mettre fin à ses jours en pleine forêt, là où elle avait l'habitude de retrouver Xavier.

— C'est plausible.

— Si on veut. C'est l'explication qui a fini par s'imposer, en tout cas.

— Parce qu'il y en a d'autres ?

Lucie Germain pousse un long soupir :

— Oui, il y en a d'autres. Certains pensent que Modeste a poursuivi les amoureux dans la forêt et que Xavier a entraîné Marie dans un endroit dangereux. Elle aurait fait une chute sur la tête pendant sa fuite. Mais je n'ai pas très envie de reparler de tout ça. Le jour où Marie a été retrouvée évanouie dans la forêt, le village a été traumatisé. Elle a été transportée en ambulance aux urgences de Semur, puis transférée à Dijon, et on ne l'a plus revue. Elle est décédée deux mois plus tard à l'hôpital, on n'a jamais su de quoi. Xavier Rosa en a été tenu pour responsable. Modeste a fait comprendre à la famille Bertelier qu'il devait immédiatement quitter le village. Point final de l'histoire.

Morgan se redresse sur sa chaise. Cette version ne répond pas à sa principale interrogation :

— En quoi cette tragédie aurait-elle provoqué une brouille définitive entre nos deux familles ?

— Parce que ton grand-père a accusé Modeste d'avoir caché la vérité. Pour lui, cette histoire de médicaments était complètement bidon et il en avait la preuve. Ils se sont menacés avec leurs carabines. J'ai bien cru qu'il y allait avoir un autre mort ce jour-là. Ils ont fini par s'expliquer en tête à tête et ton grand-père a décidé de se taire, sans que l'on comprenne vraiment pourquoi. Il n'en a plus jamais reparlé jusqu'à sa disparition, mais on en paie encore les conséquences aujourd'hui, tu es bien placé pour le savoir.

Morgan se force à sourire. Sa mère poursuit :

— Qu'est devenu Xavier, au fait ?

— Il est mort à Blois il y a six mois.

— À Blois ? Il avait un métier ? Une femme ? Des enfants ?

— Le Parisien ne me l'a pas précisé. Il s'appelle Sylvain Balmont. Il s'est installé ici pour lui rendre hommage.

Lucie Germain se redresse nerveusement et retourne à ses légumes.

— Eh bien, le Parisien ne sait pas dans quoi il met les pieds. S'il parvient à faire éclater la vérité, ce sera un exploit. Un exploit qui risque de lui exploser en pleine figure.

Un cataplasme de pommade sur la joue, Morgan réfléchit à la dernière déclaration de sa mère. Si les Vichot ont quelque chose à se reprocher, c'est peut-être le moment de percer l'abcès. Il est donc dans son intérêt d'aider Sylvain Balmont.

Morgan a mal un peu partout mais il ne peut s'empêcher d'esquisser un petit sourire : il a trouvé le moyen de faire enrager Hugo et son frère.

10

Pour se déplacer dans Villard, il vaut mieux avoir un véhicule utilitaire. Ma BMW noire ne passe pas inaperçue. Il faudra peut-être que j'investisse dans une petite Dacia, le comble pour un millionnaire.

L'adresse que m'a donnée Morgan est exacte. J'ai laissé sur la gauche le lotissement de Sébastien Verdier, le passionné d'ULM, pour rejoindre la rue du Lavoir. La maison de Pierre Bertelier n'est pas grande vue de la rue, mais elle possède certainement un jardin à l'arrière, comme la plupart des habitations du village. Le secteur est complètement différent du mien. La proximité de l'Armançon en contrebas crée des espaces bocagers délimités par des haies. Quelques prairies ont été retournées pour être semées en blé ou en colza, mais dans une moindre proportion que sur le plateau. En levant la tête, je peux apercevoir la forêt qui prolonge le parc de l'ancienne école.

En guise de sonnette, je trouve une cloche attachée à une vache en porcelaine. Ce n'est pas le genre d'article que l'on trouve facilement à Paris. Le propriétaire des lieux écarte un rideau à la fenêtre et le lâche aussitôt.

Silence.

Je sonne de nouveau, comme si j'étais à la messe un jour de Pâques.

Cette fois, la porte s'ouvre. Pierre Bertelier, la quarantaine, pas très grand, une cigarette à la main, me regarde d'un air méfiant. Il a dû me prendre pour un représentant, ce qui n'est pas complètement faux dans l'absolu. Je me présente :

— Sylvain Balmont. Je viens d'acheter l'ancienne école.

Nouveau regard de biais.

— Je peux entrer ?

Une jeune femme d'une trentaine d'années fait son apparition dans l'entrebâillement, un bébé de six mois dans les bras. C'est elle qui répond :

— Oui, bien sûr.

Planté comme un piquet sur le perron, le mari me regarde passer devant lui sans esquisser un geste. Il termine sa cigarette et referme la porte tandis que sa femme m'invite à déposer mon blouson sur une chaise. Il fait une chaleur étouffante dans la pièce qui sert à la fois d'entrée, de cuisine et de salon. Le chauffage est assuré par un poêle à bois tournant à plein régime. Par la fenêtre, je distingue des réserves de combustibles assez impressionnantes, empilées le long d'une clôture. Je tente de détendre l'atmosphère :

— Vous vous chauffez uniquement au bois ?

Encore une fois, c'est Mme Bertelier qui répond.

C'est une femme du terroir, petite, bien en chair, avec des cheveux bouclés qui retombent légèrement sur ses épaules.

— Uniquement. Et on le fait nous-mêmes.
— Ce doit être du travail.
— Vous n'imaginez pas.

Ça, c'est la voix de Pierre Bertelier. C'est le moment de ferrer le poisson :

— Combien de temps vous y passez ?
— C'est difficile à dire. Il faut d'abord le couper, le fendre, le débarder, le scier, l'empiler, et puis tout dépend du nombre de stères.

Mon hôte m'invite à aller jeter un coup d'œil sur les piles qui se trouvent à l'extérieur. Sa femme est partie changer le bébé dans la salle de bains. J'entends des gazouillis caractéristiques.

— Celles-ci sont empilées en un mètre, explique Pierre Bertelier. Il faudra les scier en trente-trois pour que les morceaux rentrent dans le poêle.

Je ne comprends rien mais peu importe.

— Vous le coupez quand ?
— Maintenant. Le tirage des affouages a été effectué la semaine dernière.
— Quel mot avez-vous dit ?
— Affouages. Vous ne savez pas ce que c'est ?

Pierre Bertelier vient d'esquisser un sourire. Il doit me prendre pour un plouc.

— Ce sont des parcelles de bois qui sont mises à la disposition des particuliers par la commune, moyennant une cinquantaine d'euros. Dans certaines communes, on paie au stère, mais ce n'est pas le cas chez nous.

J'évite de lui demander ce que représente un stère

de bois, je regarderai sur Internet. Le principal est de gagner sa confiance.

— Vous avez du matériel ?

Nouveau rire. Je ne savais pas que je pouvais être aussi drôle.

— Couper trente stères avec une scie à bûches, c'est du sport.

— Je vous crois.

En définitive, Pierre Bertelier semble ravi de pouvoir expliquer sa façon de travailler à un novice. Sa femme revient avec le bébé en pyjama. Elle interrompt la conversation :

— Si vous voulez un affouage, la mairie en garde toujours un ou deux en réserve.

Je décline gentiment l'offre.

— J'ai un chauffage au fioul. Et puis, je ne connais rien au bois. Le mot « tronçonneuse » ne fait pas partie de mon vocabulaire.

— Ça vient vite, réplique Pierre Bertelier. Je vous conseille de réfléchir à la question, le bois, c'est beaucoup moins cher. Tenez, moi, avec l'amortissement du matériel, je dois me chauffer pour un peu moins de deux cents euros par an.

J'évite de lui signaler que deux cents euros représentent pour moi l'équivalent d'un quart de timbre-poste en regard de ma nouvelle fortune.

— On économise pour changer le toit, souligne sa femme. La maison est un peu petite avec le bébé, mais nous n'avons pas les moyens de déménager. Nous avons déjà refait tout l'intérieur.

J'imagine sans peine Mme Bertelier mettant la main à la pâte. Elle a de l'énergie à revendre. Son mari aussi, même s'il est plus taciturne. À voir sa carrure, je ne le provoquerais pas en duel. La maison est en tout cas rénovée avec goût. Le mur derrière le poêle est en pierre apparente, les poutres repeintes en blanc éclaircissent la pièce principale, et la couleur fauve des meubles de cuisine se marie avec le rouge des tomettes au sol. Des photographies sont posées sur un vaisselier ancien, à côté de l'entrée. Un rapide coup d'œil me permet d'identifier les parents de Pierre.

— On m'a dit que votre mère habitait encore ici mais qu'elle souffrait de la maladie d'Alzheimer. En d'autres circonstances, je ne vous aurais pas dérangés.

— Vous vouliez voir ma mère ?

— Disons que j'aurais aimé lui parler de Xavier Rosa.

La réaction de Pierre Bertelier est significative : son visage se ferme, ses lèvres se mettent à vibrer et il porte une main à la poche de son jean afin d'en sortir un paquet de cigarettes. Sa femme prend une nouvelle fois la parole à sa place :

— Si vous êtes venu pour nous parler de Xavier Rosa, vous pouvez repartir.

Je tente de masquer mon agacement. J'ai bien compris que mon SDF était un pestiféré. J'imaginais cependant qu'il en irait autrement dans sa famille d'accueil.

— Il vous a créé des ennuis, à vous aussi ?

— À moi ! Pas à ma mère !

Pierre Bertelier a haussé le ton. Le bébé se met à pleurer. Sa femme le berce tout en gardant une oreille attentive à la conversation qui s'engage.

— Je suis désolé. Je ne veux pas vous blesser. Je cherche simplement des informations sur Xavier Rosa car il est mort dans une rue de Blois il y a six mois.

Mon interlocuteur se calme. Le décès de quelqu'un impose le respect, même s'il s'agissait d'un ennemi.

— J'ai mal vécu la période où il était chez nous, raconte Pierre Bertelier. Sous prétexte qu'il était un enfant maltraité, ma mère s'occupait plus de lui que de moi. Et quand il est parti, elle a gardé contact avec lui. Je crois même qu'elle lui envoyait de l'argent alors qu'elle ne m'a jamais donné un centime !

— Elle t'a donné la maison, corrige sa femme.

— C'était une ruine !

— Parle moins fort, tu fais peur au bébé.

Je me sens de plus en plus mal à l'aise. Manifestement, je n'apprendrai rien de plus en restant ici.

— Écoutez, je ne vais pas vous déranger plus longtemps. Votre mère n'aurait pas gardé un carnet, un journal ou des papiers qui pourraient me renseigner ?

— Si, répond sans hésiter Pierre Bertelier. Elle tenait une sorte de registre administratif. Xavier Rosa n'était pas le seul à séjourner chez nous. Mais autant chercher une aiguille dans une botte de foin. Depuis sa maladie, elle confond ses placards avec la poubelle. Et puis, nous avons déjà fait du tri à la mort de mon père.

— Vous pensez que je pourrais lui rendre visite ?

Mon interlocuteur rit jaune :

— Trop tard. Je viens de la placer dans un institut spécialisé. La situation n'était plus tenable. J'ai mis quelques meubles à vendre au troc du coin. Si vous voulez en acheter, ne vous gênez pas.

— Ce sera avec plaisir. Si j'acquiers tout le stock, vous me promettez d'aller chercher le registre ?

Pierre Bertelier froisse son paquet de cigarettes.

— Je ne veux plus entendre parler de ma mère ! Allez vous faire foutre avec votre registre !

— Je vous paie votre toit.

La réplique est de trop. Pierre Bertelier ouvre la porte d'entrée et me fait signe de déguerpir en hurlant :

— Dehors ! Je ne suis pas à vendre !

J'obéis sans réfléchir. J'attrape mon blouson et sors, sous les yeux affolés de la jeune maman. Le battant claque dans mon dos. Cette fois, j'ai vraiment l'air d'un plouc.

Penaud, je regagne mon véhicule en ayant l'impression d'avoir tout gâché. Mais au moment où je démarre, la porte d'entrée s'ouvre. Mme Bertelier se précipite sans manteau vers la voiture et me demande de baisser la vitre. Elle a dû confier le bébé à son père.

— Excusez mon mari, il est sur les nerfs. Prendre la décision de placer sa mère n'a pas été facile.

— Je comprends. Je m'y suis mal pris aussi.

La jeune maman reprend son souffle. Elle semble gênée sans être gênée, son comportement est difficile à décrire.

— Vous savez, je ne me sens pas concernée par toutes ces histoires. Je viens de Venarey-Les Laumes, je n'ai pas connu Xavier Rosa et je n'ai même jamais cherché à savoir qui c'était. Tout ça pour dire que je peux… éventuellement… vous aider… à… Ce n'était pas une blague, pour le toit ?

Je lui adresse mon plus beau sourire de commercial.

— Ce n'était pas une blague. Voici une avance sur la facture. Dix mille euros en liquide.

Je sors une enveloppe du vide-poches et la tends à mon interlocutrice, qui semble tomber en transe. Elle s'empresse de faire disparaître l'enveloppe sous son chemisier.

— Je m'appelle Florence et je vais vous le trouver, votre registre, me glisse-t-elle en chuchotant comme si elle était soudain devenue ma complice. Et personne n'en saura rien.

Elle retourne vers la maison, m'adresse un petit signe de la main et disparaît aussi vite qu'elle était sortie.

Je démarre avec le sentiment d'être un peu moins idiot que tout à l'heure. Avec de l'argent, on fait décidément n'importe quoi. J'aurais cependant dû me méfier. Faire une transaction pareille en pleine rue, ce n'est pas très prudent. Car ici plus que partout ailleurs, les murs n'ont pas seulement des oreilles, ils ont aussi des yeux.

11

Encadrée par Louis et Géraldine Vichot, ses parents, Alexandra n'est pas à la fête. Elle est rentrée plus tard que d'habitude et l'interrogatoire qu'elle subit à table n'est pas une partie de plaisir.

— Hugo et Léo sont revenus il y a plus d'un quart d'heure ! tempête son père. Auguste m'a prévenu par téléphone. Tu étais censée être avec eux !

— Ton frère ne sait pas tout, riposte la jeune fille avec aplomb. Et heureusement d'ailleurs.

— Je te défends d'être insolente ! Pourquoi n'es-tu pas revenue en même temps ?

— Parce qu'ils ne m'ont pas attendue ! J'étais censée faire le guet à un endroit et je ne les ai pas revus !

— Louis, ta soupe va refroidir, intervient Géraldine. Je pense qu'Alexandra a compris la leçon. La prochaine fois, elle rentrera à l'heure.

— Elle a tout intérêt !

Louis Vichot empoigne sa cuillère avec fermeté et la cogne involontairement contre son assiette. Il avale alors sa soupe comme s'il n'avait rien mangé depuis trois jours.

— Tu as des soucis avec la mairie ?

Géraldine Vichot a une petite voix. C'est elle qui gère le quotidien à la maison : courses, ménage, vaisselle, linge, Alexandra. Elle sort rarement de chez elle, si ce n'est pour aller à la messe avec ses parents. Elle a toujours vécu dans l'ombre de son mari, qu'elle a connu à l'école élémentaire. Elle aussi est fille d'agriculteur, mais d'un village voisin. Les travaux des champs quand elle était enfant ont flétri sa peau. Elle porte des lunettes rondes et ne quitte quasiment jamais son tablier de la journée, sauf pour aller à la salle de traite. L'étable est devenue sa seconde maison. C'est elle qui a insisté pour conserver un petit troupeau de vaches quand son mari a décidé de se tourner vers les grandes cultures, une activité plus rentable et nettement moins contraignante.

Son union avec Louis Vichot a donné lieu à un regroupement de terres et de bâtiments inédit. Le couple possède quasiment le territoire d'une commune à lui tout seul, ainsi qu'une dizaine de granges transformées en appartements locatifs. Il se murmure que Louis Vichot paie l'impôt sur la fortune, même si cela ne se lit pas sur ses habits. Il possède en revanche une belle ferme et des outils à la pointe du progrès. Son tracteur est équipé d'un GPS qui pourrait quasiment repérer un trèfle à quatre feuilles dans une prairie.

— Non, je n'ai pas de soucis avec la mairie !

L'assiette de soupe se vide en un temps record. Alexandra croise le regard de sa mère : Louis Vichot n'est pas dans son état normal.

— Si ce n'est pas la mairie, alors qu'est-ce que c'est ? insiste Géraldine Vichot.

— Tu veux vraiment le savoir ? Eh bien, tu ne le sauras pas !

Alexandra a l'habitude de voir sa mère piquer du nez dans son assiette quand son père hausse le ton. Géraldine préfère courber l'échine plutôt que d'affronter le chef de famille. Pour Alexandra, cette attitude est insupportable. Elle décide donc d'exprimer le fond de sa pensée.

— Cela a forcément un rapport avec le Parisien. Auguste ne nous a pas envoyés l'espionner pour rien.

— Toi, tu te tais ! ordonne son père.

— Je me tais si je veux !

— Encore un mot et tu sors de table !

— Ne te fatigue pas, j'ai fini !

D'un mouvement théâtral, Alexandra jette sa serviette sur la table. La fraîcheur de ses quinze ans en fait une jeune fille agréable à regarder, même quand elle est en colère. Par esprit de contradiction, elle refuse de manger le gibier que son père rapporte de la chasse en hiver. Malgré quelques rondeurs, son régime quasiment végétarien lui confère une ligne plus svelte que celle de ses parents. Si elle n'avait les yeux marron de son père et les cheveux épais de sa mère, on pourrait même penser qu'elle ne fait pas partie de la famille.

Louis Vichot n'a pas le temps de protester. Sa fille est déjà partie. Il se défoule sur sa femme :

— Depuis ses huit ans, elle a tout avant les autres ! Console, ordinateur, téléphone portable et maintenant une tablette. Elle me fait honte ! Pourquoi je n'ai pas eu de fils ?

Géraldine Vichot se tait. Les souvenirs du douloureux parcours de l'enfantement refont surface : les fausses couches à répétition, les examens prolongés à l'hôpital et, pour finir, une fécondation *in vitro* qui s'est terminée par la naissance tardive et inespérée de sa fille. Elle ne trouve pas les mots pour réagir.

Alexandra, qui n'est pas allée très loin, s'en charge à sa place.

— Et toi, pourquoi tu es mon père ? On n'est plus au temps des rois de France ! La guerre de Cent Ans, on la doit à un problème d'héritier mâle ! C'est toi qui me fais honte !

C'en est trop pour Louis Vichot. Il se lève de table afin de corriger l'impertinente. Alexandra s'échappe dans la cour de la ferme et disparaît dans l'obscurité. Le maire revient bredouille près de sa femme qui, terrorisée, n'a pas bougé d'un millimètre. Il ouvre brutalement le tiroir d'une commode, s'empare d'une lampe frontale et se prépare à repartir. La sonnerie de son téléphone portable interrompt son élan. Il décroche.

— Ah, c'est vous... Du nouveau ?... Vous êtes sûr ?... Entendu, je vous remercie.

Louis Vichot raccroche d'un air absent. Il semble avoir oublié sa fille. Sa femme ose enfin l'interpeller :

— Louis, si ce qui te préoccupe est lié à la mort de ta sœur, tu ferais mieux de m'en parler.

Le maire ne répond pas. Il pose les deux mains sur la commode, dos à sa femme. Elle poursuit :

— Je sais ce que tu penses à ce sujet, tu me l'as déjà raconté.

Louis Vichot revient vers la table et s'assoit en face de son épouse. La lumière du plafonnier creuse ses rides. Il paraît encore plus fatigué que d'habitude.

— Le Parisien a rendu visite au Pierre Bertelier en début de soirée. Il y a eu des éclats de voix. En quittant la maison, il a remis une enveloppe à sa copine.

— C'est sa femme. C'est toi-même qui les as mariés l'année dernière. Il y avait de l'argent dans l'enveloppe ?

— C'est sûr. L'autre s'est empressée de la glisser sous son chemisier et elle est rentrée chez elle en courant.

— C'est un voisin qui t'a appelé ?

— Oui.

Louis Vichot a hésité. Sa femme sait qu'il lui ment, mais elle est déjà trop contente d'avoir recueilli ces informations.

— Ce Parisien, il cherche à obtenir des renseignements sur Xavier Rosa ? reprend-elle.

Le maire reste silencieux. Il a les doigts crispés sur sa cuillère. C'est bien Xavier qui le préoccupe.

— Qui lui a dit pour les Bertelier ? insiste Géraldine Vichot.

— Morgan Germain.

— Morgan Karowski, tu veux dire. Germain, c'est le nom de jeune fille de sa mère.

— Je préfère Germain.

— Comment sais-tu pour Morgan ?

— Par Auguste, quand il a appelé tout à l'heure. Hugo a surpris Morgan en train de discuter avec le Parisien. Il l'a un peu... brutalisé pour le faire avouer. C'est comme ça que j'ai appris pour le Pierre Bertelier. Je sais aussi que Xavier Rosa est mort à Blois il y a six mois.

— Tant mieux, il ne viendra plus nous embêter.

— Je ne sais pas si c'est mieux. Le Parisien est venu fouiner, je n'aime pas ça.

— De quoi as-tu peur ?

Louis Vichot fusille sa femme du regard. Il voudrait la faire taire mais elle n'en a pas terminé :

— J'étais là quand Modeste est venu te voir pour t'apprendre la mort de Marie. Tu n'es pas impliqué dans cette histoire, n'est-ce pas ?

— Tais-toi ! Tu ne sais rien ! Tu n'as entendu parler de rien !

Louis Vichot crie à s'arracher les cordes vocales.

Sa femme l'implore :

— Louis, s'il te plaît, dis-moi que tu n'y es pour rien !

Louis Vichot semble avoir été touché par la foudre. Poussé à bout, il finit par exploser :

— Non, je n'y suis pour rien ! La seule chose que je sais, c'est que ce jour-là mon père était furieux contre Marie car elle avait encore échappé à sa surveillance pour rejoindre le Xavier dans la forêt ! Il a appelé le Jojo Gordon et ils sont partis en tracteur en direction de la décharge. J'ai poursuivi mon travail à l'étable. Deux heures après, j'ai entendu l'ambulance. Elle est passée, sirène hurlante, devant chez nous. Je n'ai pas réfléchi et j'ai pris un vélo pour la suivre. J'ai tout de suite pensé qu'il y avait eu un règlement de comptes et que quelqu'un était blessé. Mais pas Marie ! C'était trop injuste ! C'est Xavier Rosa qui aurait dû y passer, pas elle ! Je suis arrivé au moment où le vieux Gordon sortait de la forêt, Marie dans ses bras. Mon père marchait derrière, complètement hagard. Je ne l'avais jamais vu dans cet état. Il n'arrivait même plus à parler. J'ai voulu monter dans l'ambulance mais il me l'a interdit. Pourquoi ? Pour me protéger ? Pour ne pas que je sache de quoi elle souffrait ? Je n'ai même pas eu le droit de lui rendre visite à l'hôpital parce qu'il fallait s'occuper de la ferme. Mon père a laissé les gens imaginer n'importe quoi, c'est ça que je lui reproche ! Le père Germain l'a même accusé d'avoir falsifié la vérité. Tout ça parce que Modeste aurait soi-disant versé de l'argent au Jojo Gordon ! Tu te rends compte ? Accuser mon père d'être impliqué dans la mort de ma sœur ? C'est ignoble ! Cela fait trente ans que je vis avec ces mystères. J'ai fait des efforts pour les oublier. Et voilà qu'un imbécile sorti de nulle part vient les réactiver !

Au bord de la crise de nerfs, Louis Vichot quitte la pièce. Son épouse l'entend monter l'escalier qui mène aux étages et claquer toutes les portes sur son passage. C'est le moment que choisit Alexandra pour réapparaître :

— Ça y est, il s'est calmé ?

Sa mère essuie ses larmes. Elle vient de passer l'une

des pires soirées de son existence. Mais le cauchemar n'est pas pour autant terminé.

— J'ai entendu papa crier sur toi, alors je suis revenue. Qu'a-t-il dit exactement à propos de la décharge ?

12

Ce matin, je suis allé à la messe.

Ce n'est pas franchement dans mes habitudes mais je tiens à rencontrer le curé. Les vieilles affaires de famille, ça le connaît forcément. Même si elles ne sont pas censées sortir du confessionnal.

Le moins que l'on puisse constater en entrant dans la nef, c'est que l'église est en piteux état. Les peintures du XVIe siècle s'écaillent, plusieurs vitraux sont cassés et l'accès à la chaire est barré d'un écriteau « Danger, interdit de monter, risque d'effondrement ». L'intérieur est particulièrement sombre, ce qui évite d'apercevoir les toiles d'araignées sous les bancs. Le chauffage est assuré par un poêle à bois qui permet d'envoyer de l'air chaud vers l'autel et les premiers rangs exclusivement. Je comprends mieux pourquoi personne n'est arrivé en retard.

En cette fête de la Toussaint, la foule est relativement nombreuse. La moyenne d'âge est élevée mais j'aperçois des couples avec des enfants. Au vu des voitures garées sur la place, je suppose que les trois quarts viennent des villages voisins. Faute de prêtres, les messes tournent effectivement d'église en église. Si ma présence intrigue certaines personnes, celle de Louis Vichot paraît encore plus étonnante. Mes voisines, deux bigotes à chapeau, ne se gênent pas pour la commenter.

— Je viens de voir passer le maire de Villard avec sa femme. Elle vient toujours toute seule d'habitude.

— Il doit avoir des choses à se faire pardonner.

Je ne peux m'empêcher de leur donner raison même si, pour le moment, le puzzle de l'affaire Rosa est loin d'être assemblé. Je me demande d'ailleurs si je fais bien de m'acharner, tant cette histoire sent la poudre. Tout dépendra des recherches de Florence Bertelier. Si le registre est vide, je lui paierai la seconde moitié du toit et je financerai la pension Alzheimer de la mère. Ensuite, je serai en paix avec mon âme, pour reprendre une expression de circonstance.

À entendre le curé, mon attitude est plutôt chrétienne. En revanche, j'ai toujours du mal avec la formule « Aimez-vous les uns les autres ». Quand je vois les Vichot et les Germain s'étriper, je me demande pourquoi ils vont à la messe.

Le curé a une grosse voix. On dirait un ancien rugbyman avec ses larges mains et sa stature de première ligne. Sa chasuble a dû lui coûter cher. Je l'imagine bon vivant et bon communicant, car il agrémente toutes ses paroles d'amples mouvements à l'italienne.

Pendant le sermon qu'il prononce sans micro, il réveille ses fidèles en accentuant certains mots, comme s'il les avait soulignés au préalable. *Amour*, *pardon*, *péché*, *partage*, *lumière*, *vie éternelle*, je ne retiens que les principaux avant de laisser mon esprit vagabonder. C'est le grand avantage de la messe : pendant une heure, on peut ne rien faire d'autre que réfléchir ou se reposer. S'il n'y avait cette alternance de « debout-assis-debout », il serait plus facile de méditer.

La conclusion du sermon me laisse perplexe : « Les vieilles histoires appartiennent au passé. Les réveiller n'apporterait que rancœur et désillusions. Vivez dans le présent ! Amen. »

Je ne connais pas le curé mais j'ai l'impression qu'il m'a visé entre les deux yeux. Certains fidèles se sont même retournés dans ma direction. Ils ont senti la flèche.

Le déroulement de la cérémonie me réserve une autre surprise. Au moment de prier pour les morts, le prêtre évoque la mémoire de Marie Vichot, disparue précisément un 4 novembre, quelques jours après la Toussaint. Voilà sans doute pourquoi la famille Vichot est aujourd'hui présente au grand complet.

J'impressionne mes voisines pendant la quête. En me voyant glisser un billet de cinquante euros dans la corbeille qui circule, les bigotes me gratifient d'un mouvement de tête admiratif. Elles auront des choses à raconter à la sortie.

Je n'ai pas communié depuis mes dix ans. Je reste donc assis sur mon banc inconfortable pendant la traditionnelle procession jusqu'au curé, lequel distribue des hosties à ses fidèles. Dans mon souvenir, l'hostie n'avait pas de goût et fondait en deux secondes dans la bouche. J'en salive encore rien que d'y penser. L'inconvénient pour mon estomac était d'attendre une suite qui ne venait pas. Pour la choucroute de midi, il fallait patienter deux heures de plus, mes parents ayant pris l'habitude de ranger l'église et de discuter avec tout le monde.

Je me retrouve donc assis tout seul, ce qui me vaut des regards inquisiteurs. Heureusement que j'ai vidé ma bourse pendant la quête. Une chorale d'une dizaine de paroissiens ne parvient pas à détendre l'atmosphère. J'ai l'impression de reconnaître un chant que je n'ai pas entendu depuis trente ans, malgré les voix fatiguées des grands-mères. L'assemblée manque cruellement d'adolescents et d'instruments de musique.

La cérémonie touche à sa fin. Les enfants de chœur aident le curé à ranger le service utilisé pendant l'eucharistie. C'est le dernier instant de calme avant le chant final. Je repense à Xavier Rosa. La mère Bertelier devait certainement l'emmener à la messe avec elle. Il a donc fréquenté cette église et je suis peut-être assis à sa place. Savait-il qu'un jour il vendrait des grilles d'Euromillions à des inconnus ? 4, 11, 15… je ne me rappelle plus la suite. Pourquoi Roxa jouait-il toujours les mêmes numéros ? En quoi étaient-ils censés lui porter bonheur ?

J'ai à peine entendu le chant final. La foule se disperse. J'aperçois le curé qui se dirige vers la sacristie pour se changer. Je décide de l'attendre dans la nef. La famille Vichot ne semble pas pressée de partir non plus. J'identifie facilement le frère du maire, Auguste, car on dirait Louis avec une moustache. Les deux personnes âgées sont les parents. Les autres doivent être les conjoints. C'est peut-être le moment d'aller les saluer.

Tel un gladiateur entrant dans l'arène à Rome, je prends mon courage à deux mains et m'avance vers le petit groupe. Un conciliabule inquiet accompagne mon arrivée.

— Bonjour, permettez-moi de me présenter : Sylvain Balmont, le nouveau propriétaire de l'école.

Ma main tendue est timidement serrée par le maire, qui joue son rôle de premier magistrat. Les autres hésitent mais finissent par l'imiter. Il faut les amadouer.

— Je n'ai pas l'intention de perturber la vie de votre village, au contraire. Je suis venu m'installer ici parce que la région est agréable et que j'ai une dette envers Xavier Rosa.

Les oreilles des participants s'allongent.

— Dès que j'aurai trouvé le moyen de le remercier, je vous laisserai tranquilles.

— Le remercier pour quoi ?

Le ton était sec mais Louis Vichot a posé la question qui était sur toutes les lèvres.

— Il m'a rendu un immense service. Je ne peux pas vous dire lequel.

— Vous êtes de la famille ?

— Non.

Modeste Vichot prend le relais. Il est voûté, on lui donne bien quatre-vingt-cinq ans, mais son élocution est parfaite :

— Le meilleur service que vous pouvez lui rendre est de partir d'ici et de ne plus revenir, comme lui. Xavier Rosa, c'est du malheur.

Le silence qui suit est pesant. Les épouses semblent particulièrement mal à l'aise, notamment la femme du maire qui regarde avec insistance ses souliers vernis. L'arrivée du curé en civil rompt l'embarras général.

— Toute la famille Vichot rassemblée, quel honneur !

Le prêtre ne m'a pas aperçu. Louis Vichot lui fait comprendre d'un regard qu'un intrus s'est glissé dans le groupe. Le curé me tend la main. Je ne me méfie pas. Il me broie les doigts.

— Monsieur Balmont, je présume. Vous êtes la seule personne que je ne connaissais pas dans l'assemblée.

— J'ai déjà été annoncé, apparemment.

— Bien sûr ! répond le curé de sa grosse voix. Vous avez acheté l'école ! Cela fait de vous un personnage célèbre !

Le sourire en coin que le prêtre adresse à Louis Vichot ne me plaît pas. Je suis l'imbécile qui a dépensé une fortune pour une ruine. Je me venge :

— Vous avez connu Xavier Rosa ?

Le prêtre se met à tousser bruyamment :

— Excusez-moi, j'ai avalé de travers. Ce n'est pas à cause du vin de messe, rassurez-vous, je prends toujours le meilleur. Du chablis premier cru, c'est ce qui va le mieux. Non, je n'ai pas connu Xavier Rosa, il ne venait jamais à la messe.

— Et Marie ?

— Marie, c'est différent. Je lui ai fait faire sa première communion. J'ai aussi célébré son enterrement, et ça, c'est une épreuve que je ne souhaite à personne.

Des regards lourds de sens convergent vers moi. Ma présence était tolérée ; elle est devenue indésirable. Je me retire poliment :

— Toutes mes condoléances en ce triste anniversaire.

Je sors de l'église avec un horrible sentiment de malaise. Il est clair que, pour la famille Vichot, Xavier Rosa est un monstre. Rien cependant dans sa biographie ne vient corroborer cette hypothèse.

Debout sur les marches du parvis, j'ai pitié pour cet homme. Sa vie a été un gâchis et je me dois de réhabiliter sa mémoire. Ses malheurs ont certainement commencé dans l'enfance mais ils se sont aggravés ici. Tout à l'heure, en remontant la nef, les regards plantés dans mon dos comme des couteaux, je me suis senti dans la peau d'un étranger, d'un banni, d'un moins que rien, d'un SDF. Je ne suis pas croyant mais, si un Dieu avait observé la scène, il aurait sûrement désavoué l'attitude des Vichot.

Ce soir, je rentre à Paris.

Mon séjour dans le village n'aura pas été inutile. Il m'a permis de faire le point et de clarifier ma présence ici. J'irai jusqu'au bout de ma démarche : je rendrai hommage à Xavier Rosa. Et tant pis si je dois soulever des montagnes.

13

— Il faudrait qu'on arrête de se voir ici.

Entre deux baisers passionnés, Alexandra essaie d'alerter Mathieu sur le sujet qui la préoccupe. Ses parents sont à la messe et elle n'a plus qu'une demi-heure devant elle.

— Qu'est-ce que tu racontes ? interroge le jeune homme. C'est l'endroit idéal. Nous ne sommes pas très loin du village, nous sommes masqués par des arbres et nous pouvons emprunter plusieurs chemins pour disparaître en cas de danger.

— Ce n'est pas ça que je veux dire.

Alexandra s'écarte de Mathieu et s'assoit sur un tronc d'arbre qui a été débardé. Le jeune homme la rejoint.

— Quel est le problème, alors ?

— Je t'ai déjà parlé de ma tante qui est morte à quinze ans ?

— Tu n'étais pas née et moi non plus. C'est de l'histoire ancienne.

— Ce n'est pas ça que je veux dire. Apparemment, elle rejoignait son amoureux près de la décharge.

— Et alors ? Elle est fermée depuis longtemps, la décharge. Tout a été recouvert de terre.

— Peut-être, mais ma tante en est morte. Si elle venait ici avec son amoureux, l'endroit est maudit.

La main de Mathieu s'égare entre les cuisses de la jeune fille.

— Tu n'as aucune preuve. Personne n'a jamais su où ils se rejoignaient.

— Si, le vieux Gordon.

De sa main restée libre, Mathieu attire Alexandra contre lui et l'embrasse. Elle se laisse faire.

— Alexandra, j'ai envie de toi.

— Tu as toujours envie de moi.

— Pas toi ?

— Si. Mais pas maintenant. Et pas ici.

— Quand, alors ? Et où ? Je n'attendrai pas un mois de plus. Je t'aime. Et j'ai vraiment envie de savoir ce que ça fait.

— Dans le village, c'est trop compliqué.

— On ne va quand même pas le faire dans les toilettes du collège ! Le mieux, c'est chez moi. Mes parents travaillent de nuit.

— Tu ne connais pas mon père. Il ne me laissera jamais sortir avant mes dix-huit ans.

— Ton père est cinglé, tout le monde le sait. Quitte à se faire surprendre, autant que ce soit en faisant l'amour, au moins on aura essayé.

Alexandra se met à rire. Elle se positionne à califourchon sur le tronc d'arbre, rejette ses cheveux en arrière, bombe la poitrine et prend un air de séductrice.

— Je te fais autant d'effet que ça ?

Le jeune homme la prend par la taille.

— Tu n'imagines pas !

Il l'allonge sur le tronc. Alexandra l'envoie rouler sur le côté et se redresse.

— Je préférerais être dans un lit. L'écorce et les cailloux, ce n'est pas mon truc.

— Et dans une grange à foin ?

Elle ne répond pas. Son regard s'est involontairement posé sur le poignet de son ami. Elle pousse un cri d'effroi :

— Mathieu, il est presque midi !

Le jeune homme tressaille à son tour.

— Mince ! Les cloches vont bientôt sonner. Pourquoi le temps passe-t-il toujours trop vite quand je suis avec toi ?

Il attire de nouveau sa compagne à lui. Elle l'embrasse en fermant les yeux avant de murmurer :

— À tout de suite, sur mon portable.

Mathieu la regarde s'éloigner, fasciné et amer. Avec la fille du maire, il a touché le jackpot des complications. Il s'enfonce dans le bois et rattrape le sentier qui descend vers l'Armançon pendant qu'Alexandra remonte vers l'ancienne école. Par chance, ils n'habitent pas dans le même secteur. En approchant de la lisière de la forêt, le jeune homme aperçoit des gilets orange.

Merde, des chasseurs, pense-t-il. *J'espère que je ne les connais pas.*

Mathieu a caché un VTT derrière un massif d'épineux. Pour ses parents, il est censé s'entraîner en vue d'une compétition régionale. Malheureusement pour lui, l'un des chasseurs le repère.

Le père Germain et son fils, je suis foutu.

— Tu t'entraînes à planquer ton vélo ? lui demande Adrien, une carabine sur l'épaule.

— J'ai poursuivi mon chemin à pied dans la forêt, ça te gêne ?

— Tu fais ce que tu veux.

Adrien mesure une tête de moins que Mathieu, mais son fusil lui donne de l'assurance. Son père l'apostrophe :

— Adrien, ce n'est pas le moment de discuter ! On a rendez-vous à la cabane de chasse !

Le père Germain a la carrure d'un petit frigidaire. Le cou rentré dans les épaules, il est aussi épais que large. Avec ses habits militaires, sa carabine et sa moustache, il donne envie de s'enfuir en courant. Mathieu enfourche son vélo afin de s'éloigner de la zone rouge. Adrien achève sa proie :

— Ce n'est pas le sentier qui mène à l'ancienne décharge ?

Les traits du jeune homme se crispent. Il doit répondre mais il ne sait pas sur quel ton. Il choisit le mode neutre et détaché :

— Oui, et alors ? Je pratique le triathlon, au cas où tu l'aurais oublié. Le sentier fait des boucles dans la forêt et tu le sais aussi bien que moi parce que tu l'empruntes à moto. Tu ne facilites pas la tâche des joggeurs, d'ailleurs, car on glisse dans tes flaques de boue et on se tord les pieds dans tes ornières.

Il n'en faut pas plus à Adrien pour bouillir sur place. Il pointe son arme sur son camarade :

— Répète un peu pour voir.

— Vas-y, tire-moi dessus, tu ne rentreras pas bredouille, au moins.

Mathieu s'élance sur le chemin empierré qui descend en lacets vers l'Armançon. Il ne fait plus attention à Adrien, qui a abaissé son arme et qui l'insulte :

— T'es vraiment un connard ! Les chemins sont à tout le monde !

Mathieu longe à présent la rivière. Il pense qu'Alexandra a raison, il va peut-être falloir trouver un autre lieu de rendez-vous. Car Adrien a aperçu la jeune fille, l'autre jour, côté école. Il le sait par Morgan, qui a payé de sa personne pour garder le secret. Si celui-ci n'avait pas accompagné son cousin dans le parc afin de faire diversion, il ne se serait pas fait casser la figure par les fils Vichot.

Quelle bande de tarés ! pense Mathieu. *Avec des familles pareilles, pas étonnant qu'il y ait des guerres.*

Sa maison, construite dans les années 1980, se trouve dans le lotissement du bas du village, près de l'Armançon. Le jeune homme range son VTT dans le garage et remonte dans sa chambre. Ses parents ont travaillé toute la nuit, ils ne devraient pas tarder à se réveiller. Alexandra lui a déjà laissé trois SMS pour lui dire qu'il lui manquait. Dans l'un d'eux, elle propose un autre lieu de rencontre, perdu dans la forêt. Mathieu connaît l'endroit. Il s'agit d'un secteur assez dangereux, car une vieille pancarte installée par la mairie signale l'existence de falaises calcaires et d'un gouffre. Alexandra ne semble pas s'en inquiéter, au contraire. Elle conclut son message par une invitation :

On y va mardi ?

Le mardi, c'est le seul jour où ils finissent tous les deux à 16 heures. Ils se font raccompagner du collège par une voisine du lotissement dont la fille est dans leur classe. Pour Alexandra, c'est le seul jour où elle a quartier libre. Son père assure la permanence de la mairie et sa mère est à l'étable.

Mathieu n'hésite pas. Alexandra occupe quatre-vingt-dix-huit pour cent de son esprit à elle toute seule.

À mardi. Je t'aime.

14

L'architecte m'a envoyé les plans de l'école avec les prometteuses améliorations qu'il compte effectuer. Je n'ai pas attendu son accord pour lancer les travaux de toiture, qui sont les plus urgents. J'ai choisi la couleur sur Internet. À mon retour en Bourgogne, j'aurai un toit tout neuf.

Pour le moment, je préfère effectivement rester à Paris. Les conditions de vie y sont nettement plus confortables et la saison s'y prête. J'ai transmis mon adresse électronique à Florence Bertelier, afin qu'elle m'informe de l'état d'avancement de ses recherches. Le maire sait également où j'habite, mais je ne suis pas pressé d'avoir de ses nouvelles.

Une autre affaire importante me retient dans la capitale. J'ai décidé de démissionner. Et d'en faire profiter quelqu'un.

Alice Ménard.

Cette fille est une bombe.

Savant mélange d'Alice Taglioni et de Diane Kruger, elle a assuré un remplacement de congé maternité dans mon service pendant six mois, et je crois bien que tous les hommes lui ont demandé son numéro de téléphone, au cas où. J'avoue avoir passé plusieurs moments agréables en sa compagnie près de la machine à café, mais la relation s'est arrêtée là.

Lorsque je l'ai appelée hier pour l'inviter à dîner, je lui ai parlé de raisons strictement professionnelles. J'ignore si elle a quelqu'un ou non dans sa vie. Moi, je n'ai plus personne et j'ai l'intention de lui en mettre plein la vue. Contre toute attente, elle a effectivement accepté mon invitation.

Devant ma glace, je me trouve plus beau que nature. Aucun cheveu ne dépasse, ma chemise blanche et mon pantalon noir n'ont pas un faux pli et mon nœud papillon est parfaitement horizontal. J'espère faire plus jeune que mon âge car, dans mon souvenir, Alice n'a pas dépassé la trentaine.

Après avoir hésité entre *L'Ambroisie,* un restaurant trois étoiles au guide Michelin place des Vosges, et le *Jules Verne* de la tour Eiffel, j'ai choisi de prendre de la hauteur. J'ai donc réservé sur Internet une table pour deux personnes à cent vingt-cinq mètres d'altitude.

Alice m'attend devant son appartement du 12e arrondissement. Elle est fidèle à l'image que j'avais conservée d'elle : éblouissante. Comme si elle se présentait à un entretien d'embauche, elle aussi a sorti le grand jeu : maquillage très soigné, coiffure de rêve, tailleur Chanel ajusté à la perfection, le tout saupoudré d'une once subtile de parfum. J'ai déjà la tête qui tourne et je n'ai pas bu de champagne.

— Alice, tu es resplendissante.

— Merci, je te retourne le compliment.

Voilà le genre de commentaire qui redonne de l'énergie. Même si cela n'engage à rien.

— Tu m'emmènes où ?

— Surprise.

Avec une conduite souple et irréprochable, je prends la direction du centre de Paris. Je me gare un peu plus tard près du Champ-de-Mars. En apercevant la tour Eiffel illuminée dans la nuit, mon invitée commence à avoir d'agréables soupçons, même si elle refuse manifestement d'y croire, je le vois bien à ses petits regards interrogateurs. Nous n'avons pour l'instant échangé que des banalités sur nos anciens collègues. Alice est toujours au chômage, ce qui me permet de placer une réplique appropriée au moment où nous nous présentons sous l'arche de la tour.

— J'ai un poste à te proposer. On va fêter ça au *Jules Verne.*

Le petit cri de joie qui accompagne son sourire émerveillé me transporte. Elle me prend le bras :

— Sylvain, c'est trop !

— Non, ça me fait vraiment plaisir.

Nous nous retrouvons en tête à tête au deuxième étage. Alice ne se lasse pas de la vue sur la Seine et sur tout Paris éclairé. Elle n'a jamais eu l'occasion de venir ici, moi non plus d'ailleurs. Nous sommes assis près d'une vitre. On distingue l'architecture métallique de la tour, qui est rappelée dans la décoration du restaurant. Des ampoules orangées sur fond noir forment des alvéoles au plafond et les assiettes retournées à l'envers sur des nappes ont un design original : une structure en porcelaine se dresse en leur centre, à l'image du maillage de la tour. Une fois replacée à l'endroit, l'assiette se trouve surélevée sur cette structure. Je mets mon invitée à l'aise :

— Je prends le menu « Expérience » à six plats. Si tu as faim, tu es obligée de faire pareil.

Le rire d'Alice m'éblouit. Même si notre dîner reste sans suite, je savoure l'instant comme jamais. Je suis dans un lieu de rêve avec une femme de rêve, merci Xavier Rosa.

— Tu as parlé d'un poste ?

Revenons un peu à la réalité. Nous ne sommes pas ici pour les mêmes raisons. J'en profite néanmoins pour rapprocher mon visage de celui de ma compagne et lui glisser comme une confidence :

— Oui, c'est le mien.

— Le tien ? Mais…

Je cligne légèrement de l'œil pour essayer de lui faire deviner mes intentions.

— Tu… tu vas démissionner ?

— Demain. Le patron est au courant. Pour assurer la transition, je lui ai proposé de t'embaucher en CDI à ma place. Vu le succès que tu as remporté cet été, il n'a pas été long à convaincre. Il t'attend demain pour signer un contrat de travail. Tu n'as plus qu'à dire oui.

Alice ne trouve plus les mots pour réagir :

— En CDI ? Mais. Sylvain… c'est… enfin…

— C'est une belle opportunité, non ?

J'attends au pire un remerciement, au mieux un baiser. Le problème est que mon invitée ne se rend pas compte de ce qui lui arrive.

— Tu… Je… je ne veux pas me mêler de ce qui ne me regarde pas mais… tu as vraiment l'intention de démissionner ?

— Absolument. Tiens, regarde.

Je lui tends la lettre que j'ai rédigée l'après-midi même. C'est sobre et discret. Alice la lit en quelques secondes. Elle me gratifie d'une pose admirative qui irait très bien dans un magazine de mode.

— Alors, ce n'est pas une blague ! Je pensais franchement que tu avais inventé un plan « drague ». Pourquoi avoir pensé à moi ?

— Parce que tu le mérites vraiment. Et pas seulement parce que tu es magnifique.

Elle se penche vers moi… et dépose un baiser sur ma joue.

— Merci.

Je viens d'obtenir le meilleur. J'en ai des frissons un peu partout. Alice se rassoit, radieuse.

— Tu as trouvé un autre job ?

— Si on veut. Je vais me lancer dans l'immobilier.

Inutile de préciser que je dirige un empire de cent soixante-quatorze millions d'euros. Séduire une telle créature avec ma fortune fausserait notre relation. Je lui montre la photo de l'école sur mon portable en lui présentant la propriété comme un héritage. Puis je lui détaille les projets de l'architecte tout en dégustant des artichauts poivrades à la barigoule. La conversation devient joyeuse, débridée. J'apprends qu'elle a vingt-neuf ans. Elle projette de rompre avec son copain, qui n'est pas encore au courant. Les hommes plus jeunes qu'elle la déçoivent. Un point pour moi. Nous nous découvrons une passion commune pour la photographie. Elle aime la mode, les corps nus ou en mouvement, je préfère les paysages, les rues, la ville au petit matin. Si elle gagnait au loto, elle partirait en vacances dans les îles, se ferait bronzer toute la journée et danserait toute la nuit. J'en prends bonne note. Si elle était un animal, elle choisirait la panthère pour sa souplesse, sa puissance et son élégance. Le côté mangeuse d'hommes lui va bien. Si elle devait faire une folie, elle enverrait sa photo à Bradley Cooper afin de le rencontrer. Je pense qu'il serait capable de lui répondre.

Le corton-charlemagne et le puligny-montrachet premier cru nous ramènent en Bourgogne. En vraie Parisienne, Alice me demande s'il n'est pas trop difficile de quitter la capitale pour aller habiter dans la campagne profonde.

— Elle n'est pas si profonde que ça.

Je pose mon verre ballon sur la table et je l'observe en souriant.

— Tu sais ce qu'est un affouage ?

— Un… Pardon ?

— Peu importe, c'est un terme technique de là-bas. Tout ça pour dire qu'il vaut mieux se méfier. Tout dépend du référentiel dans lequel on se trouve.

Alice est fascinante avec son air perplexe. Je la

mange des yeux et je lui fais une confidence à propos des Vichot et des Germain :

— Quand tu es tout seul parmi des ploucs, tu as beau être le plus intelligent du monde, c'est toi qui passes pour un imbécile.

15

Florence Bertelier n'a rien dit à son mari.

Les dix mille euros, elle les a placés sur son livret A afin de les faire fructifier, et comme c'est une femme de parole, elle met tout en œuvre pour honorer sa promesse.

Avoir un mari routier présente l'avantage de disposer d'un peu de temps libre pour aller explorer la maison de ses beaux-parents. Le problème, ce sont les voisins. Les retraités aussi ont du temps. La plupart coupent du bois dans les affouages, mais les plus âgés ont une double vue : un œil sur la télévision, l'autre sur la fenêtre qui donne sur la rue.

En congé parental, Florence Bertelier connaît les habitudes de tout le monde. Elle calcule donc les meilleurs horaires pour mener à bien son projet de fouilles en toute discrétion. Ses deux précédentes visites ont été infructueuses, tant le volume de papiers à classer est considérable. Les parents Bertelier avaient la fâcheuse habitude de tout garder et ils ont empilé des archives dans plusieurs pièces. Le bureau du père est resté en l'état depuis sa mort, comme s'il s'agissait d'un sanctuaire. C'est là que se trouve la principale réserve de documents. La seconde pièce la plus remplie est, curieusement, le salon. Des meubles anciens collés les uns aux autres le long des murs donnent l'impression d'étouffer, surtout quand les volets sont fermés. Certains contiennent de la vaisselle, d'autres des DVD, des revues, de vieux journaux et une quantité non négligeable de papiers administratifs.

Après avoir écumé le bureau du premier étage, Florence Bertelier inspecte désormais le salon. Il est 10 heures du matin et elle s'éclaire avec une lampe de poche. L'odeur de renfermé est insupportable, mais elle ne peut pas aérer. Elle s'est donc aspergée de parfum avant d'entrer.

Elle retrouve d'abord de vieux albums de photos qu'elle feuillette à tout hasard. Ils datent de l'époque argentique, une ère que tout le monde a presque oubliée. Elle n'a pas connu Xavier Rosa et ne sait même pas à quoi il ressemble. Il doit pourtant exister des photos de lui avec Pierre. Elle se repère aux années inscrites au feutre sur les couvertures et finit par découvrir une série de clichés pris à une fête foraine, sur lesquels elle reconnaît son mari en compagnie d'un jeune homme de type méditerranéen. Celui-ci est en admiration devant la grande roue. Mme Bertelier le tient par les épaules, sous les yeux de son fils.

Voilà une photo qui parle d'elle-même, pense la jeune femme. *La mère préfère manifestement l'autre garçon. Dans mon intérêt, il vaut mieux que je la laisse ici. Si jamais Pierre tombe dessus…*

Florence Bertelier poursuit ses investigations dans le meuble d'à côté. Elle découvre des chemises cartonnées dans lesquelles sont rangés des documents administratifs relatifs à l'accueil des enfants. En déplaçant des chemises, elle fait tomber par terre une sorte d'agenda. Il s'agit en fait d'un carnet qui comprend des noms répertoriés par ordre alphabétique.

— Le registre ! s'écrie Florence Bertelier en découvrant des dates d'arrivée et de départ en face des noms. C'est bien l'écriture de ma belle-mère. Elle a fait la liste de tous les enfants qui sont passés chez elle.

Elle s'empresse d'ouvrir le carnet à la lettre R.

Xavier Rosa. Arrivée le 24 août 1992. Départ le 15 septembre 1995. Adolescent perturbé, colérique, rejeté par ses camarades en raison de ses origines. Se fait malgré tout respecter parce qu'il sait se battre. Il défend Marie contre ses deux frères, Louis et Auguste, qui n'arrêtent pas de la dénigrer. Elle n'est pas très bien considérée non plus dans sa famille. Leur histoire d'amour est passionnée. Xavier devient joyeux, il a des projets, il veut se former, avoir un vrai métier. La métallurgie le passionne, il nous présente ses créations avec fierté, il a de bonnes notes… Et puis, tout s'écroule. Le 6 septembre 1995, Marie tombe dans le coma en pleine forêt. Modeste accuse Xavier d'en être le responsable et exige son départ. C'est complètement injuste mais je ne peux rien faire. Quelque chose se brise définitivement chez lui ce jour-là. Il crie d'abord vengeance puis se résigne à partir. De toute façon, il n'aurait pas pu vivre ici sans Marie. J'ai conservé des liens pendant quelques années. J'ai continué à lui envoyer de l'argent jusqu'à la fin de ses études, puis il a cessé de me répondre.

— C'est triste tout ça, mais on le sait déjà, conclut la jeune femme à voix haute. Elle a ajouté des détails qui relèvent plus du journal intime. Sylvain Balmont risque d'être déçu.

Florence Bertelier feuillette machinalement le carnet. Ses beaux-parents ont accueilli une dizaine d'enfants en tout. La plupart leur ont donné des nouvelles, qui sont consignées sur la page qui les concerne. À d'autres endroits, la jeune femme constate que sa belle-mère a donné libre cours à ses pensées sur l'adoption et l'éducation des jeunes. En parvenant à la lettre V, elle s'immobilise :

— Marie Vichot ? Qu'est-ce qu'elle vient faire là ?

La lecture devient soudain beaucoup plus intéressante.

Marie Vichot. Amoureuse de Xavier Rosa. Morte le 4 novembre 1995 après un coma prolongé. Les hypothèses les plus farfelues ont circulé après cette fameuse journée du 6 septembre où elle a été retrouvée inanimée dans la forêt. Une chute ? Une tentative de suicide ? Un choc dans la décharge ? Jojo Gordon savait. Et moi aussi. Xavier m'avait raconté sa version des faits. Je pense qu'il était

sincère. On n'invente pas ces choses-là. Lui-même en est tombé malade tellement il était perturbé. Il a vomi toute la nuit du drame et il est resté une semaine au lit avec des cauchemars et des maux de tête. Le médecin lui a prescrit du repos. Et lui a aussi conseillé de quitter le village. Pour oublier plus vite. La vérité, je ne peux même pas l'écrire, tellement elle est horrible. Tout ce que je peux dire, c'est que ce n'était pas un suicide. Et que ce n'était pas près de la décharge. Xavier s'est porté le premier au secours de Marie. Il l'a prise dans ses bras et il s'est enfui avec. Fou de rage, Modeste l'a poursuivi avec son tracteur. Épuisé, Xavier a fini par abandonner sa bien-aimée, sous les yeux du Jojo. Il n'était pas fier, le Jojo, et il a eu besoin de soulager sa conscience. Il est venu se confier, et il m'a avoué que c'était sa faute si Modeste avait trouvé les amoureux. Il a même été payé pour ça ! C'était mon ami, mais je ne lui ai jamais pardonné.
Modeste Vichot a tout fait pour que l'orphelin quitte le village. Il ne le sait pas mais Xavier s'est vengé. Juste avant de partir, il est allé trouver Albert Germain pour lui raconter ce qui s'était passé. C'est à la suite de cette discussion que le père Germain est allé accuser Modeste d'avoir travesti la vérité. Ils ont failli se battre mais le père Germain a finalement décidé de se taire. Je n'ai jamais compris pourquoi.

Florence Bertelier est sonnée. Le carnet qu'elle tient entre les mains pourrait faire l'effet d'une bombe si son contenu était révélé au grand jour. Modeste avait fini par convaincre les gens que Xavier Rosa était impliqué dans le coma de Marie. Ce n'était manifestement pas le cas. Que s'était-il donc passé exactement ce jour-là ?

Florence Bertelier hésite. Doit-elle transmettre ce carnet au Parisien ? Ce dernier a payé dix mille euros pour l'obtenir et il a promis de régler la facture totale de la toiture.

La jeune femme balaie rapidement ses scrupules. Après tout, elle n'est pas censée avoir lu le texte, et Sylvain Balmont n'est pas censé tomber sur la page fatidique. C'est Xavier Rosa qui l'intéresse, pas Marie Vichot. Et quand bien même il lirait le passage, que pourrait-il en faire ? Il n'est même pas du village.

Florence range les chemises cartonnées à leur place, glisse le précieux carnet dans son sac à main, inspecte les alentours et ressort de l'habitation par le jardin. Elle s'apprête à le quitter lorsqu'une voiture s'avance dans sa direction.

La factrice ! Ce n'est pas malin.

Le véhicule jaune de la poste s'arrête justement à sa hauteur. La conductrice, une jeune femme à lunettes, l'interpelle :

— J'ai du courrier pour Mme Bertelier.

— Elle est en maison de retraite depuis un mois.

— C'est provisoire ?

— Cela va dépendre de nos finances. C'est mon mari qui relève son courrier.

— Pas tous les jours apparemment. La boîte aux lettres est souvent pleine.

— Je lui dirai.

La factrice repart, mais le bruit du moteur a alerté d'autres personnes, et notamment Sébastien Verdier, le principal opposant du maire.

— Florence, tu as une minute ?

La jeune femme se mord les lèvres. Heureusement qu'elle a trouvé ce qu'elle cherchait, car cette fois son déplacement ne restera pas secret.

Dans le village, Sébastien Verdier est le symbole du renouveau. À ce titre, les anciens se méfient de lui comme de la peste, car il ne cache pas son intention de briguer la mairie. C'est d'ailleurs le sujet qui le préoccupe.

— Il paraît que tu vois souvent le Parisien. On avait un peu discuté ensemble lorsqu'il est arrivé, il avait l'air plutôt sympa. Je lui avais même proposé un tour d'ULM. Tu crois qu'il pourrait faire partie d'une liste ?

La famille Bertelier a un statut particulier à Villard : elle est présente depuis plusieurs générations, mais elle ne compte aucun agriculteur. Pierre et Florence s'entendent à peu près bien avec tout le monde. Ils refusent cependant tout engagement municipal, ce qui garantit leur neutralité. La difficulté pour Sébastien Verdier est de constituer une liste de onze conseillers ayant envie de s'investir. Voilà pourquoi il prend la température.

— Tu ne crois pas qu'il est un peu tôt pour lui poser la question ? rétorque Florence.

— Je voulais avoir ton impression.

— Pour moi, il est en transit. Il ne restera pas à Villard.

— Dommage. Et toi, tu n'es toujours pas décidée ?

— Non, on en a déjà suffisamment parlé. Excuse-moi, je dois aller retrouver mon bébé.

— Pas de souci. Bonjour à Pierre.

— Je n'y manquerai pas.

La jeune femme rentre chez elle, constate que sa fille dort toujours et allume son ordinateur. Elle tape l'adresse électronique de Sylvain Balmont et écrit un message qu'elle envoie dans la foulée :

J'ai trouvé le registre. Je le conserve dans ma chambre jusqu'à votre retour. Prévenez-moi de votre arrivée, que l'on puisse convenir d'un rendez-vous discret. Bonne semaine. Florence Bertelier.

16

Dans un film, le héros conclut toujours en embrassant la fille sur le pas de sa porte. Si elle se laisse faire, il entre et il couche avec elle.

Dans la vraie vie, le héros a envie de conclure en embrassant la fille devant sa porte, mais il ne le fait pas car elle a un copain qui l'attend pour se coucher.

Voilà comment s'est terminé mon dîner avec Alice. J'ai compris qu'elle avait passé une soirée fantastique et je pense que mon baiser ne lui aurait pas déplu.

Je l'ai revue le lendemain. En officialisant ma démission et son embauche, j'ai de nouveau marqué des points. Et j'en ai encore profité les semaines suivantes, car je me suis engagé à la rendre opérationnelle. J'ai donc passé des journées entières à lui expliquer le contenu de mon poste, ce qui nous a fortement rapprochés. J'avoue avoir eu envie de l'embrasser des dizaines de fois. La difficulté, avec les open spaces, c'est que tout le monde voit et entend tout. Il m'a fallu attendre un déplacement en province pour me retrouver seul avec elle dans ma BMW noire.

Je n'ai pas choisi la ville de Lyon par hasard. La

Bourgogne est sur le trajet. C'est d'ailleurs Alice qui aborde le sujet alors que nous traversons le département de l'Yonne.

— Ta maison est loin d'ici ?

— Pas trop. Ça te dirait d'aller la voir ?

— Pourquoi pas ? On a le temps ?

— Au retour, plutôt. Nous sommes attendus à 10 heures.

Alice est d'une rare élégance. Chaussures à talon, collant noir, tailleur moulant, elle risque d'impressionner les clients. Son foulard de soie mauve ajoute une subtile touche de féminité à sa tenue, ce qui fait grimper mon attirance pour elle au fil des kilomètres. Je pense qu'elle n'est pas dupe concernant mes sentiments car elle voit bien que je n'arrive plus à me concentrer en sa présence. Avec elle, je me sens bien, tout simplement. Et le fait qu'elle accepte de m'accompagner à Villard est un bon présage.

— J'ai un document à récupérer au village. Je te ferai visiter la maison, je prendrai ce qu'il me faut et on rentrera à Paris.

— Aucun problème.

Le voyage jusqu'à Lyon me paraît presque trop court. Du temps de Céline, il durait des heures. Ne sachant trop comment va évoluer notre relation, j'ai simplement avoué à Alice que j'étais séparé. J'ai conscience que la situation pourrait dégénérer si Céline apprenait que je suis devenu millionnaire. Je reste cependant confiant, car le juge devrait prononcer notre divorce dans quelques jours maintenant.

La réunion est un succès. En plus d'être belle, Alice est compétente. Elle vendrait du sable à un Bédouin. Mes anciens clients ont compris qu'ils ne perdaient pas au change et, comme certains ont l'esprit mal tourné, j'ai droit aux traditionnels commentaires sur les femmes.

— Elle est sacrément bien roulée. Tu te l'es faite ?

— Son copain est boxeur.

Avec ce genre de réplique, on est tranquille, personne ne revient à la charge. Nous enchaînons avec un repas arrosé et, comme Alice n'a pas trop bu, c'est elle qui conduit l'après-midi. Nous avons d'autres acheteurs à rencontrer. Je profite du trajet pour envoyer un courriel à Florence Bertelier afin de la prévenir de mon arrivée :

Je passerai à Villard demain après-midi. Si vous ne tenez pas à me croiser, déposez le registre dans ma boîte aux lettres après 16 heures. La BMW noire sera devant la porte. Bien à vous. SB

La réponse me parvient alors que nous revenons vers Lyon pour y passer la nuit :

Entendu. À demain. FB

C'est amusant cette façon qu'ont les gens d'imiter la signature du correspondant. Je suis prêt à parier que Florence Bertelier n'a jamais signé « FB » de toute sa vie.

— C'est bon ? me demande Alice tandis que j'éteins mon portable.

— C'est bon. Tu as été parfaite cet après-midi.

La jeune femme me retourne le compliment :

— C'est grâce à toi. J'ai été bien préparée. Je n'aime pas qu'on me juge sur mon physique.

— Je comprends. Mais à propos du physique, ils m'ont tous demandé si on couchait ensemble.

Tout en conduisant, la jeune femme me renvoie un sourire amusé :

— Et alors ?

— Je leur ai dit que ton copain était boxeur.

Alice se met à rire sans pouvoir s'arrêter. Heureusement, nous arrivons à un feu rouge.

— Il est musicien. Il m'a épatée avec son saxophone, mais c'est loin d'être un caïd, je t'assure. Tu es bien mieux bâti que lui.

Côté musculation, j'ai effectivement une certaine expérience. J'ai pratiqué l'activité en salle et à la maison afin d'évacuer le stress du travail et de me maintenir en forme. Je ne sais pas comment je dois prendre sa dernière remarque.

— Tu penses que je peux le provoquer en duel, donc.

— Ce ne sera peut-être pas nécessaire.

Le sourire énigmatique qui s'est dessiné sur le visage d'Alice me déroute. Cette fille, c'est le printemps avec trois mois d'avance.

Nous avons réservé deux chambres d'hôtel. La réceptionniste nous remet les clés. J'accompagne la jeune femme à son étage et m'apprête à lui donner rendez-vous dans le hall à 19 h 30 pour aller dîner. La carte d'accès glissée dans la porte, elle se retourne et me confie soudainement :

— J'ai rompu avec mon copain hier.

Je ne réfléchis pas. Comme si je venais d'avoir la permission de l'embrasser, je me penche doucement vers elle. Nos lèvres se touchent, se joignent. Tout le désir que j'ai refoulé jusqu'à présent s'épanche en une longue étreinte dans le couloir. La porte s'ouvre. Nous nous précipitons à l'intérieur.

J'enlève ma veste. Sans un mot, ma partenaire se déshabille. Je ne suis plus tout à fait sûr d'être Sylvain Balmont. Le corps que j'avais deviné dans le tailleur est sublime.

— Viens.

Dans un état second, je m'allonge contre elle sur le lit, entièrement nu. Mes mains s'égarent sur ses cuisses, ses hanches, ses seins. Elle colle ses lèvres contre les miennes, me caresse. Je me glisse entre ses jambes pour un acte d'amour que je n'imaginais pas aussi intense. Le repas peut attendre. En définitive, la vraie vie, c'est un peu comme dans les films.

17

Depuis qu'elle a reçu le mail de Sylvain Balmont, Florence Bertelier est de bonne humeur. Elle n'est pas fâchée de se débarrasser du registre qui encombre sa chambre autant que son esprit. Elle l'a caché parmi ses soutiens-gorge, un domaine réservé dans lequel son mari n'ira pas mettre son nez.

Pierre Bertelier est en déplacement à Marseille. Sa femme gère le bébé, qu'elle a l'habitude de coucher à heure fixe après le bain et le repas. Leur fille dort généralement d'une traite jusqu'à 2 heures du matin, ce qui leur permet de souffler en début de soirée. Florence écrit des courriels sur son ordinateur lorsque le téléphone sonne.

Qui peut bien me déranger à cette heure ? C'est forcément quelqu'un du village.

La jeune femme décroche. C'est Léo Vichot, le neveu du maire.

— Madame Bertelier, votre chat est coincé dans un arbre, derrière chez nous. Il miaule depuis une demi-heure. Il a dû se faire courser par un chien.

Florence Bertelier pousse un long soupir. Ce n'est pas la première fois que son chat fait des siennes.

— Tu as de la chance, je viens juste de coucher Camille. J'enfile des chaussures, un manteau et j'arrive.

Dehors, il fait à peine deux degrés et il pleuvine. Tout en marchant d'un bon pas, Florence Bertelier ronchonne :

— Ah, ces bestioles ! Elles ne nous simplifient pas la vie !

Son mari a toujours eu l'habitude d'avoir des chats à la maison. Ils font partie du paysage. Et comme ils se multiplient assez facilement, la plupart des habitants finissent par en adopter.

La jeune femme n'est même pas certaine qu'il s'agisse de son chat, mais elle préfère en avoir le cœur net. Heureusement que sa fille dort. Et que le village est sûr. Elle n'a même pas pris la peine de fermer sa porte à clé et d'éteindre son ordinateur.

Par excès de confiance, elle a cependant commis une erreur. L'intervention de Léo n'était pas le fruit du hasard.

Hugo et Léo ont attendu le moment propice pour téléphoner depuis la rue. Par la fenêtre, ils ont vu Florence Bertelier consulter son courrier électronique. Sitôt la mère de famille partie, ils sont tout simplement entrés dans l'habitation par la porte, après avoir pris soin de se déchausser.

— Léo, dépêche-toi ! Quand la Flo va s'apercevoir de la supercherie, elle va rappliquer ici dare-dare !

— On ne sait même pas ce qu'on cherche !

— Elle a promis un truc au Parisien, c'est sûr. Elle s'est rendue trois fois de suite chez la mère Bertelier alors qu'elle n'y mettait jamais les pieds. Cela fait plus d'une semaine qu'elle ne bouge pas de chez elle, preuve qu'elle a dû trouver ce qu'elle cherche. On commence par la boîte mail !

L'ordinateur a un inconvénient : il conserve automatiquement tous les messages. Et comme Florence Bertelier n'a pas eu le temps de faire le ménage, sa conversation avec Sylvain Balmont est à portée de clic.

— C'est trop facile ! s'exclame Léo. Tiens, regarde !

Hugo pousse un sifflement de paon en rut.

— Un registre ! Dans sa chambre !

Son frère le fusille du regard :

— Fais gaffe ! Tu vas réveiller le bébé !

— Merde ! Foutu chiard ! J'espère qu'il n'est pas dans la piaule !

Les deux garçons découvrent une pancarte « Camille » sur une porte. La chambre des parents est à côté.

— Cool. On commence par où ?

— Le choix est restreint, répond Hugo. Prends le placard, je m'occupe du lit et de la table de chevet.

Tandis que Léo écarte des piles de linge, Hugo se met à plat ventre. Il inspecte ensuite la table de nuit, sans résultat.

— C'est forcément dans le placard. Tu en es où ?

— Au rayon chaussettes.

Les paires dégringolent sur la moquette rose. Hugo sermonne son frère :

— Crétin ! Il ne faut pas qu'elle s'aperçoive de quelque chose !

— Ta gueule, putain ! Je voudrais t'y voir. Tu vas vraiment finir par réveiller le môme !

— Merde !

Hugo s'attaque instinctivement au rayon soutiens-gorge.

— Elle a une vache de poitrine, la garce ! Il ne doit pas s'emmerder, le Pierre !

— Elle allaite encore, au cas où tu n'aurais pas remarqué.

Hugo n'écoute plus son frère. Il vient de mettre la main sur le registre :

— C'est bon, je l'ai, on se tire !

— Moins fort !

Trop tard. Un toussotement dans la pièce adjacente les alarme. Ils remettent le linge en place, referment le placard et se précipitent dans la pièce principale. Dans la lumière orange des lampadaires, Hugo aperçoit Florence Bertelier qui revient au pas de charge.

— Merde, on est coincés !

— Le garage ! Ils oublient toujours de le fermer ! Tu te rappelles la fois où la porte était restée ouverte toute la nuit ?

— Ta gueule ! Fonce !

Les deux adolescents attrapent leurs chaussures à la volée et disparaissent par la porte qui mène au garage. Au même moment, Florence Bertelier rentre chez elle en pestant :

— Le chat était déjà redescendu de l'arbre, évidemment ! La prochaine fois, ils iront tous se faire voir !

Les cris de son bébé l'alertent. Les deux garçons en profitent pour sortir du garage et rejoindre le jardin en longeant un mur, à l'abri des regards. Les chaussettes toutes sales, ils enfilent leurs chaussures et se fondent dans la nuit. Leur plan a réussi.

Au coin de sa cheminée, Louis Vichot est amer. Le registre que vient de lui apporter Auguste renferme des informations dont il se serait bien passé. Le vieux Gordon a donc parlé à la mère Bertelier et lui a avoué avoir été payé pour espionner les amoureux. Voilà pourquoi la rumeur s'est propagée. Son père semble également beaucoup plus impliqué qu'il ne l'avait laissé entendre. Quant au père Germain, il a semé la zizanie avant de se rétracter. Pour lui faire lâcher l'affaire, Modeste a dû trouver des arguments chocs. Le Jojo Gordon est désormais le seul à pouvoir éclairer les zones d'ombre. Et il serait peut-être urgent de lever ces dernières avant que le Parisien ne s'en charge lui-même.

Louis Vichot referme le carnet. Dans son malheur, il a plusieurs consolations. Le père Germain est mort et la mère Bertelier a la maladie d'Alzheimer, elle ne parlera plus. Quant au Parisien, il ne verra jamais la couleur du registre. Son problème s'appelle plutôt Florence Bertelier.

Si jamais elle l'a lu, on court à la catastrophe. Il va falloir la surveiller de près. Comment va-t-elle réagir demain lorsqu'il s'agira de remettre l'objet dans la boîte aux lettres de l'école ?

Le maire referme le carnet. Il n'a rien dit à sa femme. Personne ne doit savoir. Il est temps de refermer l'abcès.

D'un geste lent, il approche l'objet de l'âtre puis le jette dans les flammes. Le document s'embrase d'un seul coup. Des volutes de papier noir s'envolent dans le conduit comme des fantômes du passé. Sans pour autant soulager les consciences.

18

Alice a dormi avec moi. Comme cadeau de départ, je ne pouvais pas rêver mieux.

Je n'en suis pas encore à la demander en mariage, mais j'ai profité du moment comme jamais.

Nous sommes le lendemain et je me languis déjà de la prochaine soirée. Les clients me paraissent fades. Nous n'avons pas fermé l'œil de la nuit et nous sommes plus en forme qu'eux. Cette fois, personne ne me demande si j'ai couché avec Alice. Cela doit se lire sur nos visages.

Le trajet jusqu'à Villard est trop court. Lorsque nous arrivons, vers 16 h 30, les rues sont désertes. À tout hasard, je relève le courrier de ma boîte aux lettres. Elle est curieusement vide, à l'exception d'un papier plié en deux qui attire immédiatement mon attention. Il est signé Florence.

> *On m'a volé le registre hier soir. Il était caché dans le placard de ma chambre. Les voleurs ont consulté mon ordinateur car ils ont oublié de revenir sur ma page d'accueil. Ils ont donc lu notre correspondance.*

Je ne sais pas ce que contenait le carnet. Je suis vraiment désolée. Florence.

— Des ennuis ? me demande timidement Alice.

Je l'attire contre moi et l'embrasse.

— Ce n'est rien. Les gens sont décidément trop bizarres dans ce village. Mais tant qu'ils ne mettent pas le feu à l'école.

Des échafaudages ont été dressés par l'entreprise qui refait le toit. J'effectue la visite complète des lieux en terminant par une petite balade dans le parc. Ma partenaire ne semble pas emballée par la maison. L'étendue des travaux la laisse pantoise :

— Il te faudra une fortune pour la remettre en état.

— Je sais.

— Tu as touché de l'argent dans l'héritage ? Je veux dire, en plus de la maison ?

— Suffisamment pour la rénover.

Alice recoiffe une de ses mèches.

— Tu es un bon parti, alors.

Elle éclate de rire. Je l'étreins une nouvelle fois.

— On rentre à Paris ?

— On rentre.

J'avoue être pressé de faire l'amour. Un jeune homme répondant au prénom de Morgan a cependant décidé de nous retarder. Il tourne effectivement autour de la BMW, les mains dans les poches. Nous l'apercevons par une fenêtre.

— Tu le connais ? interroge Alice.

— Oui, je l'ai soigné à mon arrivée.

— Soigné ?

— Il y a eu une petite bagarre dans le parc. Ce jeune a été agressé par deux autres. Il n'avait aucune chance.

— Incroyable ! C'est pire que la banlieue, ici !

Je contiens un petit rire :

— Ça y ressemble.

Alice m'accompagne à la grille. Nous n'avons pas l'intention de nous éterniser. Le jeune n'a plus d'ecchymoses, c'est bon signe.

— Bonjour, monsieur Balmont. Bonjour, madame.

— Bonjour, Morgan. Je te présente Alice, elle travaille avec moi.

La jeune femme serre la main du jeune homme, qui nous explique pourquoi il est là :

— C'est Florence Bertelier qui m'a demandé de venir. Elle a mis un mot dans votre boîte aux lettres ce matin.

— J'ai vu. Il n'y avait que ce mot, d'ailleurs. Je pensais avoir davantage de courrier.

— Je crois que le facteur a tout apporté à la mairie parce que la boîte débordait. Florence craignait que Louis Vichot tombe sur sa lettre, alors elle ne vous a pas tout dit.

Alice et moi manifestons un petit geste de surprise. Morgan enchaîne en baissant un peu la voix :

— C'est la famille Vichot qui a volé le registre. Vous vous souvenez ? Les deux gaillards qui m'ont tabassé ? Ils ont fait diversion avec un chat et en ont profité pour chaparder le carnet.

Alice a du mal à suivre. Je pose la seule question qui m'intéresse :

— Qu'y avait-il dans ce registre ?

— Justement. Florence voudrait vous en parler ce soir. Vous pourriez la rappeler chez elle à 20 heures ?

— Pas de souci. La mairie est ouverte aujourd'hui ?

— Non. La permanence, c'est le mardi.

— Tant pis.

Je remercie Morgan pour son service et repars avec Alice. La jeune femme n'en revient pas :

— Combien y a-t-il d'habitants dans ce village ?

— Deux cent cinquante.

— Bonjour l'ambiance. Ils se chipotent tous comme ça pour des broutilles ?

— Il y a eu la mort d'une jeune fille à l'origine. C'est un peu à cause de moi qu'ils se disputent.

Le piège. L'histoire de mon héritage ne cadre pas avec celle de Xavier Rosa. La question d'Alice me déstabilise :

— Il y a eu un drame dans ta famille ?

— Euh… C'est-à-dire que…

Je n'ai jamais été très doué pour inventer des histoires et, dans certaines circonstances, il est préférable de ne pas se compromettre davantage sous peine de se discréditer définitivement. J'avoue à Alice que je lui ai menti.

— J'ai gagné le jackpot de l'Euromillions grâce à Xavier Rosa. Je ne t'en ai pas parlé, parce que je ne voulais pas profiter de ma fortune pour te séduire. J'ai acheté ce bâtiment pour le remercier, mais je ne sais pas encore de quelle façon.

Alice reste silencieuse. Elle comprend mieux

pourquoi je démissionne. La gêne se prolonge jusqu'à Paris. Je m'en veux de l'avoir perturbée.

— Alice, je suis profondément amoureux de toi. Lorsque je t'ai proposé mon poste, je ne pensais pas en arriver à un tel état de dépendance. Je voulais surtout te rendre service.

— Sylvain…

Je viens de me garer devant l'appartement de la jeune femme. Elle a mis un doigt sur ma bouche pour me faire taire.

— Tu n'as pas à te justifier. J'ai passé des moments de rêve.

Elle se déporte sur mon siège et m'embrasse. Le baiser se prolonge. Je perçois néanmoins un trouble dans son étreinte.

— C'est moi qui suis désolée…

Elle se dégage en retenant ses larmes et ouvre la portière.

— Je n'ai pas eu le courage de rompre avec mon copain. Ma situation est plus compliquée que tu ne le penses. Je ne te remercierai jamais assez. J'espère que tu me pardonneras.

Je n'ai pas le temps de réagir. La portière s'est refermée. J'aperçois un mouvement derrière les rideaux aux fenêtres du deuxième étage ; son saxophoniste l'attend. La jeune femme traverse la rue en courant sans se retourner.

Abasourdi, je reste plusieurs minutes au volant de ma voiture sans pouvoir esquisser un geste. Son compagnon n'est pas un boxeur mais il a réussi à me placer un uppercut au cœur. Un léger crachin recouvre le pare-brise. Les phares des voitures se réfléchissent dans les rétroviseurs. Tel un automate, je finis par mettre le moteur en marche. À la fenêtre, les rideaux sont tirés.

Désorienté, je m'éloigne dans la rue en évitant de penser. Non, elle ne s'est pas livrée à moi pour me remercier. Oui, elle avait vraiment l'intention de quitter son ami. Oui, elle était heureuse avec moi, même si elle n'a pas aimé la maison de Villard.

Villard.

Je suis censé rappeler Florence Bertelier, mais je n'en ai pas le courage.

Je suis anéanti.

En réalité, je me suis trompé de formule : avec de l'argent, on ne fait pas n'importe quoi.

19

Depuis qu'il a brûlé le carnet, Louis Vichot fait des insomnies. Le souvenir de sa sœur inanimée le hante. L'idée d'aller interroger le vieux Gordon lui a plusieurs fois effleuré l'esprit, mais il n'a jamais voulu braver l'autorité paternelle. Et puis, le Jojo n'est pas censé parler.

Le maire a convoqué son neveu, Hugo, à la mairie. Il est 20 heures et les deux hommes sont seuls dans le bâtiment.

— Hugo, je te remercie pour le carnet. Je vais encore avoir besoin de tes services. Au même tarif.

Le jeune homme arbore un sourire aussi large que sa carrure. Pour de l'argent, il est prêt à tout.

— Je te préviens, c'est plus compliqué que la dernière fois. Il faudra te méfier du vieux Gordon, il a la gâchette facile.

Hugo se met à rire grassement :

— Le Jojo ? Il est complètement sourd ! Il ne m'entendra même pas crocheter sa serrure.

— Je ne te demande pas de t'introduire chez lui en douce. Il a installé une alarme. Tu ne ferais pas deux mètres sans la déclencher.

— Quelle est la mission, alors ?

— Tu vas aller lui parler maintenant.

Le sourire du jeune homme s'efface subitement :

— C'est une blague ? Je lui ai chapardé des pommes pendant des années ! Il va me tirer dessus !

— Si j'y vais moi-même, il ne m'ouvrira pas. J'ai besoin que tu joues l'intermédiaire.

— Écris-lui une lettre.

— Il n'y répondra pas.

— C'est si urgent que ça ?

— Oui. Tu dois le questionner sur la mort de Marie.

Hugo reste en arrêt.

— Je croyais qu'elle était taboue, cette histoire ! Et que le dernier à vouloir en parler était justement le vieux Gordon !

— Il a trahi sa promesse. Il s'est confié à la mère Bertelier.

Hugo émet un sifflement.

— Ah… C'est à cause du carnet. Ok. J'y vais. Mais je ne te garantis rien.

Il fait nuit noire et de la neige fondue mouille les trottoirs. Dans la lumière orangée des lampadaires, Louis Vichot suit Hugo à distance. Il a emporté sa carabine, au cas où. Il se doute que la discussion ne sera pas conviviale.

Le vieux Gordon ne répond pas au premier coup de sonnette. Sa maison, au cœur du village, se dresse dans la rue principale. Un petit portillon de bois barre l'accès à un escalier de pierre d'une dizaine de marches, qui conduit à la porte d'entrée. Deux fenêtres donnent sur la rue, et c'est précisément l'une d'elles qui s'ouvre après la quatrième tentative d'Hugo.

— Qu'est-ce que tu veux ?

La voix est ferme. Le vieux Gordon sait déjà à qui il a affaire, il doit observer son visiteur nocturne depuis quelques minutes à travers le carreau.

— J'ai besoin de savoir comment ma tante est morte.

— Tu te fiches de moi ?

— La mère Bertelier a parlé. Votre secret n'en est plus un.

Hugo se borne à répéter les paroles de son oncle. L'octogénaire se met à tousser :

— J'ai peut-être confié un ou deux secrets à la mère Bertelier, mais pas le principal. Et puis c'est un peu tard pour venir me voir, tu ne trouves pas ?

— Les faits sont prescrits. Vous pouvez me dire la vérité.

— Tu parles comme le maire. Si c'est lui qui t'envoie, tu pourras lui dire qu'il aille se faire foutre avec sa famille de merde !

La fenêtre commence à se refermer. Hugo perd son calme. Il n'est pas du genre à supporter les insultes.

— Espèce de vieux con ! Moi aussi je fais partie de cette famille !

La fenêtre se rouvre. Hugo aperçoit un canon de carabine pointé sur lui.

— Tu te tais et tu dégages !

Le geste et le ton sont dissuasifs.

— Ne vous énervez pas, je m'en vais.

— Non, tu ne t'en vas pas !

Louis Vichot vient de sortir de l'ombre d'une porte cochère. Lui aussi est armé, même s'il ne vise pas directement la fenêtre. Il apostrophe vigoureusement le vieillard :

— Posez cette arme immédiatement !

— Pose la tienne d'abord !

— Je suis le maire, j'ai un port d'armes et je ne vous menace pas !

— Tu menaces ma tranquillité avec tes questions à la con ! Tu veux savoir comment Marie est morte ? Demande-le à ton père, s'il a encore un peu de courage !

— C'est vous qui avez trouvé ma sœur dans le coma ! Vous êtes le seul à connaître la vérité !

Le vieux Gordon repose son fusil. Il ricane.

— Non, je ne suis pas le seul. Ton enfoiré de père la connaît aussi.

— Il ne parlera pas. Il m'a fait comprendre que je n'avais pas intérêt à remuer le passé.

— Écoute, petit, j'ai un cancer. Je n'ai plus rien à perdre. Mais si je te dis ce que je sais, tu vas avoir du mal à dormir, après. C'est quoi ta version, exactement ?

— Je vous ai vu partir avec mon père, le jour du drame. Il était furieux et je l'ai entendu pester contre Marie. Apparemment, elle s'était encore enfuie sans son autorisation. Il vous avait payé pour connaître l'endroit où elle retrouvait Xavier Rosa. Vous l'avez guidé. Modeste a pris le premier tracteur disponible, celui qui n'avait pas de cabine. Je me souviens qu'il y avait une palette sur la fourche avec un objet attaché dessus. Après, je ne sais pas. Mon dernier souvenir, c'est l'ambulance. Mon père a refusé que je monte à l'intérieur. Ma sœur ne portait pas de traces de coups, ni de fracture. Je n'ai jamais cru à l'hypothèse de la chute.

L'octogénaire se racle la gorge.

— Tu as au moins raison sur un point : j'ai guidé ton père, et c'est ça qui me ronge. Pour le reste, je n'ai aucune responsabilité. Et Xavier Rosa non plus ! Je ne l'aimais pas beaucoup, mais j'ai eu pitié de lui ce jour-là. Ça me soulage au moins de te le dire. À toi de faire les déductions qui s'imposent.

— Quelles déductions ? Je ne sais même pas ce qui s'est passé !

— Ça ne me regarde plus. Foutez-moi le camp d'ici !

Le maire serre les poings. Le Jojo est têtu, il ne va rien lâcher. Il faut détourner la conversation.

— Quel a été le rôle d'Albert Germain ?

Georges Gordon se met à rire.

— Ça t'intéresse, hein ? Je vais te faire plaisir en te disant que c'était une ordure, lui aussi. Il était même pire que ton père dans son domaine. Ils ont failli s'entre-tuer à cause de cette histoire, mais ils étaient dans le même bateau. Ce qu'ils faisaient était complètement illégal et irresponsable. Il n'était pas là le jour du drame, mais d'une certaine manière, le père Germain aussi a contribué au décès de ta sœur. C'est d'ailleurs pour ça qu'il a fermé sa gueule.

Louis Vichot accuse le coup. Il a cependant réussi à maintenir le Jojo à sa fenêtre.

— Qu'est-ce que ça veut dire ? De quoi est morte Marie exactement ?

— J'en ai assez dit. Demande-le au Modeste, ça lui rappellera ses cauchemars !

Le maire se met à hurler :

— Je ne peux rien demander à mon père ! Et j'ai besoin de savoir ! Je n'ai jamais pu faire le deuil de ma sœur !

— Ce n'est pas mon problème. Laissez-moi mourir tranquille !

La fenêtre se referme. Louis Vichot reste prostré au milieu de la rue. Hugo est atterré :

— Qu'est-ce qu'ils ont fait, Modeste et Albert ?

Le maire se tait. Il ne sait plus quoi penser. Le vieux Gordon n'a fait que confirmer la version de la mère Bertelier. Xavier Rosa n'y est pour rien et le Jojo non plus. Cela réduit sérieusement la liste des coupables. Louis Vichot est de moins en moins sûr de vouloir connaître la suite. Tant pis pour le deuil.

Il se remet en marche sans un mot et retourne à la mairie, Hugo sur ses talons. Il invite son neveu à entrer dans le bureau, referme la porte et se décide enfin à parler :

— Ce qu'ont fait Modeste et le père Germain ne nous regarde pas. Le Jojo a raison. Il faut arrêter de remuer le passé, sinon il va nous exploser à la figure. Ce qui compte maintenant, c'est d'étouffer l'affaire une fois pour toutes. Je ne veux plus entendre parler de Xavier Rosa. Le Parisien doit déguerpir. Tout ce que tu pourras glaner comme informations me sera utile. Je ne serai pas un ingrat. Ne te fais pas prendre, c'est tout ce que je te demande.

Hugo acquiesce avec empressement. Il a compris l'essentiel : il va gagner de l'argent. Il profite même de la situation :

— Le zoom de mon appareil photo n'est pas terrible…

— Passe à la maison demain, je te préparerai une enveloppe.

— Merci. Tu ne vas pas le regretter.

Hugo est ravi. Pendant que Louis Vichot rumine ses soucis à la mairie, il rentre chez lui en sifflotant sous la neige. Il est très fier de sa nouvelle mission et a déjà l'idée d'une planque pour effectuer son travail d'espion. Les rues du village sont désertes. Il est donc surpris d'entendre une voix derrière lui :

— Pas mal, le duel à la carabine avec le vieux Gordon. Ça faisait un peu western, les coups de feu en moins.

Hugo dévisage son frère Léo avec agacement.

— Ne me dis pas que tu as tout entendu ?

— Si. Il n'est pas très clair, notre grand-père paternel, si j'ai bien suivi. Et l'Albert Germain non plus.

Hugo s'apprête à pousser la grille de la propriété, mais Léo le retient par la manche de son anorak.

— Tu me fais un compte rendu ?

— Non.

— Si tu ne me dis rien, je balance tout ce que j'ai entendu à Alexandra.

Hugo réfléchit deux secondes. Lui-même ne sait pas exactement ce qui s'est passé. Et comme il n'a aucune envie de mêler son frère à son petit trafic lucratif, il répond sèchement :

— Je m'en tape. Tu lui passeras le bonjour.

20

Dans le bus qui le conduit au collège, Morgan pavoise. Il s'affiche comme un ami du Parisien, ce qui a pour effet d'augmenter significativement la température interne de Léo Vichot, assis juste derrière lui.

— Si vous ne m'aviez pas tabassé dans le parc avec ton crétin de frère, je n'aurais jamais rencontré ce type. Maintenant, je suis au courant de tout ce qui se passe et je peux aller le voir quand je veux. À l'avenir, si vous voulez des informations, évitez de me taper dessus.

— On s'en fout de tes informations ! réplique Léo.

— Toi, peut-être, mais l'Auguste et le Louis, sûrement pas !

— Répète encore une fois « l'Auguste » et je te colle mon poing dans la figure !

— Où est le mal ? Vous dites bien le Germain, le Bertelier, le Karowski…

— Ta gueule, Karowski !

L'insulte résonne jusqu'aux oreilles d'Adrien Germain, qui a le sang beaucoup plus chaud que celui de son cousin. Il se lève et se positionne bras croisés face à Léo :

— Répète un peu pour voir ?

Le chauffeur du bus élève la voix :

— Adrien, assis !

— Saleté de Germain ! insiste Léo. Si tu me frappes, Hugo te fera pisser dans ton froc !

Le coup de poing part. En plein sur le nez. Léo pousse un hurlement de douleur. Le chauffeur s'arrête en urgence. Il empoigne Adrien, qu'il ramène au premier rang, puis fournit des mouchoirs à Léo, dont le nez saigne abondamment.

— Vous ne perdez rien pour attendre ! hurle le conducteur. Les insultes et les bagarres sont strictement interdites pendant le transport ! Faites les sauvages chez vous mais pas ici ! Je ne manquerai pas d'avertir vos parents et vos professeurs !

Le chauffeur reprend la route. Léo a du sang partout, mais il n'en a pas fini avec Morgan :

— Saloperie de cure-dents. Tout ça, c'est ta faute, tu vas le payer.

— J'ai déjà payé. Vous m'avez cogné dessus dans le parc sans aucune raison. Pourquoi le Louis et l'Auguste s'acharnent-ils sur le Parisien ? Parce qu'ils ont peur de Xavier Rosa ?

— Tu vas te taire, espèce d'enfoiré ?

— Réponds-moi franchement. Qu'est-ce que tu en sais de cette histoire ?

— Je ne sais rien du tout et je m'en fous. On n'aime pas les étrangers dans la famille, c'est tout.

— Il ne fallait pas vendre l'école, alors. À ce prix-là, tu étais sûr de faire venir un type qui n'était pas du pays.

— Putain, Karowski, tu vas déguster à la sortie !

Morgan ne se laisse pas impressionner :

— Je te donne une info sur la nana du Parisien et tu me dis un truc sur Xavier Rosa.

— Ta gueule !

— Elle s'appelle Alice.

— Tu appelles ça une info ?

— Ok. Je vais te dire ce que je sais sur Xavier Rosa.

Léo aimerait bien étrangler Morgan, mais il a une main plaquée sur ses narines.

— Xavier Rosa sort avec Marie Vichot, ce qui ne plaît pas à Modeste. Le vieux Gordon repère leur cachette en échange d'une rémunération donnée par ton grand-père.

Léo est au bord de la crise de nerfs. Il craque :

— Tu vas te taire, putain ? Dommage que l'Albert Germain soit mort ! Tu aurais pu aussi lui demander ce qu'il a fait !

— C'est facile d'accuser les autres. Mon grand-père n'était pas là quand Marie est tombée dans le coma.

— Il n'était pas là mais il était complice ! Tu ne t'es jamais demandé pourquoi personne n'a porté plainte ?

Morgan se ravise. Léo pourrait bien avoir raison et il est préférable d'arrêter les frais. C'est d'ailleurs le message que lui délivre Alexandra à la sortie du bus :

— Morgan, je peux te parler une minute ?

La jeune fille attend que ses camarades s'éloignent pour entamer la conversation.

— Il faut se calmer, avec Xavier Rosa, dit-elle. Cette histoire pue vraiment la merde.

— J'avais compris. Tu savais pour mon grand-père ?

— Je ne savais rien jusqu'à ce matin. Le vieux Gordon a parlé à Hugo hier soir. Léo a tout entendu et il m'a tout répété. On ne sait toujours pas pourquoi Marie s'est évanouie, mais on a appris que Modeste et Albert étaient dans le même bateau. Il faudrait vite découvrir ce qu'ils ont fait ensemble, ça nous éviterait de nous taper dessus.

— Je ne demande que ça. Qu'est-ce que tu proposes ?

— On cherche des infos et on les met en commun. Toi et moi seulement. Je connais Hugo et Léo, ils ne voudront jamais s'associer à l'opération.

— Adrien non plus. On a vraiment un problème avec nos cousins respectifs. Tu serais prête à collaborer avec le Parisien ?

— Pourquoi pas ? Cela permettrait peut-être de vider l'abcès.

— Tu vas t'attirer des ennuis.

— J'en ai déjà pas mal.

Morgan réfléchit rapidement. Alexandra aura accès aux dossiers de Sylvain Balmont. Mais, en échange, elle pourra le renseigner sur les agissements de Louis Vichot. Elle n'est pas fourbe et elle aime Mathieu. Il décide de lui faire confiance.

— Ok. On scelle un pacte, en quelque sorte. Et on s'engage à faire cesser les bagarres.

— Va pour le pacte. Je ferai mon possible pour qu'Hugo et Léo ne viennent plus vous embêter.

Les deux jeunes gens se donnent une accolade

fraternelle, un comble pour leurs familles. Morgan comprend Mathieu. De près, Alexandra est jolie, sa voix grave est sensuelle, son corps a de belles formes et elle est dix fois moins bête que ses cousins.

Pas sûr cependant qu'elle parvienne à les raisonner.

21

Je n'ai pas revu Alice.

Elle n'a pas complètement disparu de la circulation car elle répond à mes courriels, mais elle refuse de me rencontrer en tête à tête.

Je commence à voir plus clair dans sa situation. Elle s'était engagée sur un projet avec son musicien, je ne sais pas lequel. Dans cette optique, elle avait provisoirement mis son évolution de carrière entre parenthèses. Mon offre d'emploi perturbe son plan. Elle est ravie, mais pas son ami. La tension monte entre eux. Alice se rapproche alors de moi et prend plus ou moins la décision de rompre lors de ce fameux déplacement à Lyon. En rentrant à Paris, elle a des remords et décide de faire une pause.

Je ne parviens pas à oublier cette soirée magique en Rhône-Alpes. Alice ne trichait pas, elle était sincère. J'aurais peut-être dû rester en Bourgogne et nous trouver un hôtel pour la nuit.

Avec l'espoir que la jeune femme revienne un jour, j'ai accepté de recevoir mon ex à Paris, dans mon appartement. Je pensais que la procédure de divorce se terminerait chez le juge en décembre, mais Céline a annulé au dernier moment sa participation à l'audience. Elle s'est justifiée en invoquant un rendez-vous capital pour la survie de son entreprise. J'ai trouvé ça curieux ; ça n'arrange pas mes affaires. Elle n'a pas trop intérêt à recommencer car le juge pourrait cette fois envisager de radier le dossier. La procédure repartirait alors de zéro, ce qui serait catastrophique. Si la présence des deux époux n'était pas obligatoire, tout serait déjà entendu.

C'est Céline qui a insisté pour me voir. Cela a renforcé mes soupçons. J'espère qu'elle est toujours d'accord avec la convention que notre avocat commun présentera au juge. Le régime de la séparation de biens a des avantages – très appréciables dans mon cas –, mais il ne concerne pas l'appartement, ni certains meubles achetés en commun. Il a fallu évaluer la part de chacun pour le moindre objet, un vrai casse-tête. En définitive, nous sommes tombés d'accord sur une répartition qui me donne quatre-vingt-dix pour cent de la valeur des biens, puisque je les ai quasiment tous payés en totalité.

Lorsque la sonnette se déclenche, je me surprends à avoir les mains moites. Cela fait plus de cinq mois que je n'ai pas revu mon ex.

— Bonjour, Sylvain.

Céline est toujours élégante dans son ensemble beige. Ses cheveux bruns sont coiffés en chignon, comme lors de notre première rencontre. Elle a les traits fatigués et me semble avoir grossi, mais je m'abstiens évidemment de tout commentaire.

— Bonjour, Céline. Ça va ?

Je comprends à sa moue qu'elle n'est pas au mieux de sa forme.

— Et toi ? Le boulot ?

— Ça va.

Silence. Nous n'avons rien à nous dire. C'est l'impression que ça me fait, en tout cas.

— Tu travailles toujours dans la même entreprise ?

— Toujours.

— Ce n'est pas ce qu'on m'a dit.

Je fronce les sourcils :

— Comment ça ?

— J'ai appelé l'autre jour à ton bureau. Je suis tombée sur ta remplaçante, une certaine Alice, je crois.

Je me mords les lèvres. L'absence de Céline à l'audience de décembre a forcément un lien avec ce coup de téléphone.

— Elle m'a expliqué que tu avais démissionné et que tu avais l'intention de te reconvertir dans l'immobilier. Ça ne te ressemble pas du tout.

— Tu t'étais présentée, au moins ?

Céline se met à rire :

— Bien sûr que non. Elle m'a demandé si j'étais une ancienne cliente et j'ai dit « oui ». Ça te gêne ?

Je ne réponds pas.

— Tu as gagné au loto ?

La question qui tue. Je sursaute à moitié.

— Avoue que c'est troublant. Tu es célibataire et tu quittes le seul travail pour lequel tu es doué. Si tu avais trouvé un job dans le domaine de la photographie, j'aurais compris, mais l'immobilier, c'est invraisemblable.

Je trouve les mots pour réagir :

— Où est le problème ? Avant, je vendais des barres chocolatées ; maintenant, je peux bien vendre des maisons.

— Ce n'est pas ce que m'a dit ton patron.

— Parce que tu as aussi appelé mon patron ?

— Évidemment. La conversation avec cette Alice a aiguisé ma curiosité. Apparemment, tu as passé du bon temps avec elle d'ailleurs puisque tu l'as formée pendant trois semaines. Mais ce n'est pas le sujet. Ton patron n'a pas vraiment compris pourquoi tu partais. Tu t'entendais bien avec tout le monde, tu aimais ton travail, tu venais d'avoir une promotion. Il y a donc forcément un événement imprévu qui t'a poussé à prendre cette décision. Lequel ? C'est la question que je te pose.

Je suis coincé. Céline me connaît mieux que personne. Elle n'avalera aucune couleuvre. Je dois l'attaquer sur le seul terrain qui me préoccupe.

— Je ne comprends pas. Tu veux divorcer ou pas ? C'est toi qui m'as quitté, au cas où tu l'aurais oublié.

Mon ex plisse les narines, signe qu'elle a déjà réfléchi à la question.

— Disons que j'aimerais bien savoir ce qui t'arrive avant de prendre ma décision. Si tu ne me le dis pas toi-même, je finirai bien par le savoir.

La seule qui puisse la renseigner, c'est Alice. Si je lui signale que Céline est mon ex, elle ne lui parlera pas.

Mais cela va m'obliger à lui avouer, pour le divorce. De toute façon, au point où j'en suis avec elle, ce n'est pas très grave. Je garde donc mon secret.

— Tu peux toujours rêver.

— C'est ton dernier mot ?

— Ça l'est.

— Alors, tu peux rêver, toi aussi. Le divorce attendra.

J'ai une soudaine envie de l'étrangler mais ce n'est pas dans mon intérêt.

— Je ne comprends pas. Qu'est-ce que tu veux, exactement ?

Céline marque une pause pour donner de l'importance à sa réponse :

— J'ai eu des difficultés avec mon entreprise, en début d'année.

Le voilà, le vrai problème, je m'en doutais un peu. À la limite, c'est presque rassurant.

— J'ai réussi à m'en sortir mais je n'ai plus aucune réserve.

Ça, c'est moins rassurant.

— Qu'est-ce que tu suggères ?

— Je veux revoir la convention et augmenter mes pourcentages sur l'appartement.

— Pardon ?

— Lorsque tu le vendras, cela me fera des économies. C'est la condition pour que je me rende chez le juge. Si tu tiens à ton Alice, tu ne peux pas refuser.

Je dévisage mon ancienne épouse avec pitié. Pour de l'argent, elle est en train de renier toutes les valeurs que j'ai appréciées chez elle. Heureusement que je suis millionnaire. Et qu'elle l'ignore toujours.

— Combien tu proposes ?

— Moitié-moitié.

— Ce n'est pas rien.

— C'est le prix dc ta tranquillité.

— Ma tranquillité ? Tu y vas un peu fort ! Je ne te savais pas si perverse.

— J'ai appris à négocier. C'est oui ou c'est non ?

— Tu veux négocier ? Appelle l'avocat devant moi et annonce-lui que tu seras présente à la prochaine audience, quoi qu'il advienne. Je viendrai même te chercher en taxi si tu as une jambe dans le plâtre.

— Ça veut dire que tu es d'accord ?

Je prends un air sauvage pour lui faire croire qu'elle a gagné, mais bien sûr que je suis d'accord ! Je n'ai pas besoin de vendre l'appartement, je suis déjà riche !

Céline compose le numéro de portable de l'avocat avec un sourire victorieux. Elle est insupportable.

L'avocat répond, tant mieux. Elle lui expose les termes de notre nouvel accord. Sans surprise, il lui explique que la procédure prendra du retard et que l'audience chez le juge sera reportée en février ou en mars. Peu importe, ce qui compte, c'est l'officialisation du divorce. Céline raccroche, enjouée :

— Tu vois, ce n'était pas plus difficile que ça.

— Tu pourrais au moins dire merci.

— Pourquoi ? Dans trois mois, tu seras complètement libre. Et je ne te poserai plus aucune question sur ta vie privée. C'est toi qui devrais me remercier.

— Si tu le prends comme ça, je ne te retiens pas.

— Je n'avais pas l'intention de rester.

Elle n'attend pas une seconde de plus. Son sac à main effectue un vol plané sur son dos tandis qu'elle s'éloigne vers la porte d'un pas énergique. Je n'avais encore jamais ressenti une telle animosité à son égard. Elle n'a pas intérêt à me poser un lapin le jour de la signature.

22

Noël. Période de fêtes et de retrouvailles.

En théorie.

Chez les Vichot, c'est la routine : Géraldine s'occupe de ses vaches, Louis, Auguste et Modeste travaillent dans les affouages, Hugo et Léo jouent aux geeks. Alexandra s'ennuie sans Mathieu.

Moi, je suis seul. Seul.

Je pourrais voyager mais je n'en ai pas envie. Alice encourage son saxophoniste, qui donne des concerts à Paris avec son groupe de jazz. Céline m'extorque de l'argent. Mes parents ont fui chez des amis. Mes anciens collègues m'ont oublié. Ma messagerie est vide.

Mon moral ? Il n'est pas encore trop atteint.

J'ai retiré de l'argent à la banque pour Noël. Beaucoup d'argent. Cinquante mille euros en liquide.

Je n'ai pas oublié à qui je devais ma fortune.

Je me promène dans Paris à pied. Et je distribue des billets de cent euros à tous les SDF que je croise sur ma route.

C'est une façon de m'acquitter de ma dette. Dans le plus strict anonymat.

Alice me manque.

Pas Villard.

Et je ne manque pas à Villard.

Paris est sous les nuages. Des lumières scintillent dans tous les magasins.

Décidément, il ne suffit pas d'être riche pour être heureux.

Et on a le droit d'être triste.

Même à Noël.

Louis Vichot regarde toujours le journal de 20 heures sur TF1, sauf pendant les moissons. En ce 28 décembre, il est affalé sur un canapé bas de gamme, une bière à la main. Et il a du mal à comprendre le comportement de l'illustre imbécile qui a distribué des billets de cent euros à plus d'une centaine de SDF de la capitale le 25 décembre.

— Ce type est un malade, confie-t-il à sa femme qui a visionné le reportage avec lui. L'argent, ça se place, ça ne se gaspille pas !

— Le pire, c'est que personne ne sait qui c'est, renchérit Géraldine. Il aurait pu passer pour un héros à la télévision.

— Tu parles ! Ce n'est pas lui, le héros, ce sont les SDF qui sont interviewés. Il aurait voulu leur faire de la publicité qu'il ne s'y serait pas pris autrement. Toute cette misère étalée, c'est la honte ! Ah, elle est belle, la France !

— La France des villes, rectifie Géraldine. Les SDF, à la campagne, ça n'existe pas.

— Encore heureux ! Je n'en voudrais pas dans mes champs !

— Tu as des nouvelles du Parisien ?

— Aucune et c'est tant mieux. Il doit roucouler avec son Alice.

— Alice ?

— La fille qui est venue avec lui à Villard. D'après Léo, elle s'appelle Alice.

— Je croyais qu'il était marié avec une Céline.

— Eh bien, il la trompe, sa Céline.

Géraldine Vichot est choquée. Elle en froisse son tablier.

— Et il a le culot de venir à la messe !

— Il n'a pas communié.

— Ce n'est pas une excuse.

— Vous n'en avez pas marre de dire du mal des gens ? Alexandra est assise au salon, un téléphone dans les mains. Les yeux fixés sur son écran, elle se mêle à la conversation car ses parents l'énervent.

— Tu nous parles sur un autre ton, s'il te plaît ! s'insurge son père.

Alexandra ne se laisse pas intimider :

— Le Parisien ne vous a rien fait, alors laissez-le tranquille.

Louis Vichot se lève du canapé et renverse la moitié de son verre sur les tomettes.

— Ce ne sont pas tes oignons ! Mêle-toi de ce qui te regarde !

Alexandra fixe son père dans les yeux :
— Je sais tout.
— Tu sais tout quoi ?
— Je sais tout pour Xavier Rosa. Et Morgan aussi. Il serait peut-être temps de tourner la page.
— Morgan Germain ?
— Karowski, le coupe sa femme.
Louis Vichot n'écoute pas. Il s'est rapproché de sa fille à la vitesse d'une formule 1. Il claque son verre sur la table.
— Qu'est-ce que tu sais exactement ?
Alexandra ne prend pas de risque. Elle s'éloigne vers la porte qui mène aux étages et, d'un geste, conseille à son père de ne pas approcher.
— Xavier Rosa n'est pour rien dans l'évanouissement de Marie. Et le Jojo Gordon non plus. Tu vois ce que je veux dire ?
Louis Vichot est devenu blême. Alexandra en profite pour placer une dernière réplique avant de disparaître en courant dans l'escalier.
— Je ne dirai rien, et Morgan non plus, parce que nous ne sommes pas fiers de cette histoire !
Frappé par la foudre, le maire ne bouge plus. Sa femme s'attend à une explosion et se protège déjà les oreilles.
— C'est la Florence Bertelier qui a parlé.
Louis Vichot est étonnamment calme. Il reprend :
— Elle a parlé au Morgan Germain, qui a tout balancé à notre fille.
— Il s'appelle Morgan Karowski, lui rappelle sa femme.

L'explosion survient à retardement :

— Je m'en fiche du Polonais ! C'est un Germain, point ! Tout ce qui arrive, c'est de la faute du Parisien ! Si l'histoire se répand, je perds la mairie ! Il faut qu'il dégage !

— Il n'est pas là en ce moment.

— Non, mais il va revenir !

Le maire ressemble à un volcan en éruption. Il s'agite dans la pièce sans contrôler ses gestes. Géraldine anticipe ses déplacements et enlève les objets les plus exposés afin de les mettre en lieu sûr.

Le manège s'arrête subitement. Louis Vichot porte une main à son front et retrouve un sourire machiavélique qui n'augure rien de bon.

— Je crois que j'ai trouvé.

23

J'ai vu le reportage sur les SDF à la télévision. Leurs sourires m'ont redonné de l'énergie.

J'ai donc décidé d'accepter l'invitation d'Alice pour le nouvel an. Il s'agit d'une soirée sur le thème des années 1920. Je me suis procuré le costume d'un danseur de claquettes et je sirote un martini à une table ronde, au fond d'une salle de spectacle éclairée par une lumière tamisée.

Je n'ai pas encore repéré Alice dans la foule, mais j'ai bien identifié son boyfriend. Il est plutôt mignon et il déchire l'atmosphère avec son sax. La scène est surélevée et se prolonge en un arrondi qui avance vers le public. Les instrumentistes peuvent donc se déplacer lorsqu'ils exécutent leurs solos. Je parle évidemment du guitariste, du trompettiste et du saxophoniste, car le pianiste, le batteur et le contrebassiste sont un peu moins mobiles. L'ambiance du club est feutrée, le swing est au rendez-vous et la piste de danse située au pied de la scène ne désemplit pas.

— Sylvain ?

Cette voix, je la reconnaîtrais entre mille. Je suis vraiment mordu.

— Alice ?

La jeune femme est époustouflante dans sa robe de soirée noire à paillettes. Ses épaules sont dénudées et j'ai une vue plongeante sur son décolleté. Elle est costumée en danseuse de cabaret.

— Merci d'être venu. Je n'espérais plus.

— Tu n'espérais plus ? Il faudrait que tu m'expliques.

Elle glisse un article de journal sur ma table. Le titre du papier me suffit : « Le bienfaiteur aux cent euros. »

— C'était toi, n'est-ce pas ?

— Qu'est-ce qui te le fait croire ?

— Xavier Rosa était un SDF. Et il t'a fait gagner à l'Euromillions. C'est un geste admirable.

La jeune femme est émue. Malgré moi, je suis touché par sa déduction.

— C'était bien moi. Merci, Alice. Tu ne le répéteras à personne, bien entendu.

— C'est promis.

Je sens que la jeune femme voudrait bien rester, mais d'autres invités la connaissent. Elle a manifestement peur de s'afficher trop longtemps en ma compagnie.

— Sylvain, je suis désolée.

Je la retiens par une main.

— Tu me manques.

— Toi aussi. Je reviens.

Cet aveu me donne des frissons. En définitive, tout n'est peut-être pas perdu. J'ai bien fait d'accepter son invitation.

Je suis ses déplacements jusqu'à la piste de danse. Elle connaît beaucoup de monde et elle a du succès.

Elle revient une dizaine de minutes plus tard. Je suis aux anges. La conversation est cette fois plus sérieuse.

— Tu avais raison, ton ex-femme m'a de nouveau contactée. Tu en es où de ton divorce ?

— C'est bientôt la fin. Mais Céline a des problèmes d'argent. Sans savoir que j'étais riche, elle m'a fait du chantage pour que je lui cède la moitié de l'appartement.

— C'est ignoble !

— Non, c'est humain. Tu lui as dit qu'on avait couché ensemble ?

Alice éclate de rire :

— Non, je ne lui ai rien dit du tout.

— C'est bien.

La jeune femme a repris un air grave. Elle a autre chose à m'avouer mais les mots restent coincés dans sa gorge.

— Sylvain, tu as dit que tu m'aimais ?

— Oui. Je te le répète, si tu veux.

— Quand on aime quelqu'un, on accepte tout, n'est-ce pas ?

Je reste perplexe.

— Ce n'est pas le bon moment ni le bon endroit pour t'expliquer. Tu te souviens de notre discussion sur les enfants ?

Je la regarde avec intensité. Elle sait que j'ai trente-huit ans et que j'aimerais bien fonder une famille. Je sais qu'elle a arrêté de prendre la pilule il y a plus de huit mois et qu'elle a commencé un parcours médical compliqué. Elle n'a pas voulu m'en parler, mais cette situation a certainement dégradé son couple.

— Oui, je m'en souviens. Et si c'est cela qui t'ennuie, je te promets de tout accepter.

Généralement, je n'ai pas besoin de me forcer pour être convaincant : c'est mon métier. Mais la touche de sincérité que j'ai ajoutée semble atteindre ma partenairc. Ellc m'aurait déjà étreint si elle ne s'était pas trouvée au milieu de ses amis. Interpellée par l'un d'eux, elle retourne sur la piste de danse.

Son saxophoniste joue un madison endiablé. Alice n'est pas seulement douée pour la photographie, elle sait également bouger. Et comme j'ai pris quelques cours de danse de salon dans ma jeunesse, je décide d'aller la rejoindre. Après tout, c'est moi qui lui ai obtenu un poste, je n'ai pas à m'en cacher.

Mon arrivée sur la piste la surprend. Dans le bon sens. Car je suis loin d'être ridicule.

Quelques pas twistés plus tard, je suis intégré parmi les danseurs.

Mon moral remonte au rythme de la musique.

Le slow que je danse avec Alice sur un solo de sax est le clou de la soirée. Nous ne pouvons pas être plus près l'un de l'autre.

— Ton copain n'a même pas l'air jaloux. Il sait qui je suis ?

— Oui.

— Et il sait pour nous deux ?

— Non.

Pas d'explication. Je me contente de savourer. La danse se termine.

— Alice, tu me feras signe ?

Elle me regarde d'un air interrogatif.

— Quand tu seras de nouveau libre ?

Ses yeux effectuent un aller-retour en direction de la scène. Manifestement, elle n'est toujours pas décidée à rompre.

— J'ai un engagement vis-à-vis de lui.

— Tu aurais pu me le dire en sortant de ma voiture, l'autre jour. Ça m'aurait évité de déprimer.

— Un élément a changé entre-temps. Ta promesse de tout accepter me rassure.

Moi aussi, je suis rassuré. Car j'y tiens beaucoup à mon Alice. J'aimerais bien accélérer le temps.

— Si je peux t'aider en quoi que ce soit.

— Tu pourrais… mais je n'y tiens pas. Je ne veux plus me sentir redevable.

Je n'insiste pas.

Dans quelques minutes, les douze coups de minuit vont sonner.

Et je vais pouvoir embrasser Cendrillon.

Dynamisé par la reprise de mes relations avec Alice, j'ai contacté Florence Bertelier afin de lui présenter des excuses. Elle m'a répondu dans la foulée en me donnant un nouveau créneau horaire pour l'appeler.

Notre entretien téléphonique a lieu le 8 janvier. Ma correspondante entre immédiatement dans le vif du sujet :

— Je ne retrouverai jamais le registre. Mais je l'ai lu

en entier avant qu'il disparaisse. Surtout, ne le répétez à personne.

— Je serai muet comme une tombe. Qu'y avait-il de si intéressant à l'intérieur ?

— Une page sur Marie Vichot.

Florence Bertelier me révèle le contenu de la page. Je comprends mieux pourquoi ma présence dérange. En revanche, j'espérais que le registre me fournirait des pistes pour remercier Xavier Rosa, et ce n'est pas le cas. Mon interlocutrice paraît très embarrassée :

— Ce… cela va remettre en cause notre accord… n'est-ce pas ?

J'évite de répondre immédiatement à la question :

— Vous n'avez pas trouvé d'autres documents, par hasard ?

— Si, des photos.

Voilà qui est mieux. Les photographies sont souvent plus riches d'enseignements que les textes.

— Vous pouvez me les décrire ?

— Il n'y en a pas beaucoup. Sur l'une d'elle, on voit Xavier Rosa près d'une grande roue, dans une fête foraine. Il paraît vraiment très heureux.

Je fais un rapprochement immédiat avec le passé du SDF. Il n'avait pas choisi sa formation et son métier de métallurgiste par hasard. Un embryon d'idée vient de germer dans mon cerveau. Il ne me reste plus qu'à l'affiner.

— Vous me donnez cette photo et je vous offre votre toit.

Un petit cri de joie résonne à l'autre bout du fil.

— Merci, monsieur Balmont, vous êtes mon sauveur !

Le mot est peut-être un peu fort, mais je l'accepte. L'idée que vient de me fournir Florence Bertelier vaut bien quelques euros car elle m'amuse déjà beaucoup. Je vais me reconvertir en marchand de bonne humeur.

24

Devant les membres du conseil municipal, Louis Vichot exhibe un document émanant de la Direction départementale des territoires.

— Le toit de M. Balmont n'est pas conforme à notre Plan local d'urbanisme. Il a mis des tuiles noires alors qu'elles devraient être rouges.

— Et alors ? interroge Vincent Vichot, le plus jeune des conseillers. On ne va quand même pas lui demander de défaire son toit ! Vu la surface, il a dû lui coûter une fortune !

— C'est la question que je vous pose, reprend sérieusement le maire. Maintenant que les faits ont été signalés, je dois rendre des comptes.

— Il aurait fallu le prévenir avant.

— Il n'est jamais là.

— Si on lui fait un coup comme ça, il va quitter Villard, conclut le conseiller. À sa place, je n'apprécierais pas du tout.

— Il n'avait qu'à se conformer au PLU ! tranche Auguste Vichot. Je croyais qu'il avait embauché un architecte. C'est à lui qu'il faut faire des réclamations !

— Tu veux dire que le toit doit être démonté ? Il n'est pas possible de s'arranger autrement ?

— J'ai étudié la question, intervient le maire. Nous aurions pu assouplir notre décision si le toit original avait été noir. Le problème est qu'il était rouge.

Il fait circuler des photos de l'école prises avant les travaux.

— Beaucoup de toits sont noirs à Villard ! s'insurge Vincent Vichot. C'est complètement absurde !

— On peut déroger à la règle du PLU si on remplace l'existant à l'identique, explique de nouveau le maire. En l'occurrence, ce n'est pas le cas.

— C'est le PLU qu'il faut changer, alors !

— Tu sais combien il nous a coûté ? rétorque Louis Vichot avec véhémence. Les yeux de la tête, mon gars ! Personne ici n'a l'intention de le faire réviser ! C'est au moment de l'enquête publique qu'il fallait faire des réclamations !

Un silence pesant s'installe. Chacun essaie de réfléchir à une meilleure solution, à l'exception du maire qui semble avoir déjà pris sa décision. Loin de détendre l'atmosphère, Vincent Vichot l'alourdit :

— Qui a cafeté ? Les agents de la DDT ne s'amusent pas à patrouiller dans les rues !

Les regards se tournent vers Modeste Vichot, qui reste de marbre. Tout le monde prend son attitude pour un aveu.

— Qu'est-ce qu'on fait ? interroge le maire pour couper court aux suspicions. Si nous dérogeons à la règle, c'est la porte ouverte à tous les abus. Et c'est moi qui devrai en assumer les conséquences.

— On vote, propose la mère d'Adrien.

Un malaise général gagne les participants rassemblés autour de la table du conseil. Ils ne sont que huit présents sur onze, et les absents n'ont pas donné de pouvoir. En cas d'égalité, c'est la voix du maire qui fera basculer le scrutin. Louis Vichot fait mine d'être contrarié. D'une voix mal ajustée, il proclame :

— Qui est contre le démontage du toit ?

Vincent Vichot est le seul à lever la main.

— Qui s'abstient ?

Deux mains s'élèvent, dont celle de la mère d'Adrien.

— Qui est pour ?

Cinq voix. Celle du maire, de Modeste, d'Auguste et de deux membres du clan Germain. Un exploit rarissime.

— Très bien, je vais notifier notre décision au Parisien. Il aura la lettre dans sa boîte demain matin.

Le maire clôture la séance en essayant de masquer sa satisfaction. Pour être certain d'écœurer quelqu'un, il vaut mieux frapper une seule fois, et fort. C'est donc chose faite, avec l'appui du conseil municipal, en toute légalité. La balle est maintenant dans le camp du Parisien. Il ne reste plus qu'à attendre.

25

Ce matin, j'ai reçu la facture du toit de Villard à mon domicile parisien. Cinquante-quatre mille sept cent deux euros, soit 0,03 pour cent de ma fortune environ. Autant dire que je ne suis pas encore sur la paille. Surtout qu'avec les intérêts de mes millions, je dois pouvoir rembourser cette facture en une semaine. Il faudra que j'en demande la confirmation à mon conseiller financier.

La fin des travaux m'a incité à aller sur place pour me rendre compte du travail accompli. J'ai donc spécifié à Alice que je partais pour la Bourgogne. Elle m'a répondu immédiatement, ce qui est plutôt bon signe, même si je commence à trouver le temps long.

La première impression que me fait la nouvelle toiture est excellente. Avec la rénovation programmée des façades en pierre apparente, le rendu sera magnifique. J'ai choisi un mardi pour me rendre à la mairie et récupérer mon courrier. À travers ses lunettes carrées, la secrétaire ne me reconnaît pas au premier coup d'œil.

— Vous venez pour… ?

Je suis obligé de répéter ma question. Il faut dire

qu'elle gère une dizaine de dossiers en même temps. Des pochettes blanc et jaune entourent son ordinateur comme les pétales d'une fleur de marguerite.

— Je suis Sylvain Balmont et je suis venu chercher mon courrier.

L'information semble transiter dans le cerveau de mon interlocutrice qui s'est enfin immobilisée.

— Ah oui, le Parisien, la boîte aux lettres qui déborde.

Elle se lève et désigne ses pochettes cartonnées en poussant un soupir de découragement :

— Tous ces dossiers qui s'empilent, c'est infernal. J'ai un retard, vous n'imaginez pas.

— Vous gérez plusieurs communes ?

— Trois. Et c'est moi qui fais tout.

Elle doit avoir une quarantaine d'années, pas plus, mais elle se déplace comme une petite vieille, le dos courbé et les yeux rivés par terre. Elle se dirige vers un meuble bas sur lequel se trouve une boîte en carton remplie de prospectus.

— Tenez, c'est pour vous.

J'ai à peine le temps de la remercier ; elle est déjà repartie dans ses dossiers.

— Le maire voulait vous voir, mais il a eu une urgence à la ferme. Il devrait repasser tout à l'heure, si vous êtes encore là.

— Merci. J'aviserai.

Croiser Louis Vichot n'est pas du tout une priorité, d'autant que j'ai rendez-vous avec Florence Bertelier en fin de soirée. Je reprends ma voiture et remonte la rue principale jusqu'à l'école. Je n'ai rencontré personne pour le moment.

La toiture toute neuve est éclairée par le soleil couchant. Je l'admire quelques instants avant de pénétrer dans le bâtiment, qui sent toujours le renfermé. J'ai apporté du papier d'Arménie afin de dissiper les odeurs. J'ouvre les volets de la salle et m'installe à une table pour consulter mon courrier. Je trie sommairement les publicités et les lettres importantes. Celle de la mairie m'intrigue car elle ne porte pas de timbre. Je l'ouvre en premier.

Et je laisse tomber toutes les autres.

Ce n'est pas possible, j'ai dû manquer une marche.

Je relis plusieurs fois le texte pour être certain que je ne rêve pas. La dernière phrase est la plus extravagante :

> *Suite à un vote du conseil municipal, et afin de vous conformer au PLU, il vous est demandé de remplacer les tuiles noires de votre toiture par des tuiles de couleur rouge.*

Un extrait photocopié du PLU vient corroborer le texte.

Furieux, je reprends ma voiture et redescends à la mairie. Louis Vichot n'a pas l'air étonné de me voir :

— Monsieur Balmont, ne le prenez pas mal…

— Comment voulez-vous que je le prenne ? Si vous veniez de refaire votre étable et que la DDT vous obligeait à la démonter, vous seriez content ?

— Cela ne peut pas m'arriver, monsieur Balmont,

parce que moi, je connais le PLU. C'est votre architecte qui est en tort. C'est contre lui qu'il faut vous retourner.

— Mon architecte n'y est pour rien. C'est moi qui ai choisi la couleur des tuiles ! Et il me semble que tous les toits ne sont pas rouges à Villard ! Comment expliquez-vous ce phénomène ?

Le maire répète l'argument qu'il a servi à son conseil municipal :

— Votre toit était rouge au départ, il fallait qu'il reste rouge ! Croyez-moi si vous voulez, mais nous avons essayé de trouver une solution avant de vous avertir.

— Cela signifie que vous n'allez rien faire pour me défendre ?

— Je ne peux pas aller contre l'avis de mon conseil.

Le maire n'ose pas me regarder en face. Il attend que je parte mais j'ai encore une question à lui poser.

— Quelqu'un m'a forcément dénoncé. Vous ne voudriez pas m'aider à y voir plus clair ?

— Il sera difficile de savoir qui c'est. D'après mes informations, une personne se serait déplacée au siège de la DDT avec des photographies et un extrait du PLU. Je ne suis d'ailleurs pas censé vous le répéter.

— Je vois. Vous me faites une fleur, donc. Quelle était votre position personnelle au moment du vote ?

Le maire ne se laisse pas intimider :

— Ce n'est pas un secret, j'étais pour le démontage du toit. Je suis le représentant de la loi et mon rôle est de la faire respecter. Un seul conseiller a voté contre.

— Il n'y a aucun recours ?

— Si, devant la justice.

— C'est votre dernier mot ?

— Ça l'est !

— Très bien. Vous voulez la guerre ? Vous allez l'avoir !

— Attendez, qu'est-ce que vous…

Je ne reste pas une seconde de plus avec ce plouc hypocrite, tout maire qu'il soit. En matière de provocation, j'ai du tempérament à revendre. Et les moyens qui vont avec. Il n'a pas fini de se faire des cheveux blancs.

26

Florence Bertelier m'a invité à dîner. Son mari rentre à 22 heures et la petite est couchée. Elle a bien vu que j'étais dans tous mes états et elle a vite compris pourquoi en lisant la lettre du maire.

— Je savais que le Louis était un peu vicieux, mais à ce point… C'est incroyable. Il sait que la couleur n'est pas conforme au PLU, il laisse faire et vous dénonce.

— C'est machiavélique, en effet. Vous êtes sûre que c'est lui ?

— Lui ou son père, c'est pareil. Cette situation est d'autant plus absurde qu'avant la mise en place du PLU, les nouveaux habitants ont choisi des tuiles noires, comme les nôtres !

Mon cerveau en ébullition opère une connexion instantanée.

— Vous les trouvez comment, mes tuiles ?

— Vos tuiles neuves ?

— C'est ça. Est-ce qu'elles vous plaisent ?

Florence Bertelier vient de comprendre :

— Vous voulez dire que.

— Qu'elles pourraient parfaitement convenir pour

votre toit. On démonte le vôtre et le mien en même temps, l'entreprise transfère les tuiles et j'en rachète des rouges.

— Vous allez vraiment obéir au maire ? Sans passer par le tribunal ?

— J'ai les moyens, madame Bertelier. Et comme le droit n'est pas avec moi, je préfère payer des tuiles plutôt que de payer des avocats. Vous me suivez ?

— Je vous suis.

— Je vous laisse donc les dix mille euros que je vous ai donnés et vous avez un toit tout neuf en prime.

— Je ne peux pas accepter, mon mari va être fou.

— Votre mari acceptera lorsqu'il aura lu la lettre du maire. De toute façon, ces tuiles gris foncé sont vouées à la casse. Autant qu'elles servent à quelqu'un ! Quelqu'un qui n'est pas de sa famille, évidemment.

La jeune femme acquiesce. Le raisonnement est implacable. Elle avale une bouchée de gratin dauphinois avant de demander :

— Votre toit est plus grand que le nôtre, non ?

— Je pense, oui.

— Qu'allez-vous faire du surplus ?

— J'ai ma petite idée. Vous ne connaîtriez pas un jeune qui n'aime pas Louis Vichot, qui a besoin d'argent de poche et qui sache conduire un tracteur ?

Florence Bertelier ne réfléchit même pas :

— Je pense qu'Adrien Germain sera votre homme. Même sans être payé, il serait capable d'accepter.

Pierre Bertelier a été plus difficile à convaincre que sa femme. Notre dernière entrevue s'étant plutôt mal terminée, j'ai laissé parler Florence. Elle a une curieuse façon de le manœuvrer mais c'est le résultat qui compte. Voici le bilan :

Pierre ne sait pas que j'ai mangé à la maison.

Il ne sait pas que Florence m'a remis des photos de Xavier Rosa.

Il ne sait pas que les Vichot ont volé le registre.

Il sait seulement qu'il va bénéficier d'un toit tout neuf et gratuit.

Grâce au maire.

De toute façon, j'avais prévu de payer la toiture des Bertelier. Ma perte ne sera donc pas de cinquante-deux mille euros, même si les surfaces ne sont pas égales. Je compte bien récupérer quelques tuiles pour mener à bien la mission que je vais confier à Adrien Germain, une mission que n'aurait certainement pas reniée Xavier Rosa.

L'alcool aidant, les langues se délient. Pierre Bertelier n'est pas un taiseux comme je l'avais catalogué, c'est un méfiant. Une fois décoincé, il est plutôt bon vivant.

Lorsque le sujet dévie sur Xavier Rosa et Marie Vichot, il consent à me livrer quelques secrets. D'autant que sa femme est partie se coucher.

— J'avais dix ans à l'époque. Vous pensez bien que les amours de Marie et Xavier étaient connues de tous les ados du quartier. Ils allaient les espionner en cachette. C'est en les suivant que le vieux Gordon a découvert le pot aux roses.

— Tu étais avec eux ?

Je crois que j'ai commencé à le tutoyer après le troisième verre de whisky.

— Au départ, non, mais je me suis laissé entraîner.

— Tu connaissais donc leur lieu de rendez-vous.

— Oui, au début, c'était dans le pré du Modeste, au bord de la rivière. Il y avait un bosquet d'arbres et d'arbustes qui les cachait depuis la route. On se débrouillait pour grimper dans les arbres avant qu'ils arrivent et on voyait tout.

Un sourire amusé se dessine sur les lèvres minces de mon interlocuteur.

— On voyait tout et on entendait tout. Je ne te fais pas un dessin.

— Non, non, j'ai compris.

Nous buvons à la santé des deux corps emmêlés.

— Ils se promettaient des trucs dingues, se rappelle Pierre. Un jour, Xavier a dit à Marie qu'il lui construirait une grande roue, sur un terrain de son père, rien que pour l'emmerder.

J'ai encore assez de lucidité pour retenir l'info. Sans le savoir, Pierre Bertelier vient de me fournir l'élément déclencheur qui manquait à mon projet de remerciement.

— Une grande roue ? Sur le terrain de Modeste ?

— Oui, c'est complètement con ! Surtout qu'il voulait la mettre à côté de l'école, sa roue, pour amuser les enfants !

— Dans le pré ?

— Ouais, dans le pré du Modeste. Sauf qu'il fallait être vraiment con pour avoir une idée pareille !

— Pourquoi ?

— Le Modeste, il lui aurait jamais vendu son terrain, au Xavier Rosa ! D'autant qu'il y en avait un bout à l'Albert, dedans. Tu imagines ? Acheter du terrain à deux agriculteurs qui ne s'entendent pas ? Pour construire une roue ?

Pierre Bertelier se met à couiner comme un cochon qu'on égorge. C'est sa façon à lui de rigoler. J'ai un peu moins bu que lui, mais je me mets à rire aussi :

— Tu connais la citation de l'imbécile qui ne sait pas que c'est impossible et qui le fait quand même ?

— Non, je ne lis jamais rien.

— Eh bien, tu vas voir ! Je vais la construire, la grande roue, moi ! Et je leur piquerai leur terrain, au Modeste et à l'Albert !

— Avec quoi ?

— Du fric ! Je suis plein aux as ! Je te paie la pension de ta mère si tu veux !

— Ah bah, ça serait pas de refus parce qu'elle me coûte cher, la vieille ! Mais ton fric, le Modeste, il en voudra pas ! Et l'Albert non plus ! Même pour faire chier l'autre, ils te vendront pas leur bout de terrain !

Nous trinquons à la bêtise humaine. Et à tous les cons.

Ce qui nous vaut le retour de Florence Bertelier dans la cuisine.

En colère.

Elle arrache la bouteille de whisky des mains de son mari et lui commande sèchement d'aller se coucher. Si je ne lui avais pas remis dix mille euros, j'aurais eu droit à la même soufflante.

— Vous allez pouvoir rentrer chez vous ?

— Ça devrait le faire… sauf qu'il n'y a pas de lit dans l'école. J'avais réservé une chambre d'hôtel à Montbard mais je ne prendrai pas le risque d'y aller.

— Il vaut mieux, en effet. Attendez-moi là. Je couche mon ivrogne de mari et je vous apporte de quoi dormir.

Florence Bertelier repart en direction de la chambre, son homme sur l'épaule. J'entends Pierre Bertelier crier « Gloire aux cons ! » dans le couloir. Heureusement que sa fille a le sommeil lourd à cette heure-là. Sa femme me rapporte un duvet et un matelas de camping.

— Tenez, vous êtes sûr que ça va aller pour remonter ? Sinon, je vous reconduis.

— C'est gentil, mais je ne vois pas encore trouble. Le maire ne fait pas de contrôle d'alcoolémie, au moins ?

— Sûrement pas. Il a une bonne descente, lui aussi. Bonne nuit.

— Merci pour le repas… et pour la soirée.

Le froid de la nuit me réveille. J'admire la Voie lactée qui brille dans une nuit sans lune. À Paris, on ne la voit jamais comme ça.

Je n'ai pas perdu mon temps chez les Bertelier. Je pense qu'on pourrait éventuellement devenir amis.

Demain, j'irai acheter du mobilier et un lit deux places. Un millionnaire qui fait du camping dans une pièce vide, ça fait un peu désordre.

27

L'alcool, c'est bien la veille, mais c'est difficile au réveil. Surtout lorsqu'on dort quasiment par terre.

Au cinéma, ils ne montrent jamais les vrais lendemains de cuite, c'est beaucoup moins drôle que la scène alcoolisée elle-même.

J'émerge vers 9 heures avec un mal de tête persistant et des nausées désagréables.

Je me débarbouille dans un évier de la salle de bains du bas. La pièce résonne autant que la salle de classe. Il est vraiment temps de meubler la maison. En me rasant à l'eau froide, il me vient une idée assez saugrenue que je décide d'appliquer sur-le-champ. Après avoir retrouvé une certaine dignité, j'enfile une épaisse parka bleue et descends à pied chez le maire. Le paysage est magnifique. Les arbres sont couverts de givre et le soleil est au rendez-vous. J'ai une vue plongeante sur l'Armançon, qui coule, imperturbable, au fond de la vallée.

La cour des Vichot est immense. Deux moissonneuses-batteuses pourraient y faire la course. Le sol en terre battue est parsemé de petites flaques gelées. Un bâtiment neuf en parpaings fait face à la maison d'habitation. Le contraste est saisissant : d'un côté, des pierres apparentes, de l'autre, des tôles et du béton. Le maire ne manque pas de culot ! C'est son hangar qu'il faudrait démonter ! Quelle insulte au paysage ! Il abrite plusieurs tracteurs et tous les accessoires qui vont avec : herse, semoir, pulvérisateur, bennes et remorques de couleurs disparates. Collée au hangar, une grange plus ancienne abrite des balles de foin rondes pour les vaches.

Je monte les trois marches du perron et sonne à la cloche.

Un chien aboie à une fenêtre sur ma gauche. Il semble coincé dans une pièce voisine.

Mme Vichot vient m'ouvrir. Je l'ai vue une seule fois à la messe, ce qui explique le petit temps de surprise. Elle a à peu près la même corpulence que le maire. Un tablier de cuisine pend à son cou. Je la vois mal en tailleur.

— Bonjour, madame. Votre mari est là ?

— C'est pour quoi ?

L'accent bourguignon sent la campagne. Sous les rondeurs se cache une femme directe et disciplinée. Je pourrais lui répondre que je vends des tracteurs, mais ce n'est pas le moment de plaisanter.

— Je suis Sylvain Balmont, vous savez celui qui a…

La mère Vichot a déjà tourné les talons. Je ne suis pas si moche que ça pourtant, j'ai vérifié dans la glace. J'entends une sorte de conciliabule dans le vestibule, ce n'est pas très discret. Mon interlocutrice revient en s'essuyant les mains sur son tablier.

— Qu'est-ce que vous lui voulez ? Si c'est pour votre toit, il n'est pas disponible.

— Cela veut dire qu'il est là donc. Ça tombe bien, car je suis venu m'excuser pour mon attitude déplacée à la mairie hier. Je pense que je vais faire démonter mon toit.

— Ah…

— Et j'aimerais avoir quelques garanties.

La mère Vichot fait la moue. Pour lui tirer un sourire, il faudrait écarter les commissures de ses lèvres avec les doigts.

— Bon, entrez cinq minutes.

Le vestibule est sombre et je ne vois pas arriver le chien. Louis Vichot a dû le lâcher exprès. Une brute de cinquante kilos me laboure l'anorak sous les hurlements de sa maîtresse :

— Rocky, couché ! J'ai dit couché ! Couché !

Le dernier ordre a raison de la bête, dont la queue s'agite à la vitesse d'un fouet électrique. Il paraît content de me voir, à la différence du maire qui garde un visage froid et reste sur le qui-vive. Je le mets à l'aise :

— Monsieur Vichot, j'ai décidé de changer mes tuiles. Et comme je n'aime pas le gâchis, j'ai l'intention d'en revendre une partie.

— C'est votre droit.

— Si certains de vos administrés sont intéressés, je peux leur faire un prix.

— Mes administrés ne sont pas intéressés.

— Tu crois ? l'interrompt sa femme. Il me semble que…

— Ils ne sont pas intéressés !

Je me racle la gorge pour dissiper le malaise. Ce Louis Vichot manque singulièrement de savoir-vivre.

— Admettons. Je veux simplement avoir la garantie que si jamais l'un d'entre eux se portait acquéreur, vous ne viendriez pas me mettre de nouveaux bâtons dans les roues.

Louis Vichot renifle un grand coup.

— Je ne vous mets pas des bâtons dans les roues, je fais appliquer la loi ! Tout ce qui entre dans le cadre du PLU est autorisé !

— Très bien, c'est tout ce que je voulais entendre. Vous n'avez pas besoin de faire des courses ?

Le maire avale de travers.

J'insiste :

— Je vais sans doute me rendre à Dijon aujourd'hui afin de m'équiper. L'accueil que vous m'avez réservé m'a donné envie de m'installer plus durablement. Si je peux vous rendre service, ce sera avec plaisir.

La mine décomposée des époux Vichot fait plaisir à voir. Et ce n'est pas terminé.

— Moi, je veux bien aller à Dijon.

De près, Alexandra ressemble vraiment à Marie.

— Alexandra, monte dans ta chambre ! hurle Louis Vichot.

— Je veux aller à Dijon !

— Tu n'iras pas !

— Ce matin, tu as dit que tu voulais bien me laisser y aller si je trouvais un moyen de transport. Il faudrait savoir !

Louis Vichot bout sur place. C'est le moment d'en rajouter :

— Je peux parfaitement emmener votre fille à Dijon.

J'ai le permis depuis vingt ans et j'ai plus d'un million de kilomètres au compteur.

Louis Vichot perd patience. Il me laisse avec le chien, entraîne sa fille et sa femme dans le salon et claque la porte. L'animal couine en grattant le vantail. Je n'ai pas besoin de le faire taire pour entendre la conversation.

— La mère de ma copine était d'accord aussi !

— Alexandra, ce n'est pas toi qui fais la loi !

— Ici, tu n'es pas le maire !

— Et arrête de répondre !

— Tu ne veux pas que j'y aille parce que c'est le Parisien !

Cette fois, je n'entends plus que les jappements du beauceron. L'argument a assommé le père Vichot. À moins que la bombe n'explose à retardement.

La bombe n'explose pas. La porte s'ouvre sur la mère Vichot. Elle n'a pas oublié que j'étais là.

— Si vous voulez bien sortir, nous avons une affaire à régler en famille.

— Je vous en prie, une autre fois peut-être.

— C'est ça.

Elle aurait pu ajouter « Bon débarras », cela n'aurait pas nui à la conversation.

Une fois dans la cour, j'entends encore des éclats de voix. Cette ambiance est insupportable. Pour les parents, il n'est pas toujours facile d'élever des ados. Pour Alexandra, c'est manifestement l'inverse : il n'est vraiment pas facile d'avoir des parents.

28

Depuis un mois, Louis Vichot ne dort plus.

Non seulement le Parisien n'a pas été découragé, mais il s'est confortablement et durablement installé. L'école est devenue une ruche. Malgré la neige, des camions stationnent en permanence dans la cour, le bruit des travaux couvre celui des cloches de l'église, et il ne se passe pas une journée sans qu'un livreur apporte du mobilier. Le maire est tellement déprimé qu'il a invité le curé à déjeuner chez lui après la messe du dimanche.

— Pardonnez-moi, mon père, mais le Parisien commence à me taper sur le système.

— Il ne fait rien de mal, pourtant.

— En apparence… Je suis bien placé pour le savoir. C'est un champion de la manœuvre, en réalité. Prenez les Bertelier, par exemple.

— Eh bien ?

— Ils ont déposé une déclaration préalable pour la réfection de leur toit.

— Ce n'est pas un crime.

— Non, mais il y a anguille sous roche. Comme par

hasard, le Parisien doit démonter le sien prochainement. Il n'a pas pu le faire avant, à cause du mauvais temps.

— Vous êtes trop suspicieux, monsieur Vichot. Faites donc honneur aux plats de votre épouse.

Le curé lorgne depuis dix minutes les biscuits salés et les cubes de fromage qui le narguent au salon. Debout dans le vestibule, à l'image du chien qui hume le fumet de la table avec gourmandise, il attend poliment que son hôte veuille bien avancer. Géraldine Vichot vient à son secours :

— Entrez, mon père, entrez ! Vous excuserez Alexandra, elle est partie travailler chez une amie.

— Pas de souci. Vous avez une fille très gentille.

— Gentille, mais casse-pieds ! ajoute Louis Vichot. Elle ne pense qu'à sortir.

— C'est de son âge, réplique le prêtre en piochant enfin dans une coupelle remplie de morceaux de fromage.

— Il y a des limites, quand même ! Figurez-vous que le Parisien lui a un jour proposé de l'emmener à Dijon !

— Il pensait bien faire.

— Je me trompe ou vous le défendez sans arrêt ? questionne le maire, sur le qui-vive.

— Je défends mon prochain, monsieur Vichot. En l'occurrence, je trouve que ce Sylvain Balmont ne mérite pas qu'on l'accable. Ce n'est d'ailleurs pas un secret de confessionnal : il m'a aussi proposé de financer les travaux de rénovation de l'église.

— Que… Quoi ?

— Avec votre promesse de don et la subvention du conseil régional, nous avons assez de moyens pour engager le ravalement des façades, le remplacement des vitraux cassés et la restauration du chœur.

Louis Vichot attrape une poignée de chips et la gobe.

— C'est déloyal ! Vous n'avez pas à accepter son argent ! Je vous ai promis vingt mille euros sur mes deniers personnels en échange de certaines informations. Que vous a promis le Parisien ?

— Rien. J'ai accepté sa proposition, au nom du Seigneur.

— Ben voyons ! Il a acheté votre silence, oui ! Vous mangez à tous les râteliers !

Géraldine Vichot est choquée :

— Pardonnez-lui, mon père, il ne sait pas ce qu'il dit.

— Je sais parfaitement ce que je dis ! Et je le répète : le Parisien est un champion de la manœuvre ! Vous en êtes un bel exemple, monsieur le curé !

Le prêtre ne répond pas à la provocation, ce n'est pas son rôle. Il vaut mieux d'ailleurs, car Louis Vichot se lance dans une diatribe contre Sylvain Balmont.

— Il n'en est pas à son premier coup bas. Les habitants du village qui n'ont pas eu assez de bois cet hiver dans leurs affouages sont en train de nettoyer son parc. Et il paraît qu'il pourrait se présenter aux élections ! Le dépôt des listes, c'est dans quinze jours. Il achète des voix, monsieur le curé, voilà ce qu'il fait ! Ce Parisien est un politicien. Il va me voler ma place. Et vous savez pourquoi ? Il veut être le maire de cette commune pour pouvoir m'exproprier ! Eh oui, monsieur le curé, le Parisien veut s'agrandir. Il a eu le culot de venir me demander si le pré à côté de chez lui était à vendre. Un pré qui m'appartient, monsieur le curé ! Il y a même un bout à l'Albert, dedans. Je lui ai dit qu'il faudrait d'abord me passer sur le corps. Et la femme de l'Albert lui a fait la même réponse. Je le sais, parce qu'elle m'a téléphoné. Le Parisien n'a pas voulu nous dire ce qu'il comptait faire, mais Hugo ne devrait pas tarder à le savoir. C'est un bon gamin, il obéit aux ordres, ce n'est pas comme ma fille. Le Parisien veut me voler ma terre, j'ai le droit de savoir ce qu'il manigance !

Géraldine Vichot ne sait plus quoi dire. Le prêtre se gave d'amuse-gueules. Si jamais Louis Vichot décide de le mettre à la porte, au moins il aura mangé.

Un grand silence succède à l'intervention du maire, qui prend conscience d'avoir exagéré. On n'entend plus que le crépitement du feu dans l'âtre.

— Pardonnez-moi, je… j'ai perdu mon sang-froid.

— Ce n'est pas grave, monsieur Vichot, cela peut arriver à tout le monde.

Le prêtre décoche au maire un large sourire en lui tapotant l'épaule. Il en revient à des préoccupations plus terre à terre :

— Passons à table, monsieur Vichot, et oublions provisoirement Sylvain Balmont. Cela vaudra mieux pour nos estomacs.

Alexandra est bien allée chez une amie.

Mais son amie n'est pas là. Elle lui a prêté sa maison pour le week-end.

Alexandra embrasse Mathieu sur le canapé du salon.

Nue.

Car ils ont décidé de faire l'amour.

29

Hugo Vichot ne pouvait rêver mieux. L'entreprise de maçonnerie dans laquelle il effectue un stage d'apprentissage travaille pour Sylvain Balmont. Il va donc contribuer indirectement à la rénovation de l'école pendant une semaine, tout en programmant discrètement quelques escapades clandestines dans la maison.

Le neveu du maire a pris son rôle d'espion très à cœur et il a décidé de faire du zèle. Il s'est aménagé unc planque dans une grange abandonnée au centre du village, ce qui lui permet d'observer les allées et venues de tous les habitants. Il s'y rend à des heures différentes, le soir et le week-end, pour ne pas attirer l'attention. L'appareil photo qu'il s'est acheté avec l'argent de son oncle fait quasiment office de jumelles. Il peut distinguer un grain de beauté sur une joue à plus de vingt mètres.

Sa première journée dans l'école a donné lieu à une courte entrevue avec le Parisien. Sylvain Balmont l'a identifié assez facilement malgré son bleu de travail et ses mains sales.

— Toi, tu es un fils Vichot. Je t'ai déjà aperçu

plusieurs fois devant chez moi. Ce n'est pas le maire qui t'envoie, au moins ?

— Non, m'sieur. Je suis apprenti en maçonnerie. Je travaille en alternance et je ne resterai pas plus d'une semaine.

— Tu as été élève ici ?

— Bien sûr, m'sieur.

— Ça ne te fait pas bizarre de démolir les cloisons de la salle de classe ?

— Non, m'sieur. Ça me fait plutôt plaisir. J'étais nul à l'école. La cloison ne va pas me résister longtemps.

Sylvain Balmont paraît convaincu. Hugo a le physique de l'emploi. S'il décide de se venger de son institutrice, il va abattre le mur en dix minutes.

Le neveu du maire profite de ses deux premières journées de travail pour repérer les lieux. La meilleure heure pour agir, c'est le matin pendant la réunion de chantier. Le Parisien offre des croissants et du café à toutes les équipes qui se croisent et en profite pour faire un état de l'avancement des travaux. Malgré ses réticences, Hugo a craqué pour les croissants. Il a eu l'impression de pactiser avec le diable mais pas très longtemps. Il lui a suffi d'une bouchée pour changer d'opinion. Le goût fondant de la pâte feuilletée a eu raison de ses principes. De toute façon, son oncle n'est pas censé apprendre qu'il se goinfre de viennoiseries chez l'ennemi.

Hugo sait qu'il dispose d'une dizaine de minutes pour mener à bien ses recherches. Le Parisien loge dans une chambre au premier étage. C'est la seule pièce qui soit à peu près terminée, à l'exception du parquet qui sera posé en dernier sur tout le niveau. En attendant, la chape de béton a été recouverte d'un linoléum imitation bois. La chambre est relativement spacieuse et le décor à la fois simple et raffiné. Les rideaux sont dans les tons jaune-orangé, les meubles en chêne, le plafond blanc avec une moulure en plâtre représentant des fleurs entrelacées, seul vestige du passé. Une porte en bois sculpté donne sur une petite salle de bains lumineuse, entièrement carrelée, avec une alternance de faïences mauves et blanches. Une belle douche à l'italienne dont le bac est tapissé de mosaïque offre le confort nécessaire pour se laver.

Hugo a pris soin de se rincer les mains dans les toilettes du rez-de-chaussée. Il récupère discrètement son appareil photo et s'éclipse à l'étage pendant que Sylvain Balmont discute avec son chef de chantier. Il se déchausse avant de pénétrer dans la pièce afin de ne laisser aucune trace sur le lino. Un petit meuble se trouve au pied du lit double. C'est le seul endroit où il est possible de ranger des papiers administratifs. Le reste du mobilier est effectivement composé d'une table sans tiroirs et d'une bonnetière pour le linge.

C'est pratique, il n'y a pas trente-six endroits où chercher.

L'apprenti maçon s'empare d'une pile de chemises cartonnées. Sur l'une d'elles, il déchiffre l'inscription « Xavier Rosa ».

Et en plus, il est organisé... Ça va me simplifier la tâche.

Hugo ouvre le dossier et découvre des articles de journaux, le rapport d'un détective privé, une vieille photographie de Villard et de sa tante disparue... Il photographie tous les documents sans réfléchir, complètement excité par sa découverte.

Le bruit d'un marteau-piqueur lui indique que la pause est terminée. Il range précipitamment les dossiers dans le petit meuble et s'apprête à ressortir lorsque la porte de la chambre pivote sur ses gonds. Hugo se surprend à trembler. Un homme l'apostrophe. C'est l'un des ouvriers, un plombier.

— J'ai vu des chaussures dans l'entrée. Qu'est-ce que tu fais là ?

— Je... C'est mon ancienne école, bredouille Hugo. Je montais souvent à l'étage en cachette. Je voulais voir à quoi ça ressemblait maintenant.

— Tu as pris des photos ?

— Euh... de la chambre, oui. Et une de la salle de bains. C'est pour montrer à mes copains.

— Eh bien, je te conseille de déguerpir, parce que le Parisien nous a bien demandé de ne pas entrer ici.

— Je m'en vais, je m'en vais.

Hugo a repris sa masse avec le sourire. Il n'a pas croisé Sylvain Balmont dans l'escalier et il est très fier de ses clichés. Il ne sait pas encore ce qu'il va pouvoir en tirer, mais il est certain que son oncle appréciera. Il lui a envoyé un SMS victorieux et il a désormais hâte que la journée se termine.

Louis Vichot se rend rarement chez son frère. Il estime qu'Auguste n'aurait pas dû faire bâtir une maison sur l'un des anciens terrains de son père. La piscine a également été une source de conflit au moment où le conseil municipal se battait avec les restrictions d'eau. Ce soir, c'est différent. Apparemment, Hugo a des documents importants à lui montrer.

Auguste l'accueille avec un sourire épanoui qui ne lui ressemble pas. Le maire salue rapidement la femme de son frère, qui discute avec Léo dans la cuisine, puis monte au premier étage. Auguste n'attend même pas d'avoir atteint le palier pour le renseigner :

— Tu ne vas pas le croire, c'est complètement dingue !

Intrigué, Louis Vichot pénètre dans l'antre d'Hugo, qui ressemble plus à une benne de papier recyclé qu'à une chambre. L'apprenti maçon a imprimé des articles sur Internet et les a étalés partout sur son lit, son bureau et ses étagères. Il a cependant pris soin de cacher la photographie de Marie pour ne pas raviver des souvenirs douloureux.

— Allez, Hugo, dis-lui !

— Tu crois ?

— Bien sûr, à toi l'honneur, c'est toi qui as fait les recherches !

Louis Vichot n'en peut plus d'attendre. La déclaration de son neveu satisfait à ses interrogations.

— Le Parigot a gagné le jackpot de l'Euromillions ! Cent soixante-quatorze millions neuf cent mille cinq cent cinquante-sept euros ! J'ai vérifié sur le site de la Française des Jeux.

— C'est une blague ?

— Pas du tout. Et tu ne sais pas la meilleure ? Ce n'est même pas lui qui a joué. C'est Xavier Rosa ! Tu te rends compte ? Xavier Rosa a joué à sa place et lui a fait gagner le jackpot !

Louis Vichot ouvre une bouche de quinze centimètres. Il écarte d'une main les papiers qui se trouvent sur le lit et s'assoit. Les réflexions se bousculent dans son esprit. Sa conclusion ne surprend personne :

— Ce Sylvain Balmont est débile.

Les trois hommes se regardent. Auguste et Hugo hochent la tête. Le maire précise sa pensée.

— Il est venu nous faire chier ici avec ses millions alors qu'il aurait pu partir en vacances perpétuelles dans une île du Pacifique ! Et pour faire quoi ? Pour honorer la mémoire d'un pestiféré ! Je n'en reviens pas moi-même. Rassurez-moi, vous feriez quoi, vous, si vous gagniez le jackpot de l'Euromillions ?

Hugo répond sans hésiter :

— Je plaquerais la ferme, les études, je m'offrirais des bagnoles de rêve et j'irais me trouver un endroit au soleil avec des nanas partout.

Auguste est plus nuancé.

— Moi aussi, j'aurais répondu ça quand j'étais jeune. Aujourd'hui, c'est un peu différent. Je pense que je placerais une partie de la somme pour la retraite. J'en laisserais aussi pour les enfants. Et je crois que j'aurais dû mal à quitter la région. Ça me ferait mal de louer ou de vendre les terres. En plus, je ne supporterais pas d'être inactif. Ce n'est pas facile tous les jours d'être agriculteur, on est dépendant de la météo, des prix du marché, des contraintes environnementales, mais on bouge et c'est du concret.

Louis Vichot dévisage son frère avec étonnement. Il savait Auguste capable de réfléchir, mais pas à ce point. Il clôt le débat :

— Bon, on est bien d'accord tous les trois. Tout ce fric, on le garderait pour nous. On n'irait pas le gaspiller pour honorer la mémoire d'un mort !

— Tout à fait d'accord.

— C'est logique.

Le maire poursuit son raisonnement :

— Ça me fait penser au type qui distribuait des billets de cent euros aux SDF dans la rue à Paris. Qu'est-ce que ça rapporte de faire ça ? Rien. Ce n'est pas rentable.

— C'est vrai.

— C'est du gaspillage.

Louis Vichot se lève, écœuré :

— Quand je pense à tous les agriculteurs qui sont dans la merde ! Il pourrait les aider à s'en sortir. Mais non, il préfère remuer un passé qui ne le concerne pas !

Le maire s'apprête à quitter la chambre. Hugo le retient :

— Qu'est-ce qu'on va faire de ces informations ?

— Je suis en train de réfléchir. On pourrait commencer par répandre la rumeur de sa fortune. Si les gens apprennent qu'il est riche, ils l'aimeront encore moins. Il se fera harceler, il en aura vite marre. Mais il ne faut pas qu'il sache que ça vient de nous.

— N'importe qui aurait pu faire cette recherche sur Internet, souligne Auguste. Les articles qui sont parus à Blois sont publics, tu étais assis dessus tout à l'heure. Ils parlent de Xavier Rosa et du gagnant de l'Euromillions. Les gens feront le rapprochement. Tu peux même en parler au conseil municipal en disant que quelqu'un a mis ça dans ta boîte aux lettres.

— Ce n'est pas bête. Mais il faudra éviter de le dire devant Alexandra. Elle semble bien s'entendre avec Morgan Germain et ça ne me plaît pas du tout.

— À ce propos…

Toutes les têtes se tournent vers Léo, qui vient de faire son entrée dans la pièce.

— Tu ne peux pas t'empêcher d'écouter aux portes ? lui reproche son frère.

— Justement, réplique Léo. J'ai surpris une conversation entre Alexandra et Morgan. Ils ont décidé de s'allier pour éclaircir l'affaire Rosa. Ça veut dire qu'elle est du côté du Parisien.

Louis Vichot pâlit. Il connaît sa fille. Elle est capable de faire éclater la vérité au plus mauvais moment, en plein dans les élections. Il explose :

— Mais c'est pas vrai ! Il a réussi à retourner ma propre fille contre moi, cet abruti !

Hugo s'apprête à protéger son ordinateur de la tempête qui s'annonce, mais Louis Vichot se calme soudainement. Un sourire machiavélique se dessine sur ses lèvres. Il a une nouvelle idée.

— J'ai trouvé un moyen de pression radical. C'est sournois, c'est ignoble, et ce sera efficace. Hugo, tu n'es pas allé photographier tous ces documents pour rien.

30

« Grande roue : communément appelée roue de Ferris, du nom de cet Américain qui construisit la première en 1893 pour l'Exposition universelle de Chicago. »

La sienne mesurait quatre-vingts mètres de haut, pesait deux mille tonnes et possédait trente-six nacelles. Elle pouvait transporter plus de deux mille passagers en même temps. La mienne ne fera, si l'on peut dire, que vingt-cinq mètres de haut, pèsera cinquante tonnes et ne comportera que douze nacelles.

J'ai compris que je ne pourrai jamais acquérir le pré d'à côté, même en mettant un million d'euros sur la table. Question de principe : un agriculteur ne vend pas la terre de ses ancêtres. L'expropriation ? Impossible. La commune en a le pouvoir pour un projet d'intérêt public ou un lotissement, par exemple, pas pour une grande roue.

Afin de tenir mon engagement, j'ai donc décidé d'ériger l'ouvrage chez moi, sans autorisation ni permis, puisque tout me sera refusé. Les réglementations concernant les attractions de fêtes foraines sont prohibitives tant pour la hauteur que pour la sécurité. Je tâcherai de faire acheminer et assembler les matériaux à l'avance, et je la dresserai un matin très tôt à l'aide de deux camions-grues.

La question de l'alimentation électrique reste posée. Je vais avoir besoin de modifier mon installation pour en augmenter la puissance. Normalement, le coût total devrait se situer entre cent mille et deux cent mille euros, ce qui reste raisonnable pour un projet aussi fou. Je trouverai bien à revendre ma roue si l'on m'oblige à la démonter. Je suis cependant certain d'un résultat : Xavier Rosa, où qu'il soit, ne pourra pas dire que je n'ai pas honoré sa mémoire. Et je ne le fais pas seulement pour lui. Alice sera forcément touchée par le geste. Elle m'a promis de me rendre visite avant la fin du mois d'avril. Même si la grande roue ne sera pas encore assemblée, le reste de la maison sera fonctionnel.

Toutes mes notes, je les ai rassemblées dans un dossier confidentiel que j'ai rangé sous mon lit. Je pense avoir bien fait car j'ai l'impression que quelqu'un a fouillé dans mes affaires. Les papiers du détective dépassaient en effet de leur pochette. Je me fais peut-être des idées mais, vu le climat de défiance à mon égard, j'ai quelques raisons d'être inquiet.

Les travaux dans ma propriété avancent à grands pas et je compte bien inviter tout le village pour la crémaillère, le maire compris. Ce ne sera peut-être plus Louis Vichot d'ailleurs, car les élections municipales approchent et je ne manque pas d'encourager Sébastien Verdier. Florence Bertelier lui a promis de s'inscrire sur sa liste s'il ne trouvait personne pour la compléter. Pour ma part, je préfère rester à l'écart de toutes ces histoires, j'ai déjà assez d'ennuis avec le maire. Cela ne m'empêche pas de laisser planer le doute sur ma candidature afin de le faire enrager.

J'ai fait la connaissance de mes voisins d'en face, des familles avec des enfants scolarisés en primaire. Ils sont très sympathiques mais pas vraiment intégrés dans le village. Ils ne connaissent pas les anciens, ne participent à aucune fête et vivent reclus derrière des haies de thuyas. C'est la ville à la campagne. Et comme ils sont plus ou moins seuls parmi les autres, ils ont du mal à respecter les règles de vie commune que m'a photocopiées et surlignées la secrétaire de mairie : interdiction de faire fonctionner des engins à moteur le dimanche et les jours fériés avant 10 heures et après 12 heures, interdiction de tondre sa pelouse pendant la pause méridienne et après 19 h 30, interdiction de laver sa voiture ou d'arroser pendant les sécheresses estivales, etc. Il est évident qu'avec tous mes travaux, le maire me surveille. Il passe régulièrement devant ma propriété à la recherche de la moindre anomalie. J'aperçois parfois ses neveux au-dessus des murs d'enceinte. Ils ne restent jamais très longtemps, comme s'ils guettaient l'apparition d'objets insolites dans ma cour. Le seul qui ose se présenter à la grille, c'est Morgan. C'est d'ailleurs lui qui vient de sonner. Je lui fais signe d'entrer depuis une fenêtre et l'accueille sur le perron :

— Bonjour, Morgan. Tu n'es pas venu m'annoncer une bagarre, au moins ?

— Non, c'est plutôt calme depuis que j'ai conclu un pacte avec Alexandra. Mais c'était trop beau pour durer.

— Tu vas me raconter ça.

J'installe le jeune homme dans un canapé de l'ancienne salle de classe qui me sert de pièce à vivre pour le moment. Les ouvriers terminent effectivement les chambres d'hôtes à l'étage et ils ont installé des bâches un peu partout. Morgan ne reconnaît plus la pièce. Elle a été agrandie et j'ai fait aménager une cuisine à l'américaine d'un côté, un coin salon de l'autre, avec une belle cheminée et une télévision. J'ai commandé du bois à un affouagiste qui m'a gracieusement approvisionné en morceaux de chêne, hêtre et charme de deux ans d'âge. En échange, je lui ai proposé d'entretenir mon parc et de garder le bois pour lui. La télévision couvre quasiment un mur entier. J'ai choisi l'écran plat le plus grand possible. Morgan est impressionné.

— Waouh ! Trop cool !

— Et tu n'as pas tout vu !

Je branche l'appareil. L'écran s'allume sur un concert de Stromae. Un sourire béat éclaire le visage du jeune homme.

— La vache ! On se croirait au cinéma !

— J'ai toutes les chaînes que tu veux. Et on peut aussi faire des jeux vidéo. J'ai été un champion dans ma jeunesse. Si ça te dit de venir jouer avec moi, tu es le bienvenu.

— Ce serait génial mais ça m'étonnerait que ma mère soit d'accord. Elle ne sait même pas que je viens ici.

— C'est donc que tu as un problème à régler.

— Je ne sais pas si c'est vraiment un problème pour le moment, mais j'ai pensé que vous devriez être au courant.

— C'est-à-dire ?

Morgan semble un peu gêné pour s'exprimer.

— Eh bien… Alexandra est allée voir Mathieu chez les Peyrade et… ils ont… enfin… euh… vous voyez ce que je veux dire.

— Parfaitement. J'aurais fait pareil à leur âge. Où est le problème ?

— Hugo les a suivis.

— Ah. C'est ennuyeux, en effet.

— Et il a pris des photos.

— C'est encore pire. Comment Alexandra l'a-t-elle su ?

— C'est Hugo lui-même qui est venu l'avertir. Il menace de tout révéler au maire si elle continue à me voir. C'est en rapport avec vous, évidemment. Les Vichot doivent se douter qu'elle me fournit des renseignements et que je vous les rapporte. Je n'ose même pas imaginer la réaction du maire s'il apprend ça.

— L'histoire de Xavier Rosa se répète à ce que je vois, sauf qu'Alexandra a pris la place de Marie.

— C'est pour ça que je suis venu vous voir. Et puis, j'ai autre chose à vous dire. Le bruit circule que vous auriez gagné le jackpot de l'Euromillions.

Je marque un temps d'arrêt.

— Qui t'en a parlé ?

— Mathieu. Il a appris la rumeur dans le bus.

— Ce n'est pas une rumeur.
— Ah bon ? Vous êtes millionnaire ?
— Oui, grâce à Xavier Rosa.
Morgan s'affale littéralement dans mon canapé.
— Waouh… Je comprends mieux à présent. Vous n'aviez pas envie de vous offrir autre chose qu'une école ?
Je me mets à rire. Le jeune homme est toujours aussi spontané, c'est ça qui me plaît chez lui.
— Tu sais, il y a six mois, je n'avais envie de rien. Ça peut paraître surprenant mais, que tu aies des millions ou pas, quand tu n'es pas bien, tu n'es pas bien. Maintenant, grâce à Alice, c'est différent. Je t'avoue que j'ai eu des périodes difficiles ici. Je me suis plusieurs fois demandé si ça valait le coup de rester. Mais je m'étais promis de rendre hommage à Xavier Rosa. Tu aurais fait quoi, à ma place ?
— J'aurais fait pareil. Je trouve ça assez admirable. Ça me rassure même, car je pensais que les riches restaient entre eux et ne s'intéressaient qu'à leur nombril.
— Il n'est pas non plus interdit de penser à soi. Si tu gagnais d'un seul coup autant d'argent que moi, tu ferais quoi ?
Morgan se met à sourire :
— Quand j'étais petit, je rêvais d'installer des toboggans partout dans la maison. J'imaginais que je sortais de mon lit et que je me retrouvais directement assis sur une chaise dans la cuisine, devant une grosse tartine grillée à la confiture de framboises. J'ai aussi toujours

rêvé d'avoir une piscine chauffée à l'intérieur du salon. Se baigner en plein hiver avec vingt centimètres de neige à l'extérieur, ça doit être génial, non ?

Je m'amuse de la réaction de l'adolescent. Chacun a vraiment des rêves différents. Différents mais agréables. L'argent n'a pas que de mauvais côtés.

— Je me souviendrai de tes idées. Pour l'école, c'est trop tard, j'aurais dû penser aux toboggans et à la piscine avant.

Morgan passe un bon moment. Il me questionne sur ma rencontre avec Xavier Rosa, me demande de le décrire, éclate de rire lorsque je lui parle de mon conseiller financier, me propose d'acheter des jeux vidéo. On ne parle plus des Vichot pendant une demi-heure, c'est appréciable. Le sujet étant cependant brûlant, il revient forcément à la une de l'actualité et c'est moi qui le réintroduis dans la conversation.

— Vous en êtes où de votre enquête, avec Alexandra ?

— Au point mort. Ni ma mère ni ma grand-mère n'ont jamais entendu parler de pratiques bizarres ou illégales. Alexandra n'a rien trouvé de son côté non plus.

— Eh bien moi, j'ai du nouveau. Et je commence à avoir quelques idées sur ce qui s'est passé. Il me manque cependant un élément capital : le lieu du drame.

Morgan a soudain l'air très intéressé.

— J'ai commandé une autre mission au détective qui m'a renseigné sur Xavier Rosa. Je lui ai demandé de retrouver le médecin qui s'était occupé de Marie pendant son séjour à l'hôpital de Dijon. Par chance, il est encore en vie et ce qu'il a raconté est extrêmement riche d'enseignements.

Le jeune homme est tout ouïe.

— Marie n'est pas restée dans le coma, comme Modeste l'a fait croire à tout le monde. Elle en est même sortie dès le lendemain de son arrivée à l'hôpital. Et elle n'a pas été soignée pour un traumatisme crânien, ce qui élimine l'hypothèse de la chute.

— Elle avait absorbé des médicaments ?

— Non plus. Elle était gravement malade, en fait, et c'est sa maladie que Modeste a voulu cacher à tout le monde, y compris à ses propres fils. Je peux le comprendre, d'une certaine manière, car le traitement a eu des effets physiques importants.

— Un cancer ?

— Une forme de cancer, pas n'importe laquelle, mais je ne vais pas te la dévoiler car j'ai besoin d'affiner mon enquête. Il est clair que cette conversation reste entre nous.

— C'est évident.

— Le prochain objectif est d'identifier les endroits où se retrouvaient les amoureux, et notamment le dernier. C'est celui-là qui nous fournira la clé de l'énigme.

— Cela risque d'être difficile. La seule façon d'y parvenir serait d'interroger Modeste Vichot ou Georges Gordon. Ce sont les deux seuls témoins qui restent.

Morgan regarde sa montre. Il a largement dépassé l'horaire qu'il s'était fixé.

— Il faut que j'y aille.

— Je te raccompagne en voiture ?

— Il vaut mieux pas.

Dans le vestibule, je donne mes dernières recommandations au jeune homme.

— Si tu arrives à voir Alexandra, tu pourras lui transmettre un message de ma part ?

— Je peux toujours essayer.

— Si elle pouvait me renseigner sur les dates de vacances ou de déplacements de son père, ça m'arrangerait.

— Très bien. Je lui ferai la commission.

Morgan me quitte avec le sourire. J'ai l'impression qu'il m'aime bien, et c'est réciproque. Je ne le lui ai pas dit tout à l'heure, mais c'est aussi un peu pour lui que je suis resté à Villard.

31

Le vieux Gordon est décédé vendredi. L'espoir de faire éclater la vérité sur la mort de Marie s'éloigne.

Le défunt a de la chance pour l'enterrement, car la rénovation du chœur de l'église n'est pas encore engagée. Les échafaudages extérieurs servent pour le moment à nettoyer les façades.

À observer le clan Vichot pendant les funérailles, on pourrait penser qu'il s'agit d'un mariage. Les visages sont détendus, voire soulagés. Le Jojo aura emporté son secret dans la tombe.

C'est un paradoxe, le curé rend hommage à un homme qui ne venait jamais à la messe. L'église est le lieu de prédilection des adieux aux défunts, même s'ils ont choisi la crémation. L'assistance est peu nombreuse et je fais figure d'épouvantail. Mon nom est associé à l'affaire Rosa et, comme le nom de Gordon l'est également, les gens s'imaginent que je suis présent à ce titre.

Ce qui est faux.

Je fais partie des habitants du village et j'estime avoir le droit de m'associer à cet événement. C'est une façon de m'intégrer. Le jour où j'inviterai tout le monde à ma crémaillère, personne ne pourra me reprocher d'être seulement un riche qui veut impressionner les gens avec sa fortune.

Le curé vante les mérites d'un homme intègre, ce qui me fait sourire. C'est fou comme on devient respectable quand on est mort. De toute façon, il ne sert à rien d'accabler un défunt puisqu'il ne peut plus se défendre.

La cérémonie est rapide et froide, à l'image du cercueil en bois vernissé qui va bientôt se consumer dans un four. Géraldine Vichot est la seule à reprendre les chants entonnés par le prêtre. C'est d'ailleurs elle qui va trouver le curé à la fin, dans la sacristie, pendant que Louis Vichot attend sa femme dans la nef ; il n'a pas l'air d'être en odeur de sainteté, si l'on peut dire. Je m'approche de lui par-derrière. Mes pas résonnent sur les dalles de pierre.

— Qu'est-ce que vous voulez, Balmont ? Il est mort, et alors ?

Je suis arrivé à son niveau.

— Georges Gordon ? Oui, je m'en suis aperçu. Je viens voir le curé en réalité. Je dois lui parler de la rénovation de l'église. Je vais attendre que votre femme ait terminé son entretien.

— Combien lui avez-vous donné ? me lance le maire.

— Pardon ?

— Vous lui avez proposé de l'argent, il me l'a dit. Pour savoir ce que je manigance dans votre dos ? Pour me voler des électeurs ? Il paraît que vous êtes candidat !

Louis Vichot est complètement crispé. Les bras le long du corps, les poings serrés, il se tient prêt à engager un combat de boxe dans lequel je n'aurais certainement pas le dessus. Heureusement que nous sommes dans une église.

— Ça, ce sont des rumeurs. Je n'ai pas encore pris ma décision. Il me reste cinq jours de réflexion avant le dépôt des candidatures à la sous préfecture de Montbard.

— Et pour l'argent ?

— Je lui ai donné cinquante mille euros, mais notre affaire était censée rester secrète. Vous l'avez payé pour m'espionner ?

Louis Vichot a les épaules qui vibrent. Ce n'est pas bon signe.

— J'ai financé une partie de la rénovation sans rien demander en échange, contrairement à vous !

Je n'ai rien demandé en échange non plus, mais je n'entre pas dans un débat stérile.

— Dites-moi, monsieur Vichot, il paraît que vous avez téléphoné au patron de l'entreprise qui doit changer mon toit. Pour quelle raison ?

— J'ai eu un rappel de la DDT la semaine dernière.

— Vous m'étonnez. Cela n'aurait pas plutôt un rapport avec la déclaration de travaux des Bertelier ? Vous leur avez certifié au dernier moment qu'elle n'était pas valable !

Le maire pivote soudain sur ses talons. Il a retrouvé une certaine allure, si on oublie sa forme ramassée et sa chemise bordeaux.

— La couleur des tuiles n'est pas définie de façon assez précise.

C'est la meilleure plaisanterie de l'année. Je sors de ma réserve.

— On dirait que vous avez un problème avec les couleurs, monsieur Vichot ! C'est vous qui avez appelé la DDT en réalité ! Vous avez voulu retarder les délais ! Pour éviter que je transfère mes tuiles sur leur toit, c'est ça ? Quand avez-vous reçu la demande complémentaire ?

Le maire me toise avec ses yeux de fouine :

— Vous croyez que je m'amuse à regarder les tampons de la poste ? Et que j'ai pu imaginer une seule seconde que vous aviez l'intention de leur vendre vos tuiles ?

— Leur donner, pas leur vendre.

— Pardon ?

Je détache les mots pour être sûr de bien me faire comprendre.

— Je vais leur donner mes tuiles, monsieur Vichot. Elles sont toutes neuves. Vous ne pensiez quand même pas que j'allais les gâcher !

Louis Vichot se remet à vibrer :

— Vous n'avez pas le droit ! Leur déclaration n'est pas valable !

— À cause de qui ?

Le ton est tellement monté que la réverbération dans la nef fonctionne en continu. Le curé nous interrompt :

— Messieurs, si vous voulez vous disputer, faites-le ailleurs. Vous êtes ici dans la maison du Christ.

Nous n'avons pas besoin de ces paroles apaisantes pour nous calmer. La vue de Géraldine Vichot, blême, nous suffit. Ce n'est pas possible, elle a dû faire un malaise dans la sacristie. Son mari ne s'y trompe pas. Même s'il n'est guère prévenant d'habitude, il la raccompagne en la serrant contre lui. La lourde porte en bois de l'entrée pivote en grinçant sur ses gonds et se referme sur eux dans un claquement sonore.

Le curé semble très ennuyé :

— C'est ma faute, je n'aurais peut-être pas dû lui dire.

— Lui dire quoi, sans indiscrétion ?

— Oh, ce n'est pas un secret. C'est à propos de leur fille, Alexandra.

Je feins de ne pas être intéressé.

— Vous gardez ça pour vous, bien entendu.

— Bien entendu.

Décidément, le prêtre aime bien parler. Tout ce qui ne relève pas de la confession se retrouve sur la place publique.

— Je l'ai vue se rendre chez les Peyrade, ce week-end.

Malgré moi, je serre les dents.

— Le problème, c'est qu'ils n'étaient pas là, les Peyrade. Ils étaient partis pour deux jours. Et comme Alexandra avait apparemment prévu de travailler avec son amie, je me suis juste demandé pourquoi elle avait la clé.

J'essaie de trouver un argument pour la défendre :

— Elle allait sans doute donner à manger aux animaux.

— Sans doute. Mais elle a été rejointe par un jeune homme, peu de temps après. J'étais en train de régler les formalités de l'enterrement avec la famille de Georges Gordon. Ils ne sont pas ressortis tout de suite.

La catastrophe. Je jure mentalement pour éviter d'insulter le prêtre.

— Vous avez une idée de l'identité du jeune homme ?

— J'étais trop loin.

— Un conseil, ne cherchez pas.

— Ce n'était pas mon intention. J'ai cru qu'il était de mon devoir d'avertir ses parents par rapport à l'éducation… Enfin… vous voyez ce que je veux dire.

Je mesure parfaitement l'écart existant entre la théorie religieuse et la pratique amoureuse. On ne choisit pas d'aimer ou d'être aimé, et quand ça nous tombe dessus, les sens prennent généralement le dessus sur la réflexion.

Le curé me remercie pour mon investissement financier et m'informe de l'avancée des travaux de rénovation.

Je l'écoute d'une oreille distraite. Il va falloir que j'avertisse Alexandra et Mathieu pour leur dire de se méfier. Auparavant, j'ai cependant une autre affaire à régler. Le maire va voir de quelle tuile je me chauffe.

32

Adrien Germain n'a pas dit non. Il a empoché ses cinq cents euros avec la détermination d'un tueur à gages.

« C'est comme si c'était fait. »

L'entreprise a démonté mon toit, comme prévu. Et, en dépit de l'interdiction orale du maire, elle a également démonté celui des Bertelier. Le transfert s'est effectué le jour même après quelques aménagements de charpente.

Une fois le toit des Bertelier remplacé, le reste de mes tuiles s'est empilé dans une ancienne remorque du grand-père d'Adrien. Le jeune homme me l'avait amenée la veille au soir avec un tracteur, à l'insu de sa famille.

Louis Vichot a apparemment fait une syncope en constatant que nous avions bravé son interdiction. L'affaire n'a donc pas fini de rebondir, d'autant que, cette nuit, un nouvel épisode devrait mettre de l'huile sur le feu.

Adrien est ponctuel.

À 19 heures précises, il amène le tracteur de son grand-père dans la cour, l'attache à la remorque et rentre chez lui à pied. Il revient ensuite vers minuit et m'annonce que tous les clignotants sont au vert.

— Mes vieux sont couchés depuis deux heures. Tout est éteint chez les Vichot. J'ai le champ libre.

— Bonne chance.

— C'est du gâteau.

— Tu risques de réveiller tes parents en rangeant le tracteur.

— Aucun danger, la grange est à l'opposé de la maison. Merci pour le fric.

— Pas de quoi.

Le tracteur ronfle dans la nuit. Les tuiles cassées dans la remorque font un bruit infernal à chaque cahot. Adrien sait qu'il a toutes les chances d'être repéré mais, en se dépêchant, il doit pouvoir ranger le matériel et rentrer chez lui sans être vu.

Les lampadaires sont éteints depuis minuit. L'engin descend dans le village, à la lumière des phares. Adrien s'engouffre dans la cour des Vichot et immobilise son véhicule le long de la maison d'habitation, la remorque bien placée au-dessus du perron.

Activation des vérins.

Soulèvement brutal de la remorque.

Glissement des tuiles vers l'arrière.

La cargaison se déverse d'un seul coup sur les marches du perron en condamnant les fenêtres du rez-de-chaussée.

Réveillés en sursaut par le fracas, Louis et Géraldine Vichot allument leurs lampes de chevet.

Adrien n'a pas attendu que la remorque reprenne sa place. Il est déjà sorti de la cour.

À sa fenêtre, Louis Vichot hurle à la conspiration.

D'autres lumières s'allument un peu partout dans le village.

Un peu tard.

Le tracteur s'est définitivement fondu dans la nuit.

Le maire n'a pas apprécié la plaisanterie.

J'ai été réveillé à 8 heures par deux gendarmes.

Mais je n'ai pas pu leur ouvrir, car mon portail avait été grossièrement soudé dans la nuit.

Du coup, les hommes en uniforme sont repartis avec le sourire. À chacun ses problèmes.

Le maire ne pouvant pas entrer non plus, il m'a téléphoné. J'ai joué à l'imbécile en lui expliquant que, si j'étais un professionnel du gravat, il se défendait plutôt bien en soudure. Je lui ai donné le bonjour des gendarmes et j'ai surtout trouvé les mots pour le mettre définitivement hors de lui :

— Monsieur Vichot, je vais bientôt faire toute la lumière sur l'affaire Rosa. J'ai des éléments nouveaux. Xavier Rosa n'est pas responsable de la mort de votre sœur, votre père l'a accusé à tort. Il est grand temps de réhabiliter sa mémoire.

J'ai décalé le combiné de mon oreille, ce qui m'a évité de devenir sourd en plus d'être coincé chez moi. Je me suis fait un ennemi définitif, mais cela ne me dérange pas vraiment. Qu'il s'énerve sur moi après tout, cela lui évitera de penser à sa fille.

33

Louis Vichot vient de raccrocher violemment le téléphone. Il n'est pas dans son état normal. Il a été secoué comme une bouteille d'eau gazeuse et l'excès de bulles tente de s'échapper par son cerveau. La haine qu'il éprouve pour le Parisien a atteint son paroxysme, il ne calcule plus. Il aurait envie de passer ses nerfs sur ses meubles, mais il a trouvé mieux : une vengeance ignoble et indigne. Balmont est en pleine procédure de divorce. Il est temps d'en profiter ! Cela risque de lui coûter plus cher que prévu !

Avec une rage non dissimulée, le maire se rue sur son ordinateur. Il clique sauvagement sur la souris en poussant des cris de fauve :

— Allez ! Plus vite ! Saleté d'informatique de merde !

Il ouvre enfin le dossier que lui a envoyé Hugo. Il lui semble bien qu'une des fiches photographiées par son neveu mentionne les coordonnées de l'ex de Balmont.

— Là ! Ça y est ! Il est cuit !

Les mâchoires serrées, le maire compose le numéro de portable de Céline.

— Allô ?

— Madame Céline Balmont ?
— Elle-même.
— Louis Vichot, maire de Villard-sur-Armançon. Votre mari s'est installé chez nous il y a peu.
— Il m'en a parlé mais ce n'est plus mon mari. Nous avons engagé une procédure de divorce. Le juge se prononcera le 8 mars.

Louis Vichot retrouve subitement de l'énergie. Le 8 mars, c'est dans trois jours.

— Il vous a dit qu'il avait gagné le jackpot à l'Euromillions ?

Silence révélateur.

— Vous pouvez répéter ?
— Cent soixante-quatorze millions et quelques milliers de poussières. Cela vaut peut-être la peine d'y réfléchir.

Nouveau silence. Louis Vichot jubile.

— Vous en avez la preuve ?
— Allez voir sur Internet. *Le Bien public* en a fait sa une. Sylvain Balmont est devenu célèbre dans la région.
— Pourquoi me téléphoner ?
— Pour une raison très simple : je n'aime pas votre mari. Il enquête sur la mort de ma sœur. Je n'y suis pour rien et c'est très douloureux pour moi. Je sais, le procédé n'est pas digne, mais je n'ai pas trouvé mieux pour le distraire de son enquête.

Encore un silence, puis :

— Vous avez bien fait. J'ai besoin de reconstituer mon épargne. Le problème, c'est l'audience chez le juge.

— Faites-la annuler.

— C'est difficile. J'ai donné ma promesse à Sylvain. Il finirait par se douter de quelque chose. L'idéal serait que mon ex-mari ne soit pas là. Le juge aurait la possibilité de radier le dossier et on repartirait de zéro.

— Vous l'ignorez peut-être, mais votre ex-mari a une nouvelle petite amie.

— Alice Ménard ? Merci de me le confirmer. Cela me permettrait d'engager une nouvelle procédure pour faute et de récupérer beaucoup plus d'argent que prévu. La difficulté, c'est que je ne vois pas comment empêcher Sylvain d'être présent. Je ne sais même pas où il se trouve en ce moment.

— Il est à Villard. Et il va y rester.

— Pardon ?

— Je vais faire en sorte qu'il ne puisse pas sortir de chez lui le 8 mars. À quelle heure est le rendez-vous ?

— 14 heures à Paris. Mais il peut très bien partir la veille.

— Ne vous inquiétez pas pour ça, je vais le retenir ici par n'importe quel moyen.

— Je… je ne sais pas quoi dire.

— Ne dites rien. Cela restera entre nous. Présentez-vous à l'audience et demandez la radiation du dossier, c'est tout.

— Vous me préviendrez si vous avez réussi ?

— Je vous enverrai un SMS le matin même. Mais il faudra l'effacer aussitôt après, ainsi que toutes mes coordonnées. Je ferai de même.

— Bien entendu. Je vous remercie.

— Ne me remerciez pas, ce n'est pas glorieux. Je vous souhaite une bonne soirée.

— À vous aussi.

Louis Vichot s'est calmé. Il sait déjà comment il va procéder. Il lui faudra l'aide d'Hugo et d'Auguste. Mais ce devrait n'être qu'une formalité.

34

J'ai été réveillé en sursaut par un bruit épouvantable. Le réveil affiche 6 h 45 et je me précipite à la fenêtre pour inspecter la cour. Un tracteur stationne devant la grille, gyrophare allumé, et je me frotte les yeux pour être certain que je ne rêve pas. Une remorque de bois s'est renversée sur la chaussée et condamne totalement l'accès à la route. Les imbéciles qui ont fait ça n'ont pas choisi le bon jour ! Car je dois absolument être à Paris à 14 heures !

Je m'habille à la hâte et ne prends pas la peine de me raser. Sans surprise, je retrouve Louis Vichot sur les lieux de l'accident. Je ne peux m'empêcher de le soupçonner aussitôt. Il a copié mon idée en remplaçant mes tuiles par cinq stères de bois. Le maire prend les devants.

— Ce n'est pas ma faute, cette fois !

— Ben voyons !

— C'est un camion de l'entreprise « Genelot Frères » qui a perdu son chargement de tôles et de gouttières en arrivant chez vous. Il y en a sur plus d'un kilomètre ! Le chauffeur et son employé sont repartis ramasser les morceaux. Auguste sortait du bois avec le tracteur, il a crevé un pneu de la remorque devant chez vous, c'est un simple accident. N'y voyez pas une malédiction.

Je n'ai pas le temps de discuter.

— Vous en avez pour combien de temps à dégager la route ?

— La matinée au moins. Il faut nettoyer tout ce qui traîne et prévenir les agents du département.

C'est le moment de rester calme.

— Je dois me rendre à Paris aujourd'hui. J'avais prévu de partir à 9 heures. Vous avez deux heures pour me dégager tout ça !

Louis Vichot me toise :

— Vous croyez que vous allez faire la loi ? Ce n'est pas parce que vous êtes riche que vous avez tous les droits ! Je dois mettre en place une déviation pour éviter d'autres accidents. Autant dire que vous êtes bloqué ici, que ça vous plaise ou non ! Annulez votre rendez-vous, c'est tout ce que je peux vous conseiller.

— Je ne peux pas annuler mon rendez-vous ! Il s'agit de mon divorce ! Je dois absolument être présent à l'audience ! Je ne suis pas loin de penser que c'est un coup monté !

— Pensez ce que vous voulez. Je n'y connais pas grand-chose, mais il doit être possible de reporter. Vous n'avez qu'à invoquer un cas de force majeure.

— Bien sûr ! Je vais appeler le juge pour lui dire qu'une remorque de cinq stères de bois s'est renversée devant ma porte alors que j'allais partir ! C'est comme si je lui annonçais que j'avais renversé un éléphant sur l'autoroute ! Vous n'avez pas l'air de comprendre. Si je ne me rends pas à cette audience, le juge a le pouvoir de radier mon dossier. Et la procédure risque de repartir de zéro !

— Dommage pour vous. Votre femme n'est pas au courant que vous avez gagné le jackpot de l'Euromillions, au moins ?

J'ai de l'électricité dans les doigts. Je sens que je pourrais électrocuter le maire rien qu'en approchant mes mains de son cou.

Louis Vichot a compris qu'il valait mieux ne pas rester dans le secteur. Il abandonne le tracteur et la remorque, et part chercher des panneaux de signalisation à la mairie pour installer sa déviation.

Je rentre chez moi afin de faire le point. Tous les ouvriers qui doivent travailler aujourd'hui sont bloqués à l'extérieur, y compris le boulanger qui apporte les croissants. À cause de la déviation, aucun véhicule ne pourra arriver jusqu'ici. J'allume mon ordinateur et consulte les horaires de train depuis Montbard. Il est déjà trop tard pour me rendre à la gare. Reste le taxi. Il faut que je prévoie une bonne demi-heure de marche pour sortir du village. C'est jouable mais je n'ai plus une minute à perdre.

Je me rase en quatrième vitesse et prépare mes affaires. Il est 7 h 45. Je sors sur le perron avec des chaussures de marche. Elles jurent un peu avec mon costume-cravate et ma sacoche de travail, mais le juge ne m'en tiendra pas rigueur. J'ai contacté la société de taxis depuis chez moi car le réseau téléphonique fonctionne de façon trop aléatoire dans les forêts de Villard. Nous nous sommes fixé un rendez-vous à 8h30 à la sortie du village.

Je contourne tant bien que mal le tas de bois qui envahit la chaussée. La rue est déserte, personne ne s'occupe de gérer la remorque pour le moment. C'est étonnant et cela ajoute à la théorie du complot. Des morceaux de tôle jonchent effectivement la route. Un véhicule du département stationne cinq cents mètres plus loin. Un agent discute avec mon chef de chantier. La conversation semble animée et je comprends mieux pourquoi en les rejoignant : des clous ont apparemment été repérés à plus de cinq kilomètres, ce qui a contraint Louis Vichot à élargir le périmètre de la déviation au village voisin. L'option « taxi » devient illusoire. Je perds mon calme.

— Qu'est-ce que vous fabriquez ? Ce n'est quand même pas compliqué de ramasser les tôles !

— L'entreprise Genelot s'en charge actuellement. Cela devrait être réglé dans moins d'une heure. Le problème, ce sont les clous.

— Et la remorque ? Personne ne peut l'évacuer ?

— Le maire va s'en occuper, mais il a d'autres chats à fouetter pour le moment.

Cela ressemble de plus en plus à une conspiration. Je suis abattu. À part un hélicoptère, plus rien ne peut me sauver. Je reviens sur mes pas, furieux. Louis Vichot a réussi à me bloquer chez moi le jour de mon divorce. Neuf mois de procédure pour rien ! Il est plus fort que je ne le pensais. Et il a, en plus, le culot d'accuser une de mes entreprises alors que je n'ai pas vu le moindre clou sur la chaussée. Il est bien capable de les avoir versés lui-même ! Il ne perd rien pour attendre !

Sous le coup de la colère, je jette ma sacoche sur une table et vais chercher un marteau. Moi aussi, je peux m'énerver ! Il veut des clous ? Je vais lui en trouver !

J'avise des pointes de charpentier. Elles font plusieurs millimètres de diamètre et mesurent dix bons centimètres de long. Ça devrait aller.

Je retourne dans la rue toujours désespérément déserte, à l'exception de mes ouvriers qui patientent au loin. J'attrape une pointe, la fixe sur un pneu du tracteur et je tape. Le sifflement de l'air qui s'échappe de la chambre à air me grise. J'enfonce trois autres clous pour être certain qu'Auguste Vichot ne pourra pas la réparer, puis je recommence avec les trois autres roues avant de terminer par la remorque. Trente pointes en tout se retrouvent plantées jusqu'à la tête dans les six pneus. Au moins, il n'aura pas crevé pour rien.

Les ouvriers m'ont laissé faire, hilares. Un millionnaire en costume-cravate qui enfonce des pointes de charpentier dans les pneus d'un tracteur, c'est original.

Légèrement apaisé, je repense à mon histoire d'hélicoptère. Je ne connais personne qui prendrait le risque de venir me chercher. Il faudrait un baroudeur disponible, capable de transgresser des dizaines de règlements. Le nom de Sébastien Verdier me revient à l'esprit. Il fait de l'ULM à Semur et m'a laissé ses coordonnées sur un papier à mon arrivée. Je l'appelle à tout hasard. De toute façon, je n'ai rien à perdre.

Il n'est pas loin de 9 heures, le professeur de physique s'apprête à partir en cours et il est furieux :

— C'est quoi cette déviation idiote ?

— Les Vichot ont déversé cinq stères de bois devant ma porte et ils ne sont pas près de les évacuer. A priori, il y a aussi des clous sur la route. Je suis bloqué chez moi et je dois absolument me rendre à Paris pour 14 heures. C'est une question de fortune. Vous ne connaîtriez pas un pilote d'hélicoptère par hasard ?

— Si. Il habite à vingt kilomètres d'ici. Il a son propre appareil. Mais je ne sais pas s'il est libre.

— Vous pourriez l'appeler de ma part ? Il sera bien rémunéré.

— Je n'en doute pas.

— Si vous réussissez à le convaincre, je m'inscris sur votre liste électorale.

Sébastien Verdier éclate de rire :

— Alors, je vais essayer de me surpasser. Mais je ne vous garantis pas le résultat.

9 h 30. J'aperçois enfin le maire qui revient sur les lieux du crime avec Hugo et Auguste. Je m'avance à leur rencontre. Sébastien Verdier ne m'a pas rappelé et je n'ai rien d'autre à faire. Les Vichot manquent de s'étouffer lorsqu'ils découvrent l'état des pneus de leur tracteur.

Je les provoque :

— Vous aviez raison, monsieur Vichot, il y avait des clous sur la route.

Nous nous regardons en chiens de faïence. La tension est palpable. Je m'attends à une explosion. Elle ne vient pas. Le maire n'est décidément pas clair. Il ne sait pas s'il doit se réjouir d'avoir réussi à me coincer chez moi ou me pulvériser à cause de ses pneus.

Je choisis de l'abandonner à son triste sort. Sébastien Verdier m'a laissé un message. Il a réussi à contacter le pilote mais celui-ci réserve sa réponse. Il doit annuler un autre rendez-vous et se préparer. Je n'ai plus d'ongles à force de les ronger. En désespoir de cause, je me renseigne sur la vitesse d'un hélicoptère sur Internet. Il peut voler à trois cents kilomètres/heure. Cela me laisse jusqu'à midi. Le problème, c'est l'atterrissage. L'appareil ne pourra pas se poser sur le périphérique. Je contacte Alice à tout hasard. Elle est à Nantes pour la journée, mais elle s'occupe de trouver quelqu'un pour venir me chercher en rase campagne, si nécessaire.

J'observe les Vichot par la fenêtre, ça me permet de passer le temps. Ils sont allés chercher un second tracteur et une autre remorque. Ils empilent le bois dessus en jetant des coups d'œil rageurs à ma fenêtre. Je leur fais des petits signes de la main pour les encourager. Ils ont déjà réussi à dégager mes tuiles, ils vont bien réussir à réparer leur tracteur… J'ai eu en effet des nouvelles du nettoyage de la cour par Sébastien Verdier : apparemment, Louis et Auguste ont déblayé les tuiles à l'aide de leur tractopelle et ils s'en sont servis pour remblayer les chemins qui mènent aux affouages, une opération que les forestiers réclamaient depuis longtemps. Adrien a presque fait une bonne action.

Vers 11 heures, les premiers ouvriers arrivent enfin

à passer. Les Vichot ont fait appel à une entreprise de dépannage pour le tracteur et la remorque. Les agriculteurs sont généralement très débrouillards, mais six pneus à réparer d'un coup, ils ne doivent pas avoir l'habitude. Les minutes défilent. Je stresse. Je devrais être dans ma voiture. Il n'y a rien de pire que de prévoir un voyage et de ne pas l'accomplir. D'autant que l'enjeu est important. Si Céline annule la procédure, elle apprendra tôt ou tard que j'ai gagné le jackpot de l'Euromillions. Dans le pire des cas, elle demandera le divorce pour faute en m'accusant d'avoir quitté le domicile conjugal à cause d'Alice. C'est un scénario catastrophe que je préfère oublier.

Il est midi, je commence à perdre espoir. La vision de Louis Vichot tentant d'expliquer aux dépanneurs comment les clous se sont retrouvés dans ses pneus ne me fait même pas rire. Je crois que je vais lui en vouloir à vie. J'ai besoin de m'aérer. Je sors me promener dans le parc.

Je pense à Xavier Rosa. C'est lui qui aurait dû mener ce combat, pas moi. C'est lui qui aurait dû racheter l'école. Je ne sais même pas si je vais réussir à construire ma roue. Vu l'acharnement du maire à me contrarier, je peux avoir quelques craintes.

Le seul point positif, c'est Alice. Elle m'inspire, elle me guide, je n'entreprends rien sans penser à elle. L'argent n'est pour rien dans mon bonheur. L'attendre au coin d'une rue me suffit. Marcher à ses côtés est un plaisir. C'est simple, ça ne coûte rien et c'est une source d'équilibre.

J'ai subitement très envie de la revoir, une envie qui se concrétise avec l'amplification d'un bruit de moteur dans le ciel. Ce n'est pas un avion, c'est un hélicoptère. Et il se rapproche.

12 h 15. Je retourne en courant chercher ma sacoche et sors dans la cour de l'école pour avertir les ouvriers de ne pas me suivre dans le parc. Louis Vichot est toujours là, certainement déprimé par le montant de ses réparations. Mon départ va l'achever.

Les ouvriers se regroupent près de la grille pour assister au spectacle. L'hélicoptère se rapproche et il ne fait désormais plus de doute qu'il va atterrir derrière chez moi.

J'entends hurler près de la grille :

— Balmont, vous n'avez quand même pas osé !

Je me fais un plaisir de répondre au maire :

— J'ai de l'argent, vous devriez le savoir ! On fait ce qu'on veut avec de l'argent !

— Si cet hélicoptère se pose dans votre parc, je vous fais un procès !

J'adresse un signe au pilote pour lui confirmer qu'il est à la bonne adresse. Ce n'est pas un bus que je vais prendre, mais c'est tout comme.

— Je suis chez moi, monsieur Vichot, je ne commets aucune infraction. Le terrain d'atterrissage est loin de toute habitation et adossé à une forêt. De toute façon, j'ai plus à perdre en restant ici qu'à monter dans cet appareil !

— Vous ne vous en tirerez pas comme ça ! Je vais porter plainte ! Vous avez peut-être raison pour l'hélicoptère, mais pas pour la trentaine de clous que vous avez enfoncés dans les pneus de mon tracteur ! Vous avez anéanti mon outil de travail ! Et je suis le maire, au cas où vous l'auriez oublié !

— Profitez-en, ça ne va pas durer !

— Qu'est-ce que vous dites ?

— Votre siège ne tient plus qu'à un fil, monsieur Vichot ! Autant vous l'annoncer tout de suite, je serai candidat aux prochaines élections ! Contre vous, bien entendu !

Louis Vichot est devenu cramoisi. Il hurle et gesticule, mais je ne l'entends plus. Je cours vers l'hélicoptère qui s'est posé dans le parc, sous les yeux ébahis des ouvriers et des dépanneurs. Je me glisse dans la cabine.

— Bienvenue à bord, me lance le pilote avec un sourire. J'ai pris contact avec la tour de contrôle la plus proche, le voyage s'annonce sans histoire. Pour l'atterrissage, en revanche, vous devrez sauter en marche. Je n'ai pas l'autorisation de me poser. Je ferai du vol stationnaire à quelques centimètres du sol.

— Ça me va.

— La facture sera assez élevée.

— Pas de souci. Je suis millionnaire.

— Je sais. C'est pour ça que je suis venu.

Le pilote remet les gaz. L'hélicoptère décolle et survole à ma demande le petit groupe d'ouvriers et de dépanneurs qui stationne devant la grille. J'hésite à faire un bras d'honneur à Louis Vichot, qui est monté sur sa remorque pour m'insulter. Vu du ciel, il est encore plus tassé que d'habitude. Et complètement ridicule, avec le vent qui lui plaque les cheveux sur le crâne. Je me contente donc d'un salut militaire. Les petits plaisirs tiennent à pas grand-chose.

13 h 15. J'ai sauté de l'hélicoptère dans une friche située à proximité d'une bretelle d'autoroute, au sud de Paris. J'avoue avoir profité du voyage malgré mon stress. Hormis un changement de direction causé par le passage d'un autre appareil, tout s'est déroulé comme prévu. Je n'ai pas eu besoin de parler dans le micro de mon casque pendant le vol, le pilote s'en est chargé à ma place. Je lui ai simplement demandé ce qu'il ferait s'il possédait des montagnes d'argent. Il m'a expliqué de long en large sa passion pour l'aéronautique et m'a exprimé son rêve de gosse avec emphase : devenir cosmonaute et aller sur Mars. En lui remettant sa petite enveloppe bien garnie, je n'ai pas pu lui garantir le financement du voyage.

Mon voiturier est à l'heure. Il a été briefé par Alice, qui ne l'a pas choisi au hasard. C'est un ancien collègue qui a la réputation de rouler vite et d'éviter les radars. On l'appelle Fangio, ce n'est pas très original. Il connaît bien Paris et il est au courant pour le divorce, pas pour la fortune.

À cent quatre-vingts kilomètres/heure sur l'autoroute, Fangio trouve encore le moyen de discuter comme s'il était à la plage.

— Alors, comme ça, tu as gagné le jackpot de l'Euromillions…

Je manque de m'étrangler.

— Ce n'est un secret pour personne, c'est le patron lui-même qui me l'a dit. Apparemment, c'est ton ancienne nana qui aurait vendu la mèche. On a mieux compris du coup pourquoi tu avais quitté la boîte. Et pourquoi tu divorces. T'es quand même un sacré veinard ! Et la petite Alice qui te mange dans la main ! Si c'est pas du bol, ça ! Génial, en tout cas, le coup du SDF. C'est énorme ! Ça te permet de jouer la carte du mec qui n'a pas choisi d'être riche. Un conte de fées à l'envers, c'est commercial ! Remarque, c'est ton métier. Au fait, tu sais que je joue une fois par semaine à l'Euromillions ? Ça t'en bouche un coin, hein ? Je coche toujours les mêmes numéros, 16, 9, 22, 10, 7, 11 et 3. Je sais, ils ne sont pas dans l'ordre mais c'est pour m'en souvenir. C'est ma date d'anniversaire, le jour de mon mariage, mon numéro de rue, mon chiffre porte-bonheur et le nombre de mes frères et sœurs. C'est un résumé de moi, quoi.

J'écoute mon interlocuteur d'une oreille distraite. Le fait que Céline ait révélé le secret de ma fortune me révulse. Comment l'a-t-elle su ? Le lien est presque trop évident avec Louis Vichot et son acharnement à me cloîtrer chez moi. Ils se sont entendus pour me faire manquer l'audience ! Je vais les broyer tous les deux !

— Accélère !

— Pardon ?

— On va être en retard.

— T'es un marrant, toi. Tu veux nous envoyer dans le décor ?

Fangio s'applique. Il slalome, double sur la bande d'arrêt d'urgence, monte sur les trottoirs…

14 h 05, je serre les dents… et les fesses.

Dans les comédies romantiques, le héros fait tout pour retrouver sa belle en courant dans les dernières secondes du film. Moi, c'est l'inverse. Je multiplie les infractions pour divorcer.

Fangio a eu droit à son enveloppe, lui aussi. Je ne pouvais pas me montrer radin. Il m'a lâché à un feu rouge et j'ai traversé au vert. J'ai failli me faire renverser par une voiture et j'ai poursuivi ma course dans les rues. Lorsque je pousse enfin la porte du cabinet du juge, je n'ai plus de poumons. Je fais mon entrée à la stupeur générale.

— Sylvain. Balmont. Enchanté.

— Monsieur Balmont ! s'exclame le juge. Je m'apprêtais à radier votre dossier !

La tête abasourdie de Céline est aussi réjouissante à voir que celle des Vichot devant leur tracteur à plat. Elle pensait vraiment que je n'allais pas venir. L'avocat est ravi. Lui, au moins, n'était pas au courant.

J'ai droit à ma petite minute privée avec le juge qui me demande si je suis d'accord avec les termes de la nouvelle convention. J'acquiesce entre deux spasmes.

Dix minutes plus tard, le divorce est prononcé.

Je m'affale sur ma chaise et croise les mains derrière ma tête. Je dévisage Céline avec mon plus beau sourire ;

elle a des crampes dans les mâchoires à force de les serrer. Je la nargue :

— Tu veux qu'on arrose ça avec du caviar et du champagne ?

— Ce n'est pas drôle.

— Tu as négocié la convention à ton avantage, tu devrais être contente.

— Ce n'est pas la peine d'en rajouter.

Elle remonte sèchement le col de son manteau et s'apprête à sortir. Je l'achève :

— Je transmettrai ton bonjour à Louis Vichot, il appréciera.

Céline tressaille. Puis elle me gratifie d'un regard assassin. Son dernier regard. Je ne la regretterai pas.

Cette fois, c'est le bonheur. Alice me rejoindra dans trois semaines et je n'ai plus d'obstacle administratif en vue. Je risque certainement d'avoir quelques ennuis avec les gendarmes de Villard. C'est sans importance, car j'ai retrouvé une raison de vivre. Cela me fait bizarre de dire ça, mais je me le dis quand même : je vais enfin pouvoir profiter de ma fortune.

35

Alice est arrivée par le train.

Je suis allé la chercher samedi matin à la gare de Montbard et j'avoue que sa présence est un vrai réconfort. Nos retrouvailles sur le quai ont été un grand moment d'émotion pour tous les deux.

Le printemps approche, la végétation se réveille. Alice ne reconnaît pas la maison. Un jardinier a planté une rangée d'iris et de valérianes le long du mur qui donne sur la rue. Les fleurs ne sont pas encore à maturité, mais les feuilles et les tiges s'épaississent. À l'intérieur, des touffes de lavande encadrent l'allée centrale en gravier. J'ai laissé tout le reste en herbe, en prévision de l'installation de ma grande roue. Une première tonte a néanmoins permis d'égaliser cette étendue et de la faire ressembler à une pelouse anglaise, tant l'hiver a été humide.

Alice traverse la cour en état d'apesanteur. Elle ne s'attendait pas à de telles transformations. Le toit de tuiles rouges égaie la nouvelle façade en pierre. Les ouvriers ont terminé en priorité ce côté en prévision de sa venue. Les échafaudages qu'ils ont transférés à l'arrière ne se voient pas depuis la rue.

Ma compagne est radieuse. Nous immortalisons la montée des marches par un langoureux baiser.

À l'intérieur, les murs blanchis à la chaux donnent une impression de clarté absolue. Les quatre chambres de l'étage sont quasiment terminées et offrent un confort optimal : salles de bains privées avec douche à l'italienne, lits doubles à baldaquin, couettes en flanelle, oreillers géants, parquets en chêne, rideaux à fleurs de tons assortis. Chaque chambre a sa couleur pastel : bleu, mauve, vert et jaune.

Alice a choisi la chambre mauve. Elle est allongée de tout son long sur la couette et elle respire à fond.

— Incroyable ! Je n'en reviens pas !

Je la rejoins sur le lit.

— Il fait bon, tu ne trouves pas ? J'ai fait installer une chaudière à granulés de bois. Avec le double vitrage, c'est assez efficace.

Alice se redresse. J'ai son visage au-dessus du mien.

— Tu as réussi à faire ça en trois mois seulement ?

— Quand on a de l'argent, on peut tout se permettre. Sauf conquérir le cœur de celle qu'on aime.

— Tu m'aimes toujours autant ?

— Je crois bien.

Je l'attire contre moi et l'embrasse. Elle me rend mon baiser.

— Alice, j'ai envie de toi.

— Moi aussi, mais je dois te prévenir de quelque chose avant.

— Et moi, je dois aller fermer les rideaux. Avec tous les paparazzis qui traînent dans le secteur, on ne sait jamais.

Alice esquisse un petit rire. Je lui ai raconté l'épisode des photos prises à l'insu de Mathieu et Alexandra. Elle reprend rapidement, sur un ton solennel :

— Sylvain, je suis enceinte.

J'ouvre des yeux ronds.

— De trois mois. Le bébé est prévu pour septembre.

— Tu… tu es enceinte… de qui ?

La nouvelle m'a complètement déstabilisé. À tout prendre, je préférerais sans doute être le père, mais je n'en suis pas sûr. En tout cas, je n'ai plus envie de faire l'amour. Alice ne répond pas à ma question. Elle se libère de tous les secrets qu'elle a gardés pour elle jusqu'à présent. Je la laisse parler.

— J'ai eu une relation très jeune avec mon saxophoniste et je suis tombée enceinte. Il a voulu que j'avorte. J'avais dix-neuf ans à l'époque et l'épreuve a été terrible. Il m'a soutenue pendant cette période mais nous avons fini par nous séparer. Nous nous sommes retrouvés sept ans plus tard, tous les deux déçus par nos autres expériences. Nous sommes donc repartis pour une nouvelle aventure. Lorsque j'ai voulu un enfant, mon ami s'est d'abord braqué. Puis il a accepté que j'arrête la pilule. Malheureusement, plus rien ne fonctionnait. J'ai tout de suite pensé aux conséquences de mon avortement, malgré les propos rassurants des médecins. Mon musicien a eu un énorme sentiment de culpabilité et a fait une dépression. Il ne pouvait presque plus me regarder. Je savais que notre relation allait s'arrêter mais je ne pouvais pas l'abandonner à son sort, pas après ce que nous avions vécu.

C'est alors que tu es arrivé. Tu m'as apporté une telle bouffée d'oxygène… que je suis de nouveau tombée amoureuse… et que je veux vivre avec toi.

Ma compagne a réussi à m'émouvoir. Il ne suffit décidément pas de ressembler à un mannequin pour avoir une vie équilibrée. J'en viens à la question qui me taraude depuis cinq minutes :

— Alice… qui est le père ?

— C'est toi. Je n'avais pas fait l'amour depuis deux mois avant de te rencontrer. Et je ne l'ai pas refait depuis.

J'ai les yeux qui picotent. Cette diablesse serait encore capable de m'arracher une larme. À trente-huit ans, je viens de toucher un nouveau jackpot : une femme et un bébé.

Pour éviter de pleurer devant elle, je la serre contre moi.

Fort. Très fort.

C'est elle qui craque.

Nous n'échangeons plus un mot. Nous laissons parler nos corps.

Acte d'amour intense. Sublime.

Plus rien d'autre n'existe.

Nous sommes seuls au monde.

36

Chez certaines personnes, les rancunes sont tenaces. Chez d'autres, elles s'apparentent à une maladie génétique.

C'est le cas chez les Vichot. Le repas du samedi midi en famille tourne au lynchage. L'humiliation que le Parisien a fait subir au maire leur est restée en travers de la gorge.

— Il va voir de quel bois on se chauffe ! tempête Auguste, un verre de blanc à la main. La soudure du portail, ce n'était qu'un hors-d'œuvre !

Louis Vichot ne décolère pas non plus. Depuis cinq minutes, il ressasse :

— Il m'a fait perdre la face avec le toit des Bertelier ! Il m'a couvert de ridicule avec ses tuiles ! Il a décollé sous mon nez dans un hélicoptère ! Tout le village s'est foutu de ma gueule ! Et il a le culot de se présenter contre moi aux élections ! Je vais le ratatiner ! Regardez le tract que Léo distribue depuis ce matin dans les boîtes aux lettres !

Il exhibe une feuille jaune de la taille d'un petit

prospectus sur laquelle sont inscrits les mots suivants : « *Voter Balmont, c'est voter SDF* ! »

— Bien envoyé ! s'écrie Auguste.

— Tu as pris tes précautions, au moins ? demande Modeste à son fils. Le procédé n'est pas très digne. Surtout de la part du maire sortant.

— Ne t'inquiète pas, j'ai détruit tous les fichiers. Tu voudrais que je perde la mairie à cause de lui ?

Tous les Vichot assemblés autour de la table opinent du chef. Après tout, il n'y a pas mort d'homme. Alexandra a été priée de ne pas assister au repas, ce qui l'arrangeait. Elle déjeune chez les Peyrade.

L'irruption d'Hugo pendant l'apéritif renforce l'excitation de la famille.

— J'ai du lourd ! s'écrie-t-il en brandissant l'appareil photo numérique que lui a offert son oncle. Regardez ça !

Avec une fierté ostensible, il montre le cliché de Sylvain Balmont embrassant Alice sur le perron de l'école.

— Je l'ai eue, la nouvelle nana du Parisien ! Et j'aurais pu faire mieux s'ils n'avaient pas tiré les rideaux de la chambre.

L'appareil circule autour de la table. Chacun admire la prestance de la jeune femme.

— Il s'emmerde pas, le Parigot, commente Auguste. C'est une jeunette ! Et elle est sacrément bien roulée !

Sa femme lui donne un coup de coude.

— Ne parle pas comme ça devant Léo !

— Le Léo, il a quinze ans, il en entend des pires à l'école.

— Ce n'est pas une raison.

Louis Vichot remplit les verres. La deuxième bouteille de blanc se vide.

— Il a réussi à faire annuler son mariage, le salaud ! C'est son ex qui me l'a dit. Elle a téléphoné à la mairie pour m'insulter. Tout ça parce que je n'ai pas réussi à le…

Auguste vient de donner un grand coup de pied dans les jambes de son frère. L'alcool aide à se soulager de certains secrets, mais il ne faut pas exagérer. Louis Vichot se reprend tant bien que mal :

— Enfin… peu importe, sa jeunette, on n'en a plus rien à foutre ! Mais si vous avez d'autres idées pour l'emmerder, je vous écoute.

— On pourrait l'enfumer, propose Hugo.

— Précise.

— Avec la benne à lisier. On déverse un gros tas dans le pré d'à côté. Sa nana, elle va se barrer. Et lui aussi, du coup.

— Je marche ! s'exclame Louis Vichot, réchauffé par ses trois verres d'aligoté.

— Moi aussi ! renchérit Auguste en tapant du poing sur la table.

— Je n'ai pas tout compris mais je suis d'accord, conclut Modeste.

Les épouses se taisent. Elles n'emploieraient pas les mêmes méthodes que celles des hommes, mais elles trouvent que le Parisien a exagéré avec ses tuiles.

— Et la prochaine fois que je sors le « pulvé », je lui arrose sa plate-bande ! Elle va faire une drôle de tronche, sa rangée d'iris !

Auguste s'esclaffe :

— Ça ne va rien lui coûter, ça. Moi, j'ai un truc infaillible pour lui faire changer de voiture ! Approche !

Il murmure quelques mots à l'oreille de son frère, qui avale son quatrième verre cul sec.

— Auguste, dans mes bras !

Les deux frères manquent de renverser leurs chaises pour se congratuler. La grand-mère tempère leurs ardeurs :

— Alexandra va bien ? Elle ne vient même plus nous voir.

Louis Vichot se racle la gorge et se rassoit à table.

— Alexandra voit un garçon en cachette. Elle n'a plus le droit de sortir de la maison sans notre autorisation. J'ai mis Hugo sur le coup, mais il n'a rien trouvé pour le moment.

Hugo tousse discrètement. Il n'a pas encore averti son oncle pour les photos, car il espère faire chanter Mathieu. La grand-mère insiste, elle est un peu sourde, elle aussi.

— C'est un garçon du village ?

— On n'en sait rien, maman, la reprend sa fille. Voilà pourquoi Hugo mène l'enquête.

— Comment savez-vous qu'Alexandra voit un garçon si vous ne savez pas qui c'est ?

— C'est le curé qui l'a vu, répond Géraldine Vichot.

— Alexandra ?

— Non, le garçon. Et Alexandra aussi.
— Il les a vus les deux ?
— Oui.
— Ensemble ?
— Non, l'un après l'autre.

Géraldine Vichot trépigne. Elle a toujours eu du mal à supporter les questions répétées de sa belle-mère qui n'est jamais rassasiée, à l'image d'un enfant de huit ans cherchant à tout comprendre. Elle hausse le ton :

— Alexandra et le garçon ont été vus séparément dans la rue par le curé ! Ils se rendaient chez les Peyrade, qui n'étaient pas là !

— C'est bon, j'ai compris, ce n'est pas la peine de hurler !

La grand-mère pioche des biscuits apéritifs dans une assiette avant d'ajouter :

— Dommage qu'il ne vote pas ici, le curé. Cela vous aurait fait une voix de plus à tous les trois.

Elle désigne Louis, Modeste et Auguste, et poursuit sur sa lancée :

— Ça aurait au moins compensé celle du vieux Gordon. Parce que ce n'est pas gagné avec la liste Verdier. Il aurait quand même pu mourir après les élections, le Jojo !

Tout le monde pique du nez dans son assiette. En plus d'être irrespectueuse, la grand-mère vient d'aborder un sujet interdit. Ils s'étaient juré de ne pas parler des élections pour ne pas gâcher le repas.

— Eh bien, quoi ? Qu'est-ce que j'ai dit ?

Géraldine Vichot s'enfuit dans la cuisine pour aller

chercher son pâté de volaille. Louis ouvre une bouteille de rouge. Léo racle les assiettes de chips. Hugo fait taire la grand-mère en la prenant en photo.

Personne ne veut plus entendre parler des élections.

Parce qu'elles ont lieu demain.

37

J'ai eu la visite des gendarmes pour les clous. J'ai essayé de défendre mon cas en expliquant que Louis Vichot avait essayé de me cloîtrer chez moi, rien n'y a fait.

— Le maire a porté plainte, vous allez devoir répondre de vos actes devant un tribunal. Il a cité une bonne dizaine de témoins, il sera difficile de nier les faits.

— Je n'ai aucun recours ?

— Le mieux serait qu'il retire sa plainte. Bon courage.

C'est dans cet état d'esprit que j'assiste au dépouillement. Le maire est là, forcément, mais il se garde bien de me regarder. Si seulement j'avais la preuve du coup qu'il a manigancé avec Céline !

— Florence Bertelier, 108, Sébastien Verdier, 85…

Le premier adjoint au maire récapitule le nombre de voix des onze conseillers qui ont été élus à la majorité des suffrages exprimés dès le premier tour. Six font partie de la liste menée par Louis Vichot, cinq de la liste concurrente.

Pour ma part, je suis arrivé en douzième position

avec soixante-neuf voix, ce qui fait de moi le premier non éligible. Louis Vichot a eu peur car il se classe onzième avec soixante-dix voix. Son père et son frère, arrivés quinzième et seizième, sont éliminés.

Le conseil est donc coupé en deux, et l'élection du maire par les conseillers dans une semaine s'annonce tendue et serrée. Tout se jouera entre Sébastien Verdier et Louis Vichot, les deux candidats déclarés. Et l'arbitre pourrait bien s'appeler Vincent Vichot, le cousin éloigné du maire qui s'était prononcé contre le démontage de mon toit.

Je suis soulagé d'être évincé car j'ai la tête ailleurs. Après avoir baptisé la chambre mauve avec Alice samedi après-midi, nous avons dormi dans la bleue. Je l'ai raccompagnée à la gare tout à l'heure mais, lorsqu'elle reviendra définitivement au mois de mai, nous étrennerons la verte et la jaune. Pour moi, c'est la bonne nouvelle du week-end : son saxophoniste va mieux, son groupe de jazz commence à être reconnu, Alice ne se sent plus redevable et elle va démissionner pour être avec moi. Je n'ai pas arrêté de plan dans ma tête, mais nous ne resterons certainement pas à Villard. Je n'ai pas oublié le souhait de ma nouvelle compagne lorsque nous déjeunions au *Jules Verne* : elle voulait se rapprocher de la mer et bronzer sur la plage. Avec le bébé, ce rythme pourrait me convenir.

— Vous avez perdu, Balmont, c'est la seule satisfaction de la soirée.

Louis Vichot est quand même venu me saluer avec une tête d'enterrement.

— Vous avez eu de la chance, monsieur Vichot, parce que j'ai demandé à tout le monde de me rayer. Et merci pour votre tract, au fait. Très raffiné.

— Je n'y suis pour rien.

— C'est ça. Tout le monde a vu votre neveu Léo le distribuer dans les boîtes aux lettres.

— Et alors ? Cela ne fait pas de moi un coupable !

— Vous n'avez rien tenté pour l'en empêcher, en tout cas. Et si vous insinuez que Léo a rédigé le tract, il ne l'a certainement pas imprimé en deux cents exemplaires tout seul.

— Je…

— Et il a été très mal inspiré de faire une allusion à mon histoire avec Xavier Rosa. Cette histoire s'est ébruitée d'une curieuse façon dans la presse. Je n'en avais jamais parlé à personne. Quelqu'un a donc fouillé dans mes affaires, monsieur Vichot. Et ce quelqu'un pourrait bien être un membre de votre famille.

— Mais…

— Ne vous défendez pas, vous allez vous enfoncer. Bien le bonjour à votre père, il va avoir du temps libre.

Je laisse Louis Vichot pantois pour aller féliciter Florence Bertelier, qui arrive largement en tête du scrutin. Elle est ravie mais refuse de se présenter comme maire.

— Honnêtement, un peu de féminité ne ferait pas de mal à Villard.

— Vous êtes gentil, monsieur Balmont, je n'ai cependant ni le temps ni les compétences. En tout cas, votre souhait a été exaucé : vous ne ferez pas partie du conseil.

Sébastien Verdier a tout entendu :

— Ce n'était pas un bon calcul, monsieur Balmont. Moi, j'ai voté pour vous. Vous auriez dû battre Louis Vichot et démissionner juste après.

— Ce n'est pas ma philosophie.

J'aurais pu rentrer tranquillement chez moi en pensant à Alice, si je n'avais pas trouvé Morgan, Alexandra et Mathieu devant ma porte. Leurs parents respectifs étant encore au dépouillement, ils en ont profité pour venir. Je sais qu'ils prennent des risques car ils ont plus ou moins l'interdiction de traîner dans le secteur. La nuit commence à tomber. Je les fais entrer rapidement pour éviter qu'on ne les voie ensemble. C'est Alexandra qui a pris l'initiative de la visite et je comprends vite pourquoi.

— Hugo réclame de l'argent à Mathieu pour les photos. Il m'a menacée de tout dévoiler à mon père s'il ne récupérait pas la somme.

— Quelle somme ?

— Cinq cents euros.

— C'est vraiment n'importe quoi. Il serait temps de lui donner une bonne leçon à celui-là. Comment peut-on avoir des idées pareilles ? Ton propre cousin !

— Il fait des affaires avec mon père à la mairie en ce moment. Ils se voient sans arrêt. Il doit avoir des consignes. Il ne supporte pas que je veuille faire la lumière sur la mort de Marie.

J'interromps Alexandra. Cette information m'a mis la puce à l'oreille.

— Tu dis qu'Hugo et ton père se voient en secret ?

— Plusieurs fois par semaine, ces derniers temps.

Mes soupçons se confirment. Hugo a passé une semaine entière à travailler chez moi.

— Tu as vu les photos que ton cousin a prises ?

— Quelques-unes. Elles sont très nettes. J'espère qu'il n'a pas eu le culot de nous photographier à l'intérieur parce que le zoom est impressionnant.

L'idée d'aller consulter l'ordinateur d'Hugo pour y chercher des preuves et détruire les photos compromettantes m'effleure l'esprit. Le problème, c'est que je ne peux pas m'y rendre moi-même.

— Alexandra, tu as les moyens de t'introduire dans la chambre de ton cousin ?

La jeune fille saisit tout de suite l'intérêt de l'opération. Si elle élimine les photos, elle retrouve sa liberté. La difficulté, c'est de trouver une raison pour se rendre chez son oncle.

— On ne se réunit jamais chez Auguste, dit-elle. C'est toujours lui qui vient chez nous avec sa famille pour les fêtes. Mon père n'aime pas la maison de son frère. Je peux essayer de trouver un prétexte, mais il paraîtra forcément suspect.

— C'est moi qui vais agir, propose Mathieu. J'habite à côté. Il suffit de me dire quand la maison est vide et je les cambriole.

Je m'amuse de la réaction de Mathieu. Pour préserver son amour, il est prêt à tout, sans doute comme Xavier Rosa en son temps. Les trois adolescents sont motivés. Ils s'organisent.

— J'essaie de voler la clé de Léo dans le bus, suggère

Alexandra, c'est le plus simple. Ça évitera qu'on casse un carreau ou qu'on fracture la porte. Le mieux, c'est d'y aller mardi à 16 heures. Hugo travaille, Léo rentre à 17 heures, Auguste est à la ferme et ma tante fait le ménage à la mairie.

— Hugo n'est pas bête au point d'avoir laissé les fichiers dans son ordinateur, remarque Morgan. Il faudra chercher une clé USB ou un disque dur externe. Qu'est-ce que vous en pensez, monsieur Balmont ?

— J'approuve le plan car votre projet de cambriolage m'intéresse aussi. Je pense qu'Hugo a photographié des documents chez moi à mon insu. Si vous n'y voyez pas d'inconvénients, je préfère cependant rester à l'écart de tout ça. J'ai déjà suffisamment d'ennuis comme ça avec le maire. Je reste à votre disposition si vous avez besoin de logistique ou si les événements tournent mal.

— C'est quand même idiot d'en arriver là, conclut Alexandra. Le meilleur moyen de calmer mon père serait de lever définitivement le mystère sur la mort de Marie. Il pourrait enfin faire son deuil.

— Je suis bien d'accord avec toi. Vous avez réfléchi aux endroits où auraient pu se retrouver Marie et Xavier ?

— Ils ont sans doute fait comme nous, dit Mathieu. Après la décharge, ils sont certainement allés vers la zone interdite.

— La zone interdite ?

— Oui, un effondrement calcaire assez dangereux. Modeste avait mis des pancartes pour avertir des risques de chutes. Du coup, on ne croise jamais personne dans le secteur. Je peux vous y emmener demain, si vous voulez, je rentre à 15 h 30. Vous avez un VTT ?

— Non, mais je peux m'en acheter un, ça me fera faire du sport.

Un bruit de tracteur s'amplifie soudain dans la rue. Les trois adolescents se précipitent à la fenêtre.

— C'est celui de mon père, panique Alexandra. J'espère qu'il ne vient pas me chercher.

Je raccompagne mes hôtes à la sortie. Il fait nuit noire. Le tracteur semble avoir bifurqué dans le pré d'à côté. Une odeur bizarre nous prend à la gorge.

— C'est du lisier, murmure Alexandra. Il m'avait bien semblé voir la benne accrochée derrière le tracteur. Je ne comprends pas. Mon père n'en met jamais ici, c'est une jachère.

— À mon avis, il veut m'enfumer. À moins qu'il n'ait décidé de remettre la parcelle en culture.

— Ça ne risque pas.

— Pourquoi ?

— Il a essayé autrefois de construire un hangar. En creusant les fondations, il a trouvé des vestiges anciens. Du coup, il a arrêté.

— Des vestiges préhistoriques ?

— Des outils, des pièces de monnaie et même un morceau de statue. Je pourrai vous les montrer, si vous voulez. Ma mère conserve des photos dans le buffet du salon. Elle les montre parfois à ses invités. Je vous les apporterai demain.

— Très volontiers.

Le tracteur s'est aligné contre mon mur. L'odeur est vraiment épouvantable. La voie par la route est libre. C'est le moment de bouger.

— Filez ! Il ne peut pas vous voir !

Je retourne chez moi en me bouchant le nez. Heureusement qu'Alice est repartie. Le maire commence vraiment à me taper sur les nerfs. J'espère vivement que je vais trouver ce que je cherche près de l'effondrement calcaire.

38

Les Vichot n'ont pas lésiné sur le fumier. Ils en ont répandu en abondance dans le pré, mais pas seulement. En prenant ma voiture ce lundi matin pour aller faire les courses, j'ai malheureusement constaté qu'ils en avaient copieusement versé dans la ventilation de ma BMW.

Malgré les fenêtres ouvertes, j'ai eu du mal à faire l'aller-retour en ville. Le garagiste chez qui je me suis arrêté n'a pas trouvé d'antidote miracle. En résumé, soit je supporte l'odeur, soit je change de voiture.

N'en étant pas à une dépense près, j'ai décidé de changer de voiture. Et d'offrir la mienne au premier venu qui supportera cette infection. J'ai collé une annonce sur le panneau d'affichage de la mairie en indiquant mes coordonnées : « *Donne BMW parfumée au lisier Vichot.* »

Sur les conseils de Mathieu, je me suis acheté un VTT. Je suis allé l'essayer dans mon parc car l'odeur dans la forêt est un peu plus supportable. En tout état de cause, Louis Vichot ne s'est pas fait de la publicité. Les voisins sont aussi dérangés que moi et ils m'ont signalé qu'ils iraient se plaindre à la mairie. Je les y ai fortement encouragés.

Mathieu me rejoint, comme convenu, après ses cours. Nous enfourchons nos vélos et je me laisse guider sur les chemins qu'il connaît par cœur. Je manque cruellement de pratique et il m'attend à tous les carrefours. Mon vélo est de meilleure qualité que le sien mais il ne me fait pas avancer plus vite.

J'ai emporté avec moi la photo de Marie Vichot, celle où elle tient le panneau 30. On ne sait jamais, je pourrai peut-être reconnaître les lieux où le cliché a été pris. Les arbres ont forcément poussé depuis, mais j'ai formellement identifié trois chênes plantés en triangle en arrière-plan. L'indication pourrait s'avérer utile.

Nous faisons une première étape à l'ancienne décharge. Pour le moment, nous n'avons emprunté que des routes carrossables. Par « carrossables », j'entends des chemins de terre sur lesquels roulent des tracteurs et des 4 × 4. La végétation est surtout arbustive et je ne repère pas mes chênes. Il subsiste une zone plate qui a été envahie par les mauvaises herbes. On ne voit plus aucun déchet.

Mathieu m'emmène ensuite trois cents mètres plus loin, à travers bois cette fois, sur un ancien chemin de débardage. Je me fais fouetter le visage par des branches et je manque de tomber en percutant une racine. Il faudra vraiment que je m'entraîne.

Je découvre bientôt un cratère assez large, comblé par des végétaux de toutes sortes et dont on ne voit pas le fond depuis le chemin. L'endroit semble effectivement dangereux, comme l'indique une vieille pancarte fixée sur un poteau métallique complètement rouillé. Je pose mon VTT contre le tronc d'un hêtre et m'approche du bord du gouffre. Les roches sont tapissées de mousse et de lichens, on se croirait dans un décor de film fantastique.

Mathieu est descendu par un côté. Je le vois disparaître sous mes pieds. Il m'interpelle. Sa voix me parvient étouffée.

— C'est là qu'on se retrouve avec Alexandra. Je vous conseille de ne pas le répéter.

— Aucun risque !

J'hésite à rejoindre mon compagnon mais il m'encourage à venir découvrir son nid douillet. Je m'agrippe aux arbres pour descendre. C'est un peu sportif, ça fait du bien. Je découvre soudain un lieu spectaculaire. La roche sur laquelle je prenais appui quelques minutes plus tôt est en réalité un surplomb naturel. L'endroit est invisible depuis le haut et complètement abrité des intempéries.

— Quand il pleut, c'est magique, me confie Mathieu. L'eau ruisselle en petits filets sur la roche. C'est un peu comme de regarder une cascade couler, mais de l'intérieur.

— C'est vrai que c'est original, comme endroit. Et il n'est pas aussi dangereux qu'il en a l'air. Ce n'est pas l'entrée d'un gouffre, là-dessous ?

— Non. On peut descendre au fond si vous voulez. Il y a certainement un réseau de galeries souterraines quelque part mais, à ma connaissance, personne n'a jamais découvert une entrée de grotte.

Par curiosité, je descends plus bas. Je trouve des pneus, des bidons d'essence et même une portière de voiture. Mathieu est resté en haut. Je lui fais part de mes découvertes :

— Ce cratère était aussi une décharge. Tiens, qu'est-ce que c'est que ça ?

Je dégage un objet circulaire en métal recouvert de mousse : c'est un panneau de limitation de vitesse à vingt kilomètres/heure.

— Vous avez trouvé quelque chose ?

J'entends à peine la voix de Mathieu. Mon cerveau est en train d'établir des connexions dans ma tête. Un panneau 30 km/h, un panneau 20 km/h, ce n'est pas une coïncidence. Cet endroit était assurément un lieu de rendez-vous pour Marie et Xavier. Si ma théorie est exacte, il faut que je vienne prélever un échantillon de sol afin de le faire analyser. Je remonte avec le panneau, complètement excité par ma découverte.

— On dirait que vous avez trouvé de l'or ! remarque Mathieu.

Je lui montre ma trouvaille :

— Ce panneau n'est pas arrivé ici par hasard. Il a un lien avec Xavier Rosa. Il existe peut-être une histoire à ce sujet dans le village.

— C'est ici qu'aurait eu lieu le drame ?

— Je ne le pense pas. Cet endroit n'a fait qu'alimenter la rumeur selon laquelle Marie aurait chuté de la falaise en s'enfuyant devant son père. Il servait en revanche de décharge à certains habitants du village. Et ça, c'est plutôt intéressant. C'est le lien qui me manquait entre Albert Germain et Modeste Vichot.

— Ils auraient déversé des ordures ici ?

— Je ne tarderai pas à en avoir la preuve. Je vais faire pratiquer des analyses de sol. Il est possible que nous ayons des surprises.

Mathieu émet un petit sifflement :

— Les fameuses activités illégales dont parlait le vieux Gordon…

— Exactement. Et j'irai même un peu plus loin.

— C'est-à-dire ?

— J'ai un moyen d'identifier le lieu du drame. Ce doit être près d'ici.

Mathieu m'interroge du regard. Je lui montre la photo de Marie et je conclus :

— J'avais la solution sous les yeux depuis le début. Il faut retrouver le panneau 30.

Un panneau 30, un panneau 20… En rentrant chez moi, je me suis fait la réflexion que ces deux nombres appartenaient à la combinaison gagnante. J'ai donc poussé le raisonnement et analysé les autres chiffres en me rappelant ma discussion avec Fangio. Xavier Rosa était comme lui, il jouait toujours les mêmes numéros. Ils devaient forcément avoir une signification pour lui.

La conclusion est stupéfiante : à l'exception du 32,

qui se rapporte à la maison de la mère Bertelier, tous les autres ont un lien avec Marie.

Elle est née un 6 septembre. 6 et 9.

Elle est morte un 4 novembre. 4 et 11.

Elle venait d'avoir quinze ans.

Et elle habitait au 7, rue de Semur.

4, 6, 7, 9, 11, 15, 20, 30 et 32, les neuf numéros porte-bonheur de Xavier Rosa.

Marie était sa Juliette, il était son Roméo.

Je n'ai pas pu m'empêcher de verser une petite larme.

39

Adrien a mal commencé sa journée. À la descente du bus, il s'est fait insulter par Léo :

— On sait que c'est toi qui as benné les tuiles du Parisien ! Tu as utilisé le tracteur et la vieille remorque de ton grand-père. Tu vas le payer au centuple !

— Ce n'était pas moi, ment Adrien. Mais si c'était à refaire, je n'hésiterais pas une seconde !

— Faux cul !

— On se calme ! crie un surveillant.

Les deux adolescents se contiennent. Léo attend d'être au milieu de la cour pour engager de nouveau les hostilités. Il pousse Adrien dans le dos et s'éloigne en courant vers ses camarades de classe.

— Saleté de Germain ! Viens me retrouver à 16 heures près du parking à vélos, si t'es un homme !

Morgan est obligé de retenir son cousin :

— Laisse tomber ! C'est de la provocation.

Adrien ne décolère pas.

— Cette face de merde n'aurait pas dû me pousser ! Je vais y aller, à son rendez-vous ! Et je lui montrerai qui est le plus fort !

— Tu ne lui montreras rien du tout ! Ce soir, on va visiter la chambre d'Hugo avec Mathieu. Et on a besoin de toi pour faire le guet, au cas où. Alors, ne fais pas l'idiot !

Adrien n'écoute pas. Il ronge son frein. Et à 16 heures, il se rend directement au parking.

Lorsqu'il comprend qu'il s'agit d'un guet-apens, il est déjà trop tard. Léo n'est pas là. Un groupe de jeunes plus âgés le remplace. Et il passe aussitôt à l'action.

Roué de coups de poing et de coups de pied, Adrien s'écroule.

Ses agresseurs s'enfuient en courant et s'éparpillent dans plusieurs directions. Un surveillant accourt.

Adrien hurle de douleur. Depuis l'arrêt de bus, Morgan reconnaît sa voix :

— Il faut que j'y aille !

— Ça ne changera rien, dit Mathieu en le retenant par l'épaule. Tu appelleras le lycée de chez toi. Alexandra a réussi à subtiliser la clé de Léo, on ne peut pas rater l'occasion. On n'a qu'une heure devant nous !

Morgan se résigne à contrecœur. Il sait que son camarade a raison. Un attroupement s'est formé devant le garage à vélos. Il espère simplement que ce n'est pas trop grave et monte dans le bus, la rage au ventre. La meilleure façon de venger l'agression d'Adrien est encore de cambrioler la chambre d'Hugo.

En arrivant à Villard, Morgan aperçoit Sylvain Balmont en grande conversation avec un homme aux cheveux gris dans le pré de Louis Vichot. Il interpelle Mathieu, qui est assis à côté de lui dans le bus :

— Qui est ce type ?

— Je pense que c'est un expert en archéologie. Tu te rappelles la discussion qu'on avait eue chez le Parisien à propos des vestiges que le maire avait déterrés en creusant les fondations de son hangar ? Alexandra a transmis des photos à M. Balmont. Il me semble qu'il avait une barre à mine dans les mains. Ils doivent inspecter le terrain.

— En plein jour, dans le pré, c'est un peu gonflé !

— Je crois que le Parisien n'est plus à ça près. Tu as des nouvelles d'Adrien ?

— Toujours pas.

Morgan a l'oreille collée à son téléphone. Le lycée l'a mis en attente, le temps de trouver une personne qui pourrait le renseigner. Il obtient enfin une réponse quelques minutes plus tard et raccroche, à la fois contrarié et soulagé.

— Il est à l'hôpital de Semur. Il a un bras cassé. S'ils avaient visé la tête, ça aurait pu être pire.

Le bus dépose les deux garçons devant l'église. Ils n'ont désormais plus qu'un seul objectif : la chambre d'Hugo. Ils dévalent en courant la rue principale, abandonnent leurs sacs dans le jardin de Mathieu et se rendent directement au « château ».

— Si le curé est encore dans le secteur, on est fichus, commente Mathieu.

— On s'en fout. De toute façon, ils sauront forcément que c'est nous.

— Je n'ai pas envie de finir comme Adrien, moi.

— Tu préfères étaler ta liaison avec Alexandra au grand jour ? Prends un air détaché et suis-moi.

Les deux adolescents s'engagent d'un pas décidé sur les marches qui conduisent à la terrasse.

— Évite de regarder partout, conseille Morgan à son camarade. Plus on semblera à l'aise et moins on nous remarquera.

Sans se préoccuper de ce qui se passe autour d'eux, ils s'avancent vers la porte d'entrée. Morgan introduit la clé dans la serrure.

Elle ne tourne pas.

Il actionne la poignée.

La porte s'ouvre.

— Merde, il y a quelqu'un à l'intérieur ! s'affole Mathieu.

— Léo, c'est toi ?

Les deux garçons se dévisagent avec effroi. C'est la voix d'Hugo.

— Alors, l'Adrien, il l'a prise sa raclée ?

Traumatisé par l'agression de son cousin, Morgan ne réfléchit pas. Il laisse éclater sa colère :

— Il est à l'hôpital avec un bras cassé, espèce de crétin ! Et il sera très content de savoir que c'est de ta faute !

À l'étage, la réaction d'Hugo ne se fait pas attendre. Tel un mammouth enragé, il sort de sa chambre et s'apprête à tout dévaster sur son passage.

— Qui est en bas ?

Mathieu est tétanisé. Morgan le pousse en arrière :

— Planque-toi ! Je vais attirer ce salaud dehors !

Sans attendre la réaction de son camarade, il se précipite sur la terrasse en criant des insanités pour exciter Hugo. Celui-ci s'élance à sa poursuite sans même remarquer que la clé est toujours dans la serrure. Sa proie a cinquante mètres d'avance. Et elle a tout intérêt à les conserver.

40

Fidèle à sa promesse, Alexandra m'a transmis les photos des objets que son père avait trouvés dans le pré avant de reboucher les fondations de son hangar. Je n'y connais rien en archéologie, mais j'ai tout de suite pensé que les clichés avaient de l'intérêt, notamment celui de la petite statue. Cela m'a été confirmé par un certain François Mignardet, retraité et spécialiste des pièces de monnaies anciennes, avec lequel j'ai pris contact sur un forum Internet. Toujours sur la Toile, j'ai déniché la loi du 27 septembre 1941 portant réglementation des fouilles archéologiques. Les titres II et III de la loi stipulent qu'en cas de découverte d'objets pouvant intéresser la préhistoire, l'histoire, l'art, l'archéologie ou la numismatique, l'inventeur de ces vestiges et le propriétaire du terrain sont tenus d'en faire la déclaration immédiate au maire, qui doit la transmettre sans délai au préfet. S'ensuivent différentes recommandations pouvant aller jusqu'à l'expropriation en cas de découverte exceptionnelle. Le titre IV prévoit également de fortes amendes et de la prison pour ceux qui omettraient de déclarer ou dissimuleraient ces objets. Autant dire que je tiens le maire par les deux oreilles, pour éviter d'être vulgaire. Et si jamais il y a un trésor enterré sous le pré, les Vichot risquent d'avoir des soucis pour conserver leur terrain. Rien n'est plus impossible pour l'imbécile qui est venu s'installer à Villard !

François Mignardet m'a rejoint en milieu d'après-midi et nous arpentons le pré avec son détecteur de métal, un mouchoir sur le nez à cause des odeurs. Je le suis à distance avec une petite barre à mine, au cas où il serait nécessaire de creuser à faible profondeur.

Lorsque le détecteur bipe, j'oublie que nous n'avons pas le droit d'être là. Depuis 1989, il est en effet interdit de prospecter un terrain à des fins archéologiques sans autorisation préalable. L'objectif du législateur est d'empêcher les amateurs de faire des trous et de bouleverser les gisements. J'assume donc toutes les conséquences de mes actes, sachant que Louis Vichot est en théorie plus hors la loi que moi. François Mignardet m'indique la présence d'un objet métallique à une vingtaine de centimètres sous terre et il parie pour du bronze.

Nous déterrons bientôt une agrafe qui servait à attacher les vêtements à l'époque romaine.

— Une fibule ! s'exclame l'archéologue avec l'enthousiasme d'un enfant de dix ans à qui on vient d'offrir une montre. Nous sommes sur la bonne voie.

Une dizaine de minutes plus tard, nous dénichons des pièces de monnaie que mon expert identifie comme des séquanes. Des fragments de céramique les accompagnent.

— C'est une mine, votre pré ! s'exclame François Mignardet.

— Ce n'est pas mon pré mais c'est une bonne nouvelle. Vous pensez que le maire aurait dû fairc unc déclaration après avoir découvert les premiers vestiges ?

— Et comment ! Surtout à cause de la statue ! À Mâlain, pas très loin d'ici, ce type de sculpture ornait le fronton d'un théâtre. Si l'on se fie à la céramique, on est peut-être dans la rue commerçante d'une ancienne ville gallo-romaine. Il faudrait commander des photographies aériennes.

Il époussette le fragment avec un pinceau :

— Regardez, sur ce morceau on distingue une estampille avec un nom latin inscrit dessus, certainement celui du potier.

L'information est tellement extravagante que je ne vois même pas le bus du lycée passer sur la route principale.

— Une ville gallo-romaine, dites-vous ?

— C'est le cas de Mediolanum, dont je vous parlais précédemment, Mâlain, si vous préférez. La ville est située à soixante-dix kilomètres du siège d'Alésia, mais il n'est pas exclu que les Romains l'aient incendiée car ils pratiquaient la politique de la terre brûlée. Ces maisons incendiées sont riches en divers objets qui nous renseignent, en schématisant, sur la vie des gens de l'époque.

Le détecteur bipe de nouveau.

— Incroyable. Pour avoir des objets aussi près du sol, ce pré a dû être labouré.

Nous tombons sur des potins et des pièces de monnaie coulées dans du bronze. François Mignardet est de plus en plus excité.

— Je m'attendais à une pêche à la truite, mais là, je crois que nous venons de lever un espadon.

— Un espadon, c'est l'expropriation ?

— Assurément. Ça vous fait peur ?

— Non, ça m'arrange.

— Parce que vous n'êtes pas le propriétaire.

— C'est exactement ça.

— À qui appartient le pré ?

— Au maire.

— Ah… et… vous dites qu'il avait déjà entrepris des travaux, ici ?

— Tout à fait. Il avait déposé un permis de construire pour un hangar. Quand il a découvert ces vestiges, il a tout rebouché afin d'éviter les fouilles.

— Je vois. Un défaut de déclaration, ça risque de lui coûter cher.

La course précipitée de deux jeunes dans la rue interrompt notre discussion. J'aperçois Morgan qui se dirige vers nous comme s'il avait le diable aux fesses.

Le diable. Oui, ce doit être ça. Hugo Vichot semble avoir la rage. Il bave comme s'il avait envie de mordre. Il se trouve à dix mètres derrière Morgan, qui s'écroule dans l'herbe à côté de nous.

— Monsieur… Balmont… aidez… moi.

Je suis d'autant plus décidé à intervenir que je suis en

position de force : Hugo est épuisé, il a des comptes à me rendre et je suis armé d'une barre à mine. Le jeune homme s'est d'ailleurs immobilisé.

Je l'interpelle :

— C'était toi, le coup du lisier dans l'aération de ma BMW ?

Les deux mains sur les genoux, Hugo reprend sa respiration. Il fait comme s'il n'avait pas entendu :

— Morgan… espèce de mauviette ! Viens te battre ! Si t'es un homme !

— Ce n'est pas la question que je t'ai posée.

— Vous, mêlez-vous de vos affaires ! Et d'abord, qu'est-ce que vous faites ici ? Ce n'est pas votre pré !

— Ni le tien ! Tu sais que ma bagnole est foutue ?

— Je m'en tape.

— Ok. Alors tu vas transmettre un message à ton oncle. Ce pré a servi de campement à Jules César pendant le siège d'Alésia. S'il ne le déclare pas lui-même au préfet, je m'en chargerai à sa place. Crois-moi, cela va lui coûter beaucoup plus cher que ma voiture ! Sans compter les années de prison ferme ! Il aura le temps de méditer sur ton lisier et ses petits arrangements avec mon ex !

Hugo me fusille du regard avant de tourner les talons.

Morgan est soulagé :

— Merci, monsieur Balmont.

— Pas de quoi. J'imagine que vous étiez chez Auguste et que vous n'aviez pas prévu la présence d'Hugo.

— C'est ça.

— Et tu as eu la bonne idée de l'attirer ici pendant qu'Adrien et Mathieu fouillaient la maison.

— Adrien est à l'hôpital, Mathieu est tout seul.

— Pardon ?

Morgan me raconte l'agression. Je regrette de ne pas avoir flanqué un coup de barre à mine à Hugo. François Mignardet en a profité pour s'écarter. Il doit penser qu'il s'agit d'un village de fous. Son détecteur bipe tous les deux mètres.

— C'est vrai, cette histoire de campement romain ? me demande Morgan.

Je lui adresse un clin d'œil.

— J'ai un peu brodé.

Le jeune homme semble déçu.

— C'était juste pour lui faire peur, alors ?

— Pas sûr. Apparemment, nous sommes au-dessus d'une ville gallo-romaine. Louis Vichot va devoir faire ses valises.

41

Mathieu n'est pas resté inactif longtemps. Il a refermé à clé la porte d'entrée et est monté directement dans la chambre d'Hugo, une pièce particulièrement mal rangée où les habits sales côtoient des canettes de soda, des paquets de gâteaux, des chaussures et des outils de maçonnerie.

Ce qu'il découvre le laisse pantois.

Sur le bureau sont étalés des piles de journaux, de la colle et des ciseaux. Son camarade était en train d'écrire un message anonyme, vraisemblablement destiné à Louis Vichot : « *Alexandra sort avec Mathieu l'étranger.* »

— Quel fumier ! s'exclame le jeune homme. Il voulait certainement me montrer ce message pour me forcer à lui verser les cinq cents euros !

Son téléphone vibre dans sa poche.

Alexandra.

— Mathieu, je viens d'apprendre pour Adrien. Tu es où ?

— Je suis dans la chambre d'Hugo, mais ton cousin était à la maison quand nous sommes entrés. Morgan l'a attiré dehors, je t'expliquerai plus tard. Léo est toujours avec toi ?

— Oui. Tu as trouvé quelque chose ?

— Une lettre anonyme en préparation. Hugo est vraiment une ordure. Heureusement, il n'a encore rien dit à ton père. Il faut absolument que je trouve les fichiers informatiques.

— Cherche dans sa table de nuit, c'est là qu'il cache toutes ses affaires personnelles.

— Ok. Je me dépêche.

Mathieu se précipite vers le petit meuble et ouvre le premier tiroir. Il trouve un appareil photo numérique ultra compact de dernière génération, certainement celui qui a servi à prendre les clichés compromettants. Une idée germe immédiatement dans son esprit : photographier la lettre anonyme d'Hugo. Il monte sur le lit et enchaîne les prises de vues dans la pièce. En contrôlant le résultat, il constate que la carte mémoire ne contient aucune autre photo. Hugo a donc tout transféré sur son ordinateur portable. Et s'il est malin, il en a fait des copies sur une clé USB ou un disque dur externe.

Mathieu s'apprête à sauter du lit lorsque des bruits de pas résonnent sur la terrasse.

Hugo ! Il faut faire vite !

Il attrape le deuxième tiroir et le vide à même le sol. Une clé est tombée sur la moquette bleue. Elle ouvre forcément un endroit interdit.

Le jeune homme court de meuble en meuble à la recherche de toutes les serrures possibles. Il finit par trouver la bonne : celle de la vitrine de la bibliothèque.

Bingo !

Mathieu exulte. Il lance tous les livres sur le lit pendant qu'Hugo tambourine sur la porte d'entrée en criant :

— Ah, les salopards ! Je me suis fait piéger !

Une curieuse pochette s'est invitée parmi les BD ; elle contient les photos. Le jeune homme pousse un soupir de soulagement en les récupérant puis inspecte le fond de la vitrine. Il repère une clé USB qu'il glisse dans la chemise cartonnée.

Génial ! Je mets les voiles !

Il est effectivement temps de partir car Hugo vient d'ébranler la porte d'un coup d'épaule en hurlant :

— Qui a fermé cette porte ? Qui est là-haut ?

À l'étage, Mathieu s'apprête à descendre avec son précieux butin. Il se ravise soudain.

L'ordinateur ! Je dois le mettre hors circuit !

Il remonte dans la chambre et avise une canette de soda entamée qui traîne sur le bureau. L'ordinateur est en veille. Il tape sur une touche. La machine demande un mot de passe. Le jeune homme arrose copieusement le clavier et l'écran.

Le verrou du bas cède au moment où l'ordinateur disjoncte. Hugo monte les escaliers à la vitesse d'un cheval au galop. Mathieu n'a plus le choix. Les forces décuplées par le stress, il se barricade dans la chambre en déplaçant le lit contre la porte. Puis il se précipite à la fenêtre.

— Je vais te tuer ! Je vais tous vous tuer !

Le lit a reculé sous le premier impact, mais pas

suffisamment pour laisser entrer Hugo. Mathieu jette la pochette et l'appareil photo dans un buisson. Il prend appui sur le rebord de la fenêtre… et saute.

Dans la piscine.

Le contact avec l'eau est glacial mais le jeune homme s'en fiche. Il s'extrait du bassin aussi vite qu'il le peut. Au-dessus de lui, Hugo termine son entreprise de démolition. Le lit s'écrase contre la bibliothèque. Le fils aîné d'Auguste se rue à la fenêtre et constate que le voleur vient de disparaître à l'angle de la maison.

— Dans la rue, vite !

Il s'apprête à faire demi-tour lorsqu'il prend conscience de l'étendue des dégâts.

— Putain ! s'étrangle-t-il. Bordel de merde ! Mon ordi ! Mes photos ! Ah, les fumiers !

Trempé jusqu'aux os, Mathieu est sorti de la propriété. Il met de l'eau partout et il est facile de le suivre à la trace. Une voiture lui coupe soudain la route. La vitre du passager s'abaisse.

— Monte, vite !

La voix de Morgan. La BMW du Parisien.

— Je vais mouiller les sièges !

— Je ne suis plus à ça près !

L'échange verbal a duré quelques secondes. Juste le temps pour Mathieu de claquer la portière et de s'effondrer sur le siège arrière.

Sylvain Balmont reprend la route en accélérant.

Sous les yeux d'Hugo qui vient seulement de sortir de chez lui.

42

— Ma fille sort avec qui ?

— Mathieu Valentin.

— Le fils du prof de gym ?

— Ouais. Ils ont fait l'amour chez les Peyrade.

— Quoi ?

Louis Vichot était en train de faire la vidange de son tracteur lorsque Hugo est venu le déranger. La couleur de son bleu de travail jure avec son visage écarlate.

— Je les ai vus en direct, ajoute Hugo. Alexandra était nue dans ses bras et il l'a…

— Passe-moi les détails ! explose le maire. Tu as pris des photos ?

— Ils viennent de me les voler.

— Qui ça, ils ?

— Le Parisien et sa bande.

Louis Vichot jette sa clé à molette dans un bac rempli d'huile.

— C'est pas vrai ! Mais c'est pas vrai ! Il va nous faire chier jusqu'à quand, cet abruti ? Tu savais qu'il avait placardé une affiche sur le panneau de la mairie pour faire don de sa bagnole pourrie ? Il est encore capable d'en racheter une autre ! Après avoir changé son toit ! Et rénové toute sa baraque ! Ce type s'en fout de cracher des millions ! Le seul truc qu'il ne pourra pas acheter, c'est mon terrain !

Hugo fait la grimace :

— Justement…

— Quoi, justement ?

— Je l'ai surpris dans le pré tout à l'heure.

— Quel pré ?

— Celui dans lequel on a entassé le lisier. Il était avec un type qui maniait un détecteur de métal. Ils ont apparemment trouvé des objets gallo-romains.

Louis Vichot est devenu tout pâle.

— Tu peux me répéter ça ?

Hugo hésite. Il se recule d'un mètre puis relate exactement les propos de Sylvain Balmont. Louis Vichot récupère sa clé dégoulinante d'huile et la lance dans la cour au risque de se démonter l'épaule.

— Raaaaaaah !

Si le lancer de clé à molette avait été homologué aux Jeux olympiques, le maire sortant serait certainement monté sur le podium. L'outil s'écrase trente mètres plus loin sous les vociférations de son propriétaire.

— Je vais lui péter les couilles à ce con !

Ses cris alertent sa femme et sa fille. Alexandra a été avertie par Mathieu de ce qui s'est passé chez Auguste. En voyant Hugo, elle comprend qu'elle n'a pas du tout intérêt à rester dans le secteur. Elle s'élance dans la rue sous les cris de sa mère :

— Alexandra ! Reviens immédiatement !

Louis Vichot ne fait plus attention à ce qui se passe autour de lui. Il grimpe dans son « tracto » et le conduit comme s'il s'agissait d'une Ferrari. Il remonte le village, les poings serrés sur le volant, hurlant des injures dans la cabine au point de couvrir le bruit du moteur.

— Ah, il veut m'emmerder ! Ah, il veut la guerre ! Eh bien, je vais lui faire voir ce que c'est, la guerre ! Son portail, il peut lui dire adieu ! Et son mur aussi !

La rue est déserte. Sylvain Balmont n'est pas chez lui. Sans ralentir, Louis Vichot bifurque en direction de la grille de l'école et l'enfonce avec sa pelle. Le crissement de la tôle contre le fer est épouvantable. Le maire se croit dans une casse automobile. Il traîne le portail sur une dizaine de mètres avant de s'attaquer à la pelouse, qu'il se met à défoncer.

— Des trous d'obus ! Voilà ce que c'est, la guerre !

L'engin retourne la terre au hasard. Un attroupement commence à se former à l'entrée de la propriété, au premier rang duquel émerge une femme en furie :

— Louis, arrête !

À la différence de son mari, Géraldine Vichot a gardé un semblant de lucidité. Elle se dresse devant la machine et gesticule comme une démente pour stopper les dégâts. L'engin s'immobilise enfin. Le maire aperçoit les témoins massés dans la rue. Géraldine Vichot se hisse péniblement jusqu'à la cabine.

— Qu'est-ce qui t'a pris ?

— Tu vas comprendre ! On file !

La tractopelle ressort de la propriété sous les yeux

exorbités des voisins. Le terrain semble avoir été retourné par une centaine de sangliers.

Secouée dans le tracteur, Géraldine Vichot est inquiète. Son mari ne desserre pas les dents et Alexandra s'est enfuie.

— Tu peux me dire ce qui se passe ?

Louis Vichot comprime le volant comme s'il voulait le déformer. Il explose de nouveau :

— Alexandra couche avec le fils Valentin ! Auguste s'est fait cambrioler ! Le Parisien fait des fouilles archéologiques dans notre pré ! Et tu voudrais que je sois calme ? La prochaine fois, c'est sa gueule que je vais défoncer avec ma pelle !

C'était l'ultime soubresaut.

Laissant sa femme au bord de la crise d'angoisse, il range son engin dans la grange et se plonge dans un mutisme impénétrable.

Ce qui n'est pas forcément meilleur signe.

43

Auguste Vichot m'a précédé à la gendarmerie.

L'agent en uniforme assis devant moi me le confirme avant même que je lui expose le but de ma visite.

— Vous tombez bien, monsieur Balmont, car j'allais justement être obligé de vous convoquer de nouveau. Je n'ai jamais vu les Vichot déposer autant de plaintes en si peu de temps contre une seule personne.

— Quel est le motif, cette fois ?

— Auguste Vichot vous a cité dans une affaire de cambriolage qui aurait eu lieu à son domicile.

— Qu'est-ce qui lui fait dire ça ?

— Le témoignage de son fils, Hugo. Le voleur serait monté trempé dans votre voiture, une BMW noire, après avoir dérobé un appareil photo numérique tout neuf et détruit un ordinateur. Le préjudice est estimé à cinq mille euros.

— Ben voyons... Et pourquoi pas dix mille pendant qu'ils y sont ?

— Certains fichiers avaient, paraît-il, une valeur inestimable.

— Ça, c'est sûr. Vous voulez en voir des échantillons ?

Je les ai sur moi. C'est normal d'ailleurs, puisque je les ai volés. J'ai la clé USB, le disque dur externe et les photos. Certains clichés ont même été pris dans ma propre maison. C'est moi qui devrais porter plainte pour cambriolage !

Le gendarme daigne examiner les documents du haut de ses galons. Et il commence à changer de couleur.

— Euh… Qui est cette fille à moitié nue ?

— La fille du maire. Prise en flagrant délit par son propre cousin. Vous allez également trouver ma convention de divorce, le rapport d'un détective privé, une photo de Marie Vichot…

Le gendarme me coupe :

— Attendez. Vous êtes en train de me dire que ces photos se trouvaient dans l'ordinateur qui a été détruit ?

— Tout à fait.

Le gendarme poursuit son inventaire avec une stupéfaction grandissante. Il n'a pas quarante ans, mais des rides marquées se creusent sur son front. Sa conclusion est logique.

— Vous vous êtes fait justice vous-même, en quelque sorte.

— Vous êtes drôlement perspicace.

— Merci, c'est mon métier. Il n'empêche, vous êtes une nouvelle fois hors la loi.

— Hugo Vichot l'est également.

— C'est ce que j'ai du mal à comprendre. La plainte de M. Vichot va lui revenir dans la figure comme un boomerang. C'est peut-être pour ça que vous êtes venu, d'ailleurs.

— Accessoirement. Je suis surtout venu déposer une plainte contre le maire de Villard.

Je montre à mon interlocuteur les photos de mon portail et de mon jardin dévasté. Il ouvre des yeux aussi gros que les verres de ses lunettes.

— C'est un obus qui a explosé ?

— Non, c'est le maire.

— Le… il… il a lancé une grenade ?

— Non. Il s'est lancé lui-même au volant de sa pelleteuse.

Le gendarme émet un long sifflement :

— Vous l'avez vu faire ?

— À votre avis ?

— Vous n'étiez pas là.

— En effet. Ce sont les voisins qui ont été témoins de la scène.

L'agent tourne et retourne les photos entre ses doigts. Il hoche la tête dans tous les sens, dépassé par les événements.

— Je savais que les Vichot étaient susceptibles, mais à ce point. D'habitude, ils se battent avec les Germain. Depuis que vous êtes arrivé, c'est vous le bouc émissaire. Vous allez peut-être réussir à les allier contre vous.

— C'est bien parti.

— Ce serait un exploit.

Le gendarme enregistre les faits, glisse les photos dans un dossier et annonce qu'une petite visite sur les lieux s'impose.

— Villard va devenir la destination la plus touristique de notre secteur. Vous promettez de ne pas jeter d'huile sur le feu ?

Je me racle la gorge :

— Dans l'immédiat, je vais essayer de faire annuler toutes les plaintes en cours. Je pense cependant que nous n'avons pas fini de nous voir.

— Vous m'inquiétez, monsieur Balmont.

— J'ai découvert des vestiges gallo-romains dans le pré qui jouxte ma propriété. Ce pré appartient à Modeste Vichot et aux descendants d'Albert Germain.

Le gendarme se prend la tête à deux mains.

— Qu'est-ce que vous comptez faire ?

— Rien, pour le moment. Mais tôt ou tard il faudra avertir le préfet.

— Méfiez-vous alors, vous n'êtes sûrement pas au bout de vos surprises.

Je m'apprête à le confirmer à mon interlocuteur lorsque mon téléphone vibre dans ma poche. Machinalement, je regarde le numéro qui s'affiche : c'est celui d'Alexandra. Elle m'a envoyé un SMS.

— Vous permettez ?

— Je vous en prie.

Hugo vient de s'introduire dans votre parc ! Revenez vite !

Je me retourne, dépité, vers le gendarme qui m'interroge du regard. Je lui tends mon portable :

— Tenez, lisez. C'est la fille du maire qui vient de me prévenir. Par chance, elle est de mon côté.

— La hache de guerre est loin d'être enterrée, en effet, constate le gendarme, abattu. Je ne veux pas vous retarder, si vous avez besoin de…

— Je ne suis pas inquiet. L'alarme vocale que je viens d'installer est normalement assez dissuasive. C'est le moment de la tester.

— Comme vous voudrez. Et si vous trouvez une solution pour mettre un terme à toute cette agitation, ce ne sera pas de refus.

— Je vais m'en occuper immédiatement.

J'ai déposé ma plainte. En roulant toutes vitres ouvertes pour retourner à Villard, j'établis mon plan de bataille. Il faut d'abord que je vérifie l'état de ma maison. Puis je rendrai visite au maire. J'ai désormais un bon moyen de pression pour lui faire entendre raison.

44

Une vitre cassée. Je m'en tire plutôt bien. Le principal est que les chambres n'aient pas été saccagées. Les refaire après le toit aurait entamé mon moral.

Le maire n'est pas chez lui. C'est sa femme qui me reçoit amicalement dans la cour. En me menaçant avec un seau rempli d'eau.

— Allez-vous-en ! Si Louis vous voit ici, il va vous tirer comme un lapin !

— Après ce qu'il a fait chez moi, ce serait le comble ! Vous lui direz premièrement que je ne contacterai personne sans son accord pour les découvertes archéologiques. Deuxièmement, si Auguste retire sa plainte contre moi, je retire la mienne contre votre mari. Réfléchissez, vous avez tout à y gagner ! J'ai la clé USB d'Hugo et toutes les photos que votre neveu a prises dans l'école. Je les ai même montrées aux gendarmes. L'élection du maire, c'est dimanche. Il ne peut pas se permettre un procès dans lequel il est sûr de perdre !

Géraldine Vichot repose son seau par terre. J'espère qu'elle a compris. Je ne m'attarde pas et me rends directement chez les Bertelier. Florence m'accueille, son bébé dans les bras, comme à son habitude. Elle est particulièrement remontée contre le maire :

— Vous avez porté plainte, j'espère !

— Bien entendu. Mais pour être honnête, toutes ces histoires commencent à me fatiguer. Est-ce que par hasard les nombres 20 et 30 évoqueraient quelque chose pour vous ?

La jeune femme prend un air étonné :

— Non, pourquoi ?

— Ils font partie de la combinaison qui m'a fait gagner le jackpot. J'ai toutes les raisons de penser qu'ils sont reliés à Marie Vichot.

Florence Bertelier réfléchit :

— Maintenant que vous le dites… Je me souviens d'une vieille histoire avec un panneau de limitation de vitesse à vingt kilomètres/heure, que Modeste Vichot avait installé devant sa cour car il en avait marre de voir rouler les voitures trop vite quand il sortait de chez lui. C'est mon mari qui me l'a racontée. Je crois qu'il avait accompagné Xavier Rosa pour déboulonner le panneau, ce qui avait fait rire tout le village. Ils l'avaient caché je ne sais où.

Je souris malgré moi. Ce panneau avait bien une histoire. Une histoire qui impliquait Xavier Rosa et Pierre Bertelier.

— Vous restez manger ?

— C'est gentil, merci, mais j'ai un rendez-vous avec mon archéologue. Il a prévu d'élargir le périmètre de ses recherches.

Nous échangeons un clin d'œil. Je suis au moins

certain d'une chose : Florence Bertelier ne votera pas pour Louis Vichot dimanche.

François Mignardet ne m'a pas attendu pour poursuivre sa collecte. Il m'accueille à l'intérieur de ma propriété avec de nouveaux objets gaulois entre les mains.

— C'était ouvert ! clame-t-il avec un grand sourire, en exhibant une amulette en bois de cerf, ainsi que des bijoux. Regardez-moi cette intaille ! Et ces perles bleu turquoise ! Nous sommes dans une ville, monsieur Balmont, c'est certain maintenant. Il faudrait consulter les archives municipales, elles mentionnent certainement des découvertes.

— Où avez-vous trouvé ces merveilles, sans indiscrétion ?

— Pas chez vous, rassurez-vous. Je les ai mises au jour de l'autre côté du mur qui longe votre propriété. Il n'est pas exclu que la ville gallo-romaine se prolonge sous votre parc, mais aucun chantier ne pourra être mis en place sans votre accord. Les services de l'archéologie préventive n'interviennent qu'en cas de travaux.

— Je vais donc pouvoir reboucher les trous de ma pelouse.

— Tout à fait. Je n'ai rien trouvé dedans, et heureusement d'ailleurs, car la méthode de fouilles a été un peu brutale. En revanche, il faut d'urgence signaler nos découvertes au préfet.

Je tempère les ardeurs de mon interlocuteur :

— Si ça ne vous gêne pas, je le ferai moi-même.

— Comme vous voudrez. Mais ne tardez pas.

Je rentre chez moi et me sers un petit remontant. Demain, j'irai acheter une nouvelle voiture pour accueillir Alice ce week-end. J'essayerai également de changer le portail.

La grande roue sera livrée pour l'Ascension. D'après Alexandra, Géraldine et Louis Vichot s'absenteront trois jours. C'était la seule période possible. Après cette date, les foins et les moissons s'enchaînent.

J'ignore si le maire va se calmer. Dans le doute, il faut absolument que je fasse la lumière sur la mort de Marie. Les analyses de sol sont en cours. Mathieu, Alexandra et Morgan battent la campagne à tour de rôle pour retrouver le panneau 30. Pierre Bertelier en sait certainement plus qu'il ne le laisse entendre. Les éléments s'enchaînent favorablement : je sens que je vais bientôt assembler toutes les pièces du puzzle.

45

Un mois sans anicroche !

Auguste Vichot a retiré sa plainte, j'ai retiré la mienne.

Louis Vichot a été réélu maire par six voix contre cinq. Vincent, son cousin éloigné, a effectivement décidé qu'il était le plus expérimenté pour conduire l'équipe. Il a en revanche facilité l'élection de Sébastien Verdier sur le même score au poste de premier adjoint. L'exécutif est donc un peu bancal mais forcément plus équilibré. Reste à savoir si le binôme réussira à s'entendre dans la durée.

Adrien va bientôt retrouver l'usage de son bras. Ses agresseurs ont été déférés devant un juge.

Désavoué par son oncle, Hugo a disparu de la circulation. Il est retourné à ses murs de béton.

Mathieu et Alexandra ont l'interdiction de se voir, mais j'ai réussi à leur arranger des rendez-vous secrets dans la chambre bleue. Avec Morgan, on en profite pour faire des jeux vidéo sur grand écran.

Les familles Vichot et Germain ont érigé de concert une palissade en bois autour du pré afin d'éviter d'éventuelles fouilles archéologiques. Cela les a occupées à plein temps pendant quinze jours. Louis Vichot a été obligé d'étaler son lisier ailleurs. Lui-même ne supportait plus l'odeur. Ils sont encore loin de prendre l'apéro ensemble, mais ils se sont rapprochés. La prédiction du gendarme était exacte.

Alice a quitté Paris pour me rejoindre définitivement. Nous avons étrenné toutes les chambres. Son ventre s'arrondit nettement désormais. C'est une expérience fascinante. Heureusement que la grossesse dure neuf mois, ça me laisse du temps pour m'habituer à l'idée. Mes parents sont encore sous le choc mais ils ont l'air ravis. J'ai l'impression que les liens vont se renouer.

J'ai acheté un break classique pour transporter le bébé et ses affaires. Je voulais rester discret.

Les trous de ma pelouse ont été rebouchés et ma cour est désormais prête à accueillir la grande roue. J'ai mis des invitations dans toutes les boîtes aux lettres de Villard, en précisant que j'allais simplement faire une petite fête pour inaugurer l'école.

Sans surprise, Louis Vichot m'a immédiatement renvoyé son coupon en me signalant qu'il ne viendrait pas à mon inauguration. J'y comptais bien, en réalité. Qu'il reste dans sa ferme après tout, ça lui évitera de me gâcher ma journée.

Le montage de la roue est programmé sur quatre jours. Le levage aura lieu le jour de la fête, à partir de 4 heures du matin. J'ai été obligé de mettre Alice dans la confidence et j'ai acheté un portail opaque afin de garantir le succès de l'opération.

Le printemps a embelli le village et le parc. Nous nous promenons souvent, Alice et moi, le long de l'Armançon et nous savourons les plaisirs de l'existence. Les Bertelier et les Verdier sont déjà venus manger à la maison. Nous sommes de plus en plus intégrés parmi les nouveaux habitants, ce qui ne nous empêche pas d'évoquer un départ pour l'île Maurice, le paradis d'Alice.

Tout va donc pour le mieux. Il ne reste que deux jours avant la livraison de la grande roue en pièces détachées. Alice se repose. Je sillonne le village à vélo afin d'effectuer des repérages. Les agriculteurs s'occupent généralement de leurs champs le matin aux aurores. La période de la journée la moins active se situe entre 11 et 15 heures. C'est le créneau horaire que devront respecter les deux convois exceptionnels. Dans le pire des cas, Sébastien Verdier a accepté de détourner l'attention du maire.

En remontant chez moi vers 15 h 30, je suis surpris de voir un tracteur de pesticides sortir en trombe de la ferme Vichot. Cette allure me rappelle de très mauvais souvenirs. J'accélère. Je ne distingue pas le chauffeur à cause du pulvérisateur. Je n'aime pas du tout ces engins qui se déplient. Je ne sais pas exactement ce qu'ils déversent par dizaines de mètres cubes dans les champs mais, vu l'odeur qui persiste parfois après le traitement, ça ne doit pas être très bon pour la santé.

À la faveur d'un virage, j'aperçois Louis Vichot, tassé sur son siège, les deux mains crispées sur le volant, la tête penchée en avant comme s'il voulait aller plus vite.

Il me distance au bénéfice de la pente mais je le garde en ligne de mire. Et ce que je craignais arrive : il essaie de déplier ses antennes devant chez moi. Par chance, il n'en a pas la place à cause du mur d'enceinte. De rage, il écrase une moitié de ma plate-bande d'iris avant de reprendre la route et d'entrer dans son champ de blé, cent mètres plus loin.

Je pédale comme un fou et jette quasiment mon vélo sous ses roues pour le stopper. C'est la première fois que je lui parle depuis plus d'un mois :

— Ça va pas la tête ?

— Dégagez le vélo ou je l'écrase !

— Qu'est-ce qui vous prend ?

— Demandez à l'expert !

— Quel expert ?

— Celui qui va venir autoriser les fouilles archéologiques ! J'ai reçu le courrier ce matin !

— C'est n'importe quoi ! Je n'ai prévenu personne !

— Vous n'êtes qu'un menteur !

Le vrombissement du moteur me fait sursauter. Je me précipite sur mon vélo et l'écarte in extremis. Le tracteur s'est élancé dans le champ. Je prends une douche de pesticides avant de filer. La gorge et les yeux me piquent mais ce n'est pas le pire. Déterrer la hache de guerre deux jours avant la réception de ma roue est une très mauvaise nouvelle. Un nom me vient immédiatement à l'esprit : François Mignardet. Il est le seul à avoir pu contacter le service régional de l'archéologie.

Je l'appelle depuis mon portable. Il décroche instantanément.

— Monsieur Balmont, j'attendais votre appel.

Le ton est contrit.

— J'ai parlé de mes découvertes à un ami de la Direction régionale des affaires culturelles qui... enfin... m'a vivement conseillé de... de les signaler à ses supérieurs. Vous comprenez... le recel de pièces archéologiques est puni par la loi et...

— Oui, je le comprends, mais vous avez malheureusement réactivé l'incendie que j'avais réussi à éteindre. Un spécialiste doit se déplacer prochainement sur les lieux. Débrouillez-vous pour savoir quand il vient, je pense que le maire ne voudra pas me le dire. Et essayez d'avoir son numéro de portable !

J'ai raccroché un peu sèchement mais je suis de nouveau sur les nerfs. La douche de produits chimiques n'arrange pas mon humeur. Il est temps de mettre la famille Vichot devant ses responsabilités et d'appuyer sur le sujet qui fait mal : le mystérieux coma de Marie Vichot dans les bois de Villard le 6 septembre 1995.

46

La roue arrive demain.

Avec Alice, nous accueillons nos invités de la soirée : Morgan, Mathieu et leurs parents, les Bertelier et les Verdier. C'est pour moi la réunion de la dernière chance. Si je ne parviens pas à terroriser le maire une bonne fois pour toutes, je n'aurai jamais la paix et la roue pourrait bien me coûter plus cher que prévu.

Avec Alice, nous ne sommes pas les meilleurs cuisiniers du monde. Je suis donc allé chercher les plats chez un traiteur. Après un apéritif bien arrosé, je demande à Pierre Bertelier de raconter son histoire de panneau. Il nous détaille l'opération et ses conséquences. Je mesure à cette occasion la complicité qui l'unissait à Xavier Rosa. Il était sans doute jaloux mais également admiratif. Le départ précipité du jeune homme et la chape de plomb qui est retombée sur l'affaire l'ont complètement inhibé pendant des années. Je l'aide à se libérer :

— Le nombre 30, ça te dit quelque chose ?

Pierre Bertelier fait le lien avec les panneaux.

— Trente, c'est une limitation de vitesse, ça, non ?

Sa femme le rappelle à l'ordre :

— Pierre, tu ne pourrais pas être sérieux, pour une fois ?

— Mais je suis sérieux ! Le Xavier, il était quand même un peu dérangé. Pour fêter ses quinze ans et ceux de Marie, il voulait lui offrir un panneau 30 !

Il éclate de rire, imité par tous les convives.

Nous nous regardons avec Alice, Florence et les trois adolescents. Voilà l'information qui me manquait.

— Et il le lui a offert ?

— Alors là, je n'en sais rien. Les panneaux 30, ça ne courait pas les rues à l'époque. Et puis, je n'assistais pas à tous leurs rendez-vous secrets. Ils changeaient souvent de cachette et nous avions perdu leur trace.

Mathieu m'adresse un clin d'œil. Il a l'air complètement excité. C'est le moment de sortir ma photo.

— Il le lui a offert, j'en ai la preuve.

L'assemblée découvre la photo de Marie. Une vague d'émotion gagne les convives. Certains comparent la jeune fille à Alexandra, d'autres se rappellent de vieux souvenirs. Personne, en revanche, n'est capable d'identifier le lieu de la prise de vue.

Nous dégustons des quenelles aux champignons lorsque mon téléphone émet une sonnerie spéciale : celle que j'ai attribuée à François Mignardet. On peut dire que le connaisseur de monnaies anciennes tombe à point nommé. Il me fournit le numéro de l'expert, que Sébastien Verdier et moi appelons dans la foulée. Dix minutes plus tard, nous revenons à table avec le sourire. Le spécialiste a compris la problématique : il viendra en touriste ce week-end pendant ma fête, ce qui lui permettra de prendre connaissance des faits dans le calme.

Alice est la seule à ne pas boire, avec la maman de Mathieu. Elle discute couches, lingettes et berceau avec Florence. Je l'observe de temps à autre et ne peux m'empêcher d'en être fier. Sa robe d'été ferait pâlir d'envie le Tout-Paris.

La soirée est sur le point de se terminer dans l'allégresse lorsque Mathieu reçoit un texto alarmant d'Alexandra. Occupés à descendre une bouteille de calva pour digérer le repas, nous ne le voyons pas se décomposer seconde après seconde. Une fois sa lecture terminée, il se lève et réclame le silence en cognant un couteau contre son verre.

— Vas-y, Mathieu ! l'encourage son père. Chante-nous une chanson !

Sa femme le regarde d'un air désespéré.

— Attendez-vous à une mauvaise nouvelle, annonce le jeune homme.

— Il n'y a plus de vin ? poursuit le père de Morgan.

Mathieu est obligé d'élever la voix pour couvrir les éclats de rire.

— Louis Vichot a décommandé son week-end. Il sera là samedi !

Nous sommes heureusement assez éméchés pour accueillir la nouvelle.

— Il faut le kidnapper !

— Monter un mur devant sa maison !

— Lui casser une jambe !

Personne n'arrive à rester sérieux. Il faudra attendre d'avoir dessoûlé pour mesurer la portée de l'événement.

Louis Vichot n'a pas réussi à nous gâcher la soirée. Je raccompagne mes invités jusqu'au nouveau portail. L'air de la nuit nous fait du bien. Les températures sont agréables et tout le monde repart à pied, bras dessus, bras dessous. Je m'apprête à aller rejoindre Alice lorsqu'une silhouette revient vers moi en courant. Mathieu.

— Monsieur Balmont, j'ai quelque chose à vous dire, murmure l'adolescent, essoufflé.

— Je t'écoute.

— Je n'ai pas voulu en parler devant tout le monde, mais j'ai une information qui va vous intéresser.

— Dis voir.

— J'ai retrouvé le panneau 30.

47

Le panneau 30 est couvert de moisissures. Alexandra, Mathieu et moi nous sommes rendus sur place. Xavier et Marie s'étaient simplement éloignés d'une centaine de mètres de l'effondrement calcaire et s'étaient construit une petite cabane, à l'abri d'un massif de buis. Les clous rouillés que je viens de ramasser par terre en sont la preuve. Les trois chênes ont poussé, mais ce sont eux qui ont permis à Mathieu de retrouver l'endroit. Le jeune homme tient la main d'Alexandra en silence, et c'est sans doute la présence de leur couple qui me serre le cœur. C'est la fin de ma quête. Xavier Rosa serait fier de moi. Hier, j'étais un illustre inconnu parisien. Aujourd'hui, je suis celui qui aura honoré sa mémoire.

Aidé par les deux jeunes, je fabrique un cairn et dépose la photo de Marie au sommet pour une minute de silence. Puis j'offre le cliché à Alexandra. Elle en a les larmes aux yeux.

Le secret est levé. Après trente ans de silences et de non-dits, j'ai fini par reconstituer le puzzle. Les analyses de sol qui sont arrivées ce matin ont confirmé toutes mes hypothèses. Je sais désormais comment mettre un terme à la guerre que nous nous livrons, le maire et moi.

La construction de la roue avance. Je me suis adjoint les services d'une équipe de choc, rompue au montage et habilitée à faire fonctionner l'attraction. Les deux convois exceptionnels venus d'Italie sont passés inaperçus grâce à Sébastien Verdier, qui a entraîné le maire le long de l'Armançon pendant plus de deux heures afin d'inspecter les berges.

Sous les ordres d'un contremaître transalpin, les ouvriers ont déjà assemblé une grande partie de la roue qui sera prête pour demain. Je suis le seul à superviser l'opération. Installée avec une pile de livres dans une chaise longue à l'extérieur de la propriété, Alice décourage les curieux. Elle effectue de temps à autre un aller-retour pour se dégourdir les jambes et vérifie que personne ne s'approche du mur d'enceinte.

Sa fonction de gardienne lui permet d'intercepter le maire avant qu'il n'arrive à la hauteur de la propriété au volant de son plus grand tracteur.

— Qu'est-ce que vous fabriquez, là-dedans ? Les voisins se plaignent du bruit !

Louis Vichot est évidemment de mauvaise foi. Non seulement les voisins sont prévenus, mais en plus ils ne sont pas là.

— Sébastien Verdier est au courant.

— Balivernes ! Il ne sait rien !

— Si. Il sait que nous installons des stands pour l'inauguration de l'école. Si vous voulez en savoir plus, venez demain, vous serez le bienvenu.

Alice a plus d'atouts que moi pour convaincre le maire. Il accepte de poursuivre sa route sans chercher à en apprendre davantage. Du haut de son tracteur, il doit apercevoir la tête des ouvriers mais ne peut pas deviner ce qu'ils font.

La cour s'est transformée en fourmilière. Pas moins de quinze personnes travaillent à l'assemblage des pièces à l'aide d'outils et d'engins variés. Le chef de chantier, un homme de métier aux cheveux poivre et sel et à la peau cuivrée, me tient régulièrement informé de l'avancement de la construction. Il parle mieux le français que moi l'italien et nous arrivons à nous comprendre parfaitement.

— On devrait pouvoir terminer avant la nuit. Les deux camions-grues arriveront vers 23 heures, comme prévu.

— C'est parfait. Nous vous avons préparé des sandwichs.

Le contremaître me remercie.

— Dites-moi, monsieur Sylvain…

— Oui ?

— Vous avez conscience que dresser cette roue va vous occasionner des ennuis ?

— Tout à fait. Je compte sur vous pour qu'elle fonctionne au moins une journée en toute sécurité.

— Ça, je vous le garantis. Mais les gendarmes vous obligeront peut-être à la coucher.

— Ne vous inquiétez pas pour ça.

— Je ne m'inquiète pas. C'est juste que… vu le prix… votre opération n'est guère rentable.

— Croyez-moi, elle l'est. Vous ne pouvez pas comprendre.

— Non, ça me dépasse.

— Vous avez entendu parler d'un type qui distribuait des billets de cent euros à tous les SDF de Paris ?

— Non. Ce devait être un illuminé.

— C'est ça. Illuminé, idiot, imbécile heureux, tout ce que vous voulez. Eh bien, nous sommes ici dans le même cas de figure. En pire.

Le chef de chantier approuve :

— Je crois effectivement que vous allez entrer dans *Le Livre des records.* Personnellement, je n'ai jamais vu ça. Vous avez l'accord du maire, au moins ? C'est impossible autrement.

— Du premier adjoint seulement. Le maire était censé être absent ce week-end. Je pense qu'il sera le premier à appeler les gendarmes.

Le contremaître me donne une tape sur l'épaule avant de rejoindre ses troupes :

— Bon courage, alors !

— Merci.

Je rejoins Alice à l'étage. Elle observe l'avancement des travaux par une fenêtre. Mon projet insensé prend forme. Je me serre contre elle par-derrière, les deux mains sur son ventre, et je l'embrasse dans le cou.

— Xavier Rosa serait fier de toi, me confie-t-elle à l'oreille. Tu n'as plus à te sentir redevable.

— En effet, on va pouvoir passer à autre chose.

— C'est-à-dire ?

Je la serre encore plus fort.

— Tiens.

Je lui tends une enveloppe qu'elle ouvre précipitamment. Ce sont deux billets d'avion pour l'île Maurice. Elle écarquille les yeux.

— On part le 25 juin ? C'est dans moins d'un mois !

— Il faut le temps de s'acclimater avant la naissance.

— Alors on va quitter Villard définitivement ?

— Définitivement.

Alice se jette contre moi et m'embrasse vigoureusement sur la bouche. Dans la cour, nous entendons des sifflets. Je soulève ma compagne sans interrompre son baiser et la conduis directement dans la chambre jaune.

Dehors, le bruit des marteaux reprend mais plus rien ne nous dérange.

Nous sommes déjà au soleil.

48

Éclairée par les premières lueurs de l'aube, la roue blanche se détache sur un ciel uniformément bleu. Mes voisins ont été les premiers à observer le spectacle et ils ont même réveillé leurs enfants pour admirer l'ouvrage. Les douze nacelles n'attendent plus que leurs passagers. La construction dépasse l'école d'au moins quinze mètres. La vue sur la vallée de l'Armançon et le village doit être extraordinaire.

Alice et moi sommes levés depuis 6 heures et nous avons assisté au levage spectaculaire de l'ensemble métallique qui relie quasiment les deux murs opposés de la cour. Les mots ne sont pas assez forts pour décrire l'émotion qui nous a étreints lorsqu'il s'est immobilisé en position verticale. Notre âme d'enfants a repris le dessus en ce lieu magique qui a accueilli tant d'écoliers !

La roue n'est pas seule. Elle domine des stands de tir à la carabine et de chamboule-tout. Des marchands de glaces et de barbe à papa sont en train de s'installer. Des barbecues sont prévus un peu partout et toutes les animations seront gratuites. J'ai vraiment voulu reconstituer une ambiance de fête foraine.

Il est 8 heures lorsque le contremaître italien m'annonce que les branchements électriques sont opérationnels. Il est temps d'effectuer un premier essai. Dans le village, les curieux commencent à affluer, sans doute prévenus par nos voisins d'en face qui nous ont rejoints au pied de la construction avec leurs enfants. Je leur annonce qu'ils peuvent embarquer avec nous.

Manœuvrées par le chef de chantier, les nacelles se remplissent. Ouvriers, voisins, enfants au sourire béat, tout le monde est bientôt installé. Alice et moi sommes montés les premiers, ce qui nous a permis d'avoir une vue fantastique sur le village et accessoirement sur le pré barricadé par les Vichot et les Germain réunis. La jeune femme observe d'étranges marques rectilignes sous l'herbe.

— Sylvain, regarde, on dirait des alignements de murs.

Je lui renvoie un large sourire.

— Je pense que l'archéologue va apprécier.

— Louis Vichot certainement moins, ajoute Alice. Ses barricades ne servent plus à rien.

— Il n'osera pas faire un esclandre devant tous ses administrés. Regarde un peu le nombre de personnes qui ont ouvert leurs fenêtres !

Villard ressemble effectivement à une ville étape du Tour de France. Les gens nous saluent depuis chez eux en agitant les bras. Ils ont l'impression de vivre un moment historique, et ils n'ont pas tort. Les passagers de la roue crient leur joie. La fête est réussie avant d'avoir commencé.

La roue s'ébranle.

Les sensations sont grisantes. Nous vivons un intense moment de partage, comme dirait le curé. Les enfants crient, rient, les adultes n'en reviennent pas, nous faisons un rêve collectif.

À intervalles réguliers, on se retrouve en haut avec Alice. Nous tendons alors nos mains vers le ciel.

Comme si Marie Vichot et Xavier Rosa pouvaient les attraper.

Le parc a été pris d'assaut.

Il est 14 heures et environ deux cents personnes déambulent dans la propriété, des glaces et des barbes à papa à la main. Le bouche à oreille a fonctionné au-delà de Villard et nous n'avons pas eu le cœur de refuser du monde.

Prévenus par le maire, les gendarmes nous ont rendu visite vers 9 heures afin d'interdire le fonctionnement de l'attraction principale. Ils sont vite repartis, dépassés par la foule et rassurés par un de leurs supérieurs hiérarchiques en civil dont j'ignorais qu'il habitait à Villard. Après avoir constaté que toutes les normes de sécurité étaient respectées, celui-ci nous a accordé vingt-quatre heures de répit afin de ne pas gâcher la fête.

C'est dans ce contexte que Louis Vichot est enfin venu nous voir, contraint et forcé, avec sa femme et Alexandra. En tenue correcte, pour une fois, il ne m'a évidemment pas félicité.

— Balmont, vous êtes cinglé ! Seul un cinglé plein de fric peut avoir une idée pareille ! Votre roue est mûre pour la ferraille !

— Votre compliment me va droit au cœur, monsieur Vichot. Vous savez pourquoi je l'ai commandée ?

— Je préfère ne pas le savoir.

— Eh bien, je vais vous le dire quand même. C'est tout simplement pour rendre hommage à Xavier Rosa. Il travaillait dans une entreprise de fête foraine et il avait juré de construire cette roue sur votre terrain pour vous embêter. Je n'ai pas réussi à acquérir votre pré, mais le résultat est quand même à la hauteur, vous ne trouvez pas ?

Louis Vichot serre les poings.

— Vous n'aurez jamais mon pré ! Vos millions ne me font pas peur ! Et les procès non plus. Votre fortune ne vaut rien contre ma terre ! Vous savez pourquoi j'ai annulé mon week-end ? C'est pour être certain que vous ne ferez pas venir l'expert en archéologie dans mon dos !

Je le regarde avec un petit sourire en coin qui lui déplaît immédiatement.

— Trop tard.

— Comment ça, trop tard ?

— L'expert est déjà ici.

— Pardon ?

J'élargis mon sourire.

— Louis, du calme.

Géraldine Vichot anticipe la réaction de son mari. Elle a peu de chances d'être entendue.

— Vous l'avez invité sans m'avertir ? Où est-il ?

— Là-haut.

Un passager occupe la nacelle la plus élevée. Il prend des notes sur un carnet et photographie le pré barricadé.

— Nous avons momentanément immobilisé la roue afin qu'il puisse faire un rapport détaillé à partir de ses observations et de la collection d'objets que j'ai exposée dans l'ancienne salle de classe de l'école.

Louis Vichot m'empoigne par le col de ma chemise. J'ai son nez à trois centimètres du mien. Je sens qu'il a mangé des nouilles au beurre à midi. Il évite de hurler pour ne pas attirer l'attention.

— Je vais vous casser la gueule, Balmont !

Je l'empoigne à mon tour sans parvenir à le soulever du sol. Il est petit mais il pèse son poids, le bougre.

— Vous n'allez rien faire du tout ! D'abord, parce que vous êtes le maire. Ensuite, parce qu'il y a des enfants. Et troisièmement, parce que j'ai les moyens d'envoyer votre père en prison pour homicide involontaire.

Mon agresseur accentue la pression sur ma chemise, qui montre des signes de fatigue.

— Qu'est-ce que vous avez dit ?

— Modeste Vichot vidait ses résidus de cuve près de l'effondrement calcaire qui se trouve à deux cents mètres de la décharge. J'ai reçu les analyses de sol ce matin et je peux même vous citer le nom du produit : c'était de l'atrazine, une molécule interdite en France depuis 2003 et dans l'Union européenne depuis

2007. Votre sœur n'a pas été soignée pour un coma mais pour une leucémie, comme l'atteste son séjour prolongé dans le service hématologie de l'hôpital du Bocage à Dijon. Elle était consciente mais elle avait perdu tous ses cheveux, voilà pourquoi votre père n'a jamais voulu vous emmener là-bas. À moindre dose, Xavier Rosa a également été intoxiqué par ces produits. Il avait les symptômes d'une maladie neurologique chronique et il en est mort l'année dernière. Ce n'est pas vous que je vise à travers ces accusations, mais votre père et Albert Germain, qui sont les seuls responsables de ce qui est arrivé. Votre père vous a étouffé avec ce secret, monsieur Vichot. Il est temps de vous en libérer ! Vous avez déjà assez souffert de la mort de votre sœur.

La pression de la main sur ma chemise se relâche.

Le maire est sous le choc. Il reste prostré, tête basse. Et, contre toute attente, il craque. Des sanglots dans la gorge, il me tourne le dos et repart en direction du portail.

Les témoins de la scène restent interdits. À commencer par Alexandra.

Géraldine Vichot court vers son mari, qui l'écarte d'un geste désabusé. Elle le suit dans la rue sans se préoccuper de personne.

Alexandra a les yeux humides :

— Vous avez trouvé les mots justes, monsieur Balmont. C'est vrai que mon père n'est pas responsable de la mort de sa sœur, même s'il s'est toujours persuadé du contraire, sans doute à cause de mon grand-père.

Voilà pourquoi il est malheureux. Il est parti digérer tout ça et va revenir vous voir, j'en suis persuadée.

— Ce sera avec plaisir. J'ai plutôt de bonnes nouvelles à lui annoncer. Je crois en tout cas que tu as ton après-midi de libre.

La jeune fille me saute au cou et m'embrasse sur la joue.

— Vous avez bien fait de vous installer à Villard.

Je la regarde rejoindre Mathieu sans se cacher. Sa remarque m'a fait extrêmement plaisir. Louis et Géraldine Vichot ne peuvent pas être de mauvais parents. Ils n'auraient pas eu une fille comme Alexandra, sinon.

La grande roue s'est remise en marche. L'archéologue en est redescendu. Il me fait son rapport :

— Monsieur Balmont, c'est incroyable ! Je vais devoir mettre en place des mesures nécessaires à l'exploration scientifique du pré. Vous savez, d'un point de vue purement touristique, le maire a tout intérêt à autoriser les fouilles. C'est un atout pour sa commune. Financièrement, il s'y retrouvera également. Et puis cette idée de grande roue pour observer le chantier, c'est tout simplement magique.

— Ce n'est qu'un heureux hasard, si j'ose dire. Et il n'est pas garanti que j'aurai l'autorisation de la laisser en place.

— J'ai vu que vous discutiez tout à l'heure avec le maire. Vous l'avez convaincu ?

Je souris à mon interlocuteur avant de le libérer :

— C'est en bonne voie, je vous tiendrai au courant.

L'archéologue s'efface pour laisser passer Florence et Pierre Bertelier. Ce dernier tient une vieille dame par le bras. Elle semble fascinée par la grande roue.

— C'est ma mère, me confie Pierre. Malheureusement, elle ne me reconnaît plus.

La vieille dame pose ses yeux sur moi. Puis sur la roue. Elle cligne des paupières et libère enfin sa pensée :

— Xavier Rosa. C'est Xavier Rosa. Avec mon fils, Pierre.

Malgré lui, Pierre Bertelier détourne le regard pour laisser couler des larmes.

C'est décidément la journée de l'émotion.

J'ai eu du mal à me débarrasser du curé. Je lui ai expliqué qu'il ne s'agissait pas d'une kermesse ordinaire et que ce n'était pas un lieu pour recruter des enfants de chœur.

Il n'est pas loin de 20 heures.

La grande roue a fonctionné tout l'après-midi et il est probable qu'elle fera la une de tous les journaux demain matin.

Autour d'Alice et moi, il ne reste plus que des jeunes : Morgan, Adrien, Alexandra et Mathieu. La jeune fille s'est absentée dans l'après-midi pour aller prendre des nouvelles de son père. Ils se sont apparemment expliqués, mais elle n'a pas voulu nous en dire plus. Les habitants nous ont aidés à nettoyer le parc et nous nous apprêtons à regarder un film pour terminer la journée en beauté.

La nuit tombe doucement et une silhouette se détache devant le portail resté ouvert. Pensant que quelqu'un a oublié ses affaires, nous lui faisons signe d'approcher. Alexandra est la première à l'identifier :

— On regardera le film un autre soir. Nous allons vous laisser.

Je comprends que l'intrus est Louis Vichot en personne. Il s'avance lentement, le visage grave.

Alexandra entraîne ses camarades dans l'allée et croise brièvement son père, qui lui fait un petit signe de tête. Alice s'éclipse à son tour :

— Sylvain, je te laisse, je n'ai pas besoin de m'en mêler.

Je me retrouve seul face à Louis Vichot, qui s'est immobilisé au pied du perron.

— Balmont, il faut que je vous parle.

— Moi aussi.

— Votre roue n'est pas légale. Je vais la faire démonter.

— Je sais, ce n'est pas un problème.

Nous jetons machinalement un coup d'œil sur l'attraction de fête foraine qui se détache sur le ciel étoilé.

— Quelles sont les conclusions de l'expert ?

— Nous avons une ville gallo-romaine sous nos pieds. Elle se prolonge apparemment dans mon parc, mais on ne sait pas vraiment jusqu'où. C'est un atout pour Villard. Et financièrement, vous ne serez pas perdant.

— C'est ce que j'ai dit à mon père.

Louis Vichot me gratifie d'un regard franc, le premier peut-être depuis que je suis arrivé dans le village. Je sens à travers ce regard qu'il a eu une discussion salutaire avec ses parents et qu'il a décidé de prendre ses distances avec sa propre famille. Une boule dans la gorge, il ajoute :

— Il m'a tout avoué. Vous voulez savoir ?

C'est une marque de confiance. J'acquiesce en silence.

— C'était le jour des quinze ans de Marie. Modeste l'avait cloîtrée dans sa chambre pour qu'elle n'aille pas retrouver l'orphelin. Elle a réussi à s'échapper. Il est devenu fou et a demandé au vieux Gordon de l'emmener sur les lieux. Il voulait se venger. Il a emprunté le premier tracteur disponible, sans se préoccuper de la palette qui se trouvait sur la fourche. Cette palette supportait un bidon de produits toxiques dont mon père voulait se débarrasser dans l'effondrement calcaire. Lorsqu'il a entendu l'engin arriver, Xavier Rosa s'est enfui avec Marie. Mais elle a fait demi-tour. Elle avait du caractère, elle a voulu affronter Modeste. Elle s'est plantée les bras croisés devant la cabane qu'ils avaient construite avec Xavier, afin d'empêcher sa destruction. Surpris, mon père a voulu la contourner. Il a mal calculé sa trajectoire et la palette a heurté un arbre. Malgré les sangles, le bidon a basculé et son contenu s'est déversé sous le nez de ma sœur. Elle s'est évanouie à cause des vapeurs…

Le maire étouffe un sanglot avant de poursuivre :

— Les traitements contre le cancer étaient moins performants qu'aujourd'hui… et Marie avait déjà été exposée à ces mêmes produits. La leucémie a été foudroyante…

Louis Vichot a du mal à retenir ses larmes. Je lui pose une main sur l'épaule.

— C'était un accident. Vous n'y êtes pour rien.

Le maire se met à pleurer.

— Alexandra m'a montré la photo de Marie. Et elle m'a dit que vous aviez construit… un cairn. Ça m'a bouleversé.

La voix tremblante, il se reprend :

— Je vais laisser les services archéologiques faire leur travail. Mais j'exige une contrepartie en échange.

— Laquelle ?

— Vous oubliez l'affaire Rosa-Vichot et vous n'en parlez plus jamais à personne.

— Ce n'était pas mon intention. Et je vais vous le prouver.

Je m'approche du maire avec les clés de l'école. Je les lui glisse dans la main.

— Tenez, vous en ferez ce que vous voulez.

Louis Vichot me regarde d'un air perplexe :

— Qu'est-ce que ça veut dire ?

— Je quitte définitivement Villard fin juin avec Alice. Je lègue l'école à la commune. Faites-en bon usage.

Louis Vichot est de nouveau sous le choc. Positivement cette fois. Il cherche ses mots mais ne les trouve pas :

— Balmont, vous êtes... comment dire... imprévisible.

— C'est le mot. Et malgré tous nos différends, je garderai un excellent souvenir de Villard.

Le maire m'adresse un sourire. C'est une première. Il me tend la main. Je la serre. Notre inimitié vient de se muer en respect. La guerre des millions est terminée.

Le maire me rend les clés. Je réglerai les formalités de donation plus tard. Il repart dans l'allée puis se retourne :

— Balmont ?

— Oui ?

— Merci.

C'est notre dernier échange. Je savoure l'instant sur les marches.

Le revirement du maire était encore inespéré ce matin même.

Comme quoi, rien n'est vraiment impossible.

49

Île Maurice, deux ans plus tard

Le ciel est bleu à l'infini. Allongés sur une plage de sable fin avec notre petite Marie, nous vivons à l'abri des soucis dans une île paradisiaque. Les images de carte postale avec les palmiers et la mer limpide en arrière-plan ne sont pas usurpées.

Avec l'aide des pouvoirs publics, nous avons financé un centre d'hébergement pour les plus défavorisés. Cela nous permet de travailler un peu. De cette façon, nous ne sommes pas totalement coupés de la réalité. Alice attend notre deuxième enfant, dont la naissance est prévue en septembre.

Nous n'avons plus vraiment de nouvelles de Villard. Au début, nous sommes restés en contact avec les Bertelier, puis les messages électroniques se sont espacés. Que l'on quitte une ville, un quartier, un pays, un travail, les liens finissent toujours par se distendre. C'est normal. Chacun a ses occupations.

Après une courte séance de baignade, nous rentrons chez nous, une villa spacieuse située à cinq minutes de la plage. En consultant ma tablette, je suis surpris de découvrir un message de Sébastien Verdier. J'appelle Alice :

— Viens voir ! On nous envoie des nouvelles de Villard !

Nous lisons le texte ensemble.

> *Bonjour aux vacanciers permanents. Voilà quelques photos du chantier de fouilles. Je pense que vous apprécierez. On vous espère en bonne forme. Amitiés. Sébastien.*

En découvrant les images, nous restons tous les deux silencieux. Des murets ont été mis au jour dans le pré. La prise de vue est étonnante, comme si le photographe avait été juché sur le toit de l'école. Avec émotion, nous comprenons soudain pourquoi : la grande roue est de nouveau installée devant le bâtiment et tout le conseil municipal prend la pose avec un grand sourire.

Je laisse éclater ma joie :

— Elle n'a pas été vendue !

Alice me passe une main dans les cheveux. Je ne suis pas au bout de mes surprises. Un article de journal signé par le maire me cite comme le bienfaiteur du village. Et une plaque a été apposée sur le mur de l'entrée, à côté du portail : « *Gîte rural Marie et Xavier.* »

Ces diables d'habitants de Villard ont réussi à m'émouvoir. Un jour je reviendrai, c'est promis.

— Alice, tu sais ce que je vais faire ?

— Non.

— Je vais construire une grande roue sur la plage et je leur enverrai la photo.

Ma compagne éclate de rire, aussitôt imitée par notre petite fille. Je les dévisage avec tendresse. Nous sommes vraiment une belle famille.

Si j'avais su…

Je me souviens de m'être plusieurs fois demandé si vouloir remercier mon SDF à tout prix était une bonne idée. À en juger par le résultat, j'ai bien fait d'insister. Qu'aurait fait Xavier Rosa à ma place ?

Du sable coule soudain sur ma tête. Marie m'a confondu avec son seau. Je l'attrape par la taille et la ramène sur mon ventre. Je n'ai plus envie de me poser de questions.

À chacun son rêve. J'ai trouvé le mien. Et cela vaut largement tous les millions du monde.

REMERCIEMENTS

Chaque livre a son histoire. Celle de ce roman me tient particulièrement à cœur, car il s'agit de ma première publication. Cette publication, je l'ai patiemment attendue pendant douze ans. Je pense donc très fort à tous les auteurs inconnus qui cherchent encore un éditeur. À leur intention, je dirai qu'il n'y a pas de recette miracle : avec beaucoup de travail, une pincée de hasard et beaucoup de sourires, on finit par y arriver. Le roman s'est ainsi bonifié avec le temps, un peu comme un grand cru de ma région : la Bourgogne. J'espère, pour vous et pour moi, que la cuvée était agréable, et je vous remercie de l'avoir goûtée.

J'aime remercier les gens. C'est parfois excessif, mais mieux vaut trop que pas assez. De ce point de vue, j'ai été à bonne école ; ma mère est une championne des remerciements. Il est donc normal que je pense d'abord à elle. Elle se réjouit de tout, son optimisme est contagieux, et je profite de cet héritage. Elle a lu l'ensemble de mes livres, chez moi, par épisodes, le mercredi après-midi en gardant ses petits-enfants – qui se gardaient bien tout seuls.

Mon cercle de premiers lecteurs a toujours été naturellement limité à mon épouse, mes enfants, et Helle, une amie danoise, qui m'a inlassablement répété pendant douze ans que je deviendrais célèbre. L'équipe est vraiment efficace. Quand c'est très mauvais, je le sais. Quand c'est bien, je le sais aussi. Ils n'ont jamais cessé de me soutenir. C'est à eux que je dois d'en être là, aujourd'hui.

J'ai aussi un père inventeur, passionné de vin, de musique et de vieilles voitures. Il a créé sa propre entreprise et il ne sait pas trop ce que signifie le mot « retraite ». Il a choisi d'attendre que le grand cru mûrisse et vient seulement de le déguster : c'était le signe qu'il fallait le boire.

Ne cherchez pas le village de Villard-sur-Armançon sur une carte, il n'existe pas. C'est volontaire, car cette histoire aurait pu se dérouler ailleurs qu'en Bourgogne. Des spécimens de Vichot et de Germain ont d'ailleurs déjà été repérés en Haute-Loire et en Haute-Marne. Merci à Annie pour les renseignements sur les fouilles archéologiques, et à Christian, l'un des rares maires de France à savoir piloter un hélicoptère.

Villard n'existe pas, mais l'Armançon coule bel et bien à Semur-en-Auxois, une ville médiévale remarquable, dans laquelle mes beaux-parents ont fait toute leur carrière d'enseignants. Ils aiment le sport, le jardinage, les livres, la bonne cuisine… et le bon vin. Je compte de fervents lecteurs dans cette magnifique contrée et je les salue au passage.

Mes deux frères, ma sœur et moi avons beaucoup de cousins germains – aucun ne s'appelle Germain. Très soudée, notre famille s'est empressée d'acheter une version numérique du roman, chez Librinova, en avril 2016 – Nadine, Elizabeth, Myriam et Alexandre en tête. Quelques mois plus tard, je signais mon premier contrat d'édition. C'était à Paris, sous le soleil, en charmante compagnie. Nous aurions pu nous retrouver au *Jules Verne,* mais nous sommes restés tranquillement dans le Quartier latin, à déguster une bonne bouteille de nuits-saint-georges…

À ce stade, vous devez penser que je suis un ivrogne, ce qui est faux. Je ne bois que pour les grandes occasions.

Ma rencontre avec Anne Carrière en est une. Et je la dois à cinq jeunes femmes dynamiques, que je ne remercierai jamais assez : Charlotte, Laure, Andréa, Anaïs et Ophélie.

En lisant les remerciements d'autres auteurs, je me suis souvent demandé si la complicité qui les unissait à leur éditeur n'était pas surfaite. Aujourd'hui, je peux vous affirmer que non. Du jour au lendemain vous n'êtes plus seul, d'autres personnes croient en votre manuscrit, le lisent, le relisent, le corrigent, le mettent en avant, le distribuent. Vous êtes au cœur d'un projet commun et, même si le succès n'est pas garanti, vous vivez une aventure humaine hors norme.

Au risque de l'embarrasser, je considère donc Anne comme ma deuxième maman, et pas seulement parce qu'elle a seulement un mois d'écart avec la vraie. J'ai été touché par son accueil, sa simplicité et sa générosité. Son papa aimait éditer des livres ouverts sur la vie. Elle a repris le flambeau.

Un roman reste une histoire d'amitié. Les anciennes se fortifient – les amis de Dijon, de l'Agro de Rennes et de ma campagne ne me démentiront pas –, et de nouvelles se tissent.

À chacun son rêve. Je viens d'en réaliser un. Merci à ceux que j'ai cités de l'avoir rendu possible. J'espère que nous ferons une longue route ensemble.

PAPIER À BASE DE
FIBRES CERTIFIÉES

Le Livre de Poche s'engage pour
l'environnement en réduisant
l'empreinte carbone de ses livres.
Celle de cet exemplaire est de :
400 g éq. CO_2
Rendez-vous sur
www.livredepoche-durable.fr

Composition réalisée par Soft Office

Achevé d'imprimer en avril 2018 en Espagne par
Blackprint
Dépôt légal 1re publication : mai 2018
LIBRAIRIE GÉNÉRALE FRANÇAISE
21, rue du Montparnasse – 75298 Paris Cedex 06

35/3477/7